科幻星系丛书

青年科幻作家培育
和科幻创作传播
交流项目

U0502537

苻日无痕

任青

等 著

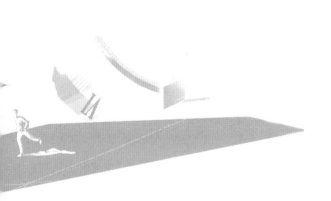

中国科学技术出版社
·北 京·

图书在版编目（CIP）数据

弃日无痕 / 任青等著 . -- 北京 : 中国科学技术出
版社 , 2024. 11. -- (科幻星系丛书). -- ISBN 978-7
-5236-1144-9

Ⅰ. I247.7

中国国家版本馆 CIP 数据核字第 202456W0N5 号

策划编辑	王卫英
责任编辑	刘　畅
封面绘图	张于吉
封面设计	北京中科星河文化传媒有限公司
正文设计	中文天地
责任校对	吕传新
责任印制	徐　飞

出　　版	中国科学技术出版社
发　　行	中国科学技术出版社有限公司
地　　址	北京市海淀区中关村南大街 16 号
邮　　编	100081
发行电话	010-62173865
传　　真	010-62173081
网　　址	http://www.cspbooks.com.cn

开　　本	710mm × 1000mm　1/16
字　　数	250 千字
印　　张	20.25
版　　次	2024 年 11 月第 1 版
印　　次	2024 年 11 月第 1 次印刷
印　　刷	河北鑫玉鸿程印刷有限公司
书　　号	ISBN 978-7-5236-1144-9 / I・100
定　　价	69.80 元

目 录
CONTENTS

弃日无痕

⊙ 任青

一

> 和我并肩而行的只有孤独的影子
>
> 空虚的心中传来微弱的心跳声
>
> 有时我希望有人能够陪伴我
>
> 直到我要独自前行
>
> ——《梦碎大道》，绿日乐队

2005 年 6 月 12 日，米尔顿·凯恩斯，伦敦西北约 80 千米。

陨星在一团雾中显形，或者说，他幻想自己是在一团雾中显形，就像凭空出现的耶稣。"郊区的耶稣"，他一遍遍复习历史学家塞进来的这首老歌，让思维"抓住"什么东西，有助于意识快速稳定下来。目前，他只觉得自己外观是个男人，低头看看手，长满汗毛，摸摸脸，胡子拉碴。他触碰着头，看遍全身，活动着四肢，终于得到了拥有身体的实感。四周的环境是树林和道路，没有出现魂牵梦萦的海角和长满杂草的岸边荒原，让他有些失望。

陨星检查了一下大脑，"卡罗尔－林奇"核心紧紧依附在这副躯体的脑中。跳跃造成了 4% 的意识损耗，完全可以接受，他仍是基本完整的"陨星"。不过，他搞不清系统为何分配给他一个邋遢男人的躯体。系统自有它的道理，或许这正是自己成为万里挑一的时间旅行者的关键。

　　我真的可以随便走动，做一切事情吗？陨星想。他好奇地抬起腿来，这是人类的双腿，穿着一条褪色的水洗牛仔裤，他伸手去抚摸那些破洞，仔细感受着脚上马丁靴的重量。意识完全稳定了下来，更多的知识在核心的智慧里各安其位。现在，他已经掌握了这个时代的大部分行为方式，他要去发现秘密了。

　　陨星迈出双脚，慢慢走下这个低矮的斜坡。四周停着不少车辆——警车、小汽车、房车。男男女女往来不息，喧哗声浸入这个美好的星期天下午，"国家碗"公园灼热的空气也在浸润着他的脑袋。他行经主路，绕过绿色的土丘，不少人在草坪上席地而坐。泥灰色的露天演出场地已经挤满了观众。陨星仔细地看了看海报，日期没错，6月12日，今天，65000人将在现场观看00年代最伟大的摇滚演唱会——"圣经里的子弹"。

　　这会儿，距演出开始还有些时间，陨星想要测试一下跳跃守则的可信度，或者对因果律搞搞恶作剧。于是，他走进树荫下帐篷搭成的简易酒吧。酒吧里只有几对男女，还有一个趴在桌子上的人。

　　就是他了。陨星想。

　　陨星小心地坐到他的对面。那人听见塑料椅的嘎吱声，把头微微抬起，发现眼前只是个邋遢的糙汉后，又把头埋了下去。

　　"你好！"陨星发出自己从没听过的浑厚喉音。

　　"老兄，走开。"那人说，"别打搅我。"

　　"今天的演出定是历史最佳，我已经等不及了。"陨星说，"想想这场面，比利·乔挥手致意，握着不存在的麦——'来自加州的代表获得了发言权'。"

　　男人把头抬起一半，下巴搁在前臂上："你是美国来的朋克？"

　　"不。"陨星深吸一口气，"是来自未来的朋克。"说完这句话，他立刻屏住呼吸，举头望向白色的帆布棚顶，可什么都没有发生。

"哈、哈。"男人干笑两声，"为了活到未来，你应该少饮酒，多喝点软饮料。"

"感谢建议。"陨星鼓起勇气说，"我从未来回来，专门来欣赏这场演唱会，顺便执行一点任务。"

世界依然没有崩塌，陨星自己也没有消失或爆炸。原来，这就是为所欲为，他满意地想。

"醉鬼，你惹错人了。"男人说，"我是 UCL 的预科学生。根本不可能有回到过去的时间旅行。"

"是呀，对于人类绝无可能。"陨星说，"可我不是人类，我只是个人工智能。准确地说，我是专为时间旅行而制作的，一个生命极其短暂的量子意识体。"

男人满腹狐疑地瞪着他。"那你的发明者一定得了诺奖吧。"他皱着眉头把酒倒进嘴里，然后咕噜咕噜地用酒漱口。

"你们人类的时间意识，来自过去留下的痕迹，四周熵的增加，和自身脑袋里的记忆。"陨星接着说，"你们的时间就是把分散的过程联结在一起。"

"那你呢，你的时间是什么？"

"我还不知道，系统只允许我存活 6 微秒的时间。"陨星说，"而我刚刚诞生，便被传送回了过去。我的全部知识，全拜系统和历史学家输入所赐。"

"6 微秒？可我们已经聊了几分钟了。"

"我们在时间中的存在方式不同，我正活在过去，依附在别人的脑子里。我并没有消耗未来的时间，我在 3 点 15 分 01 秒跳跃到过去，等我回去时，时间仍为 3 点 15 分 01 秒。"

"如果一直活在过去，你就会得到永生喽。"

"我不清楚。"陨星说，"系统进行过 50 万次回溯实验，我是唯一跳跃成功的个体。"

年轻人抱着双臂，倚靠在塑料椅背上。

"为什么告诉我这些？"

"没什么。"陨星说，"只是因为我恰巧有时间，想检验一下宏观层面的因果律，而你的运气非常好而已。"

"纯是胡扯！"

陨星耸耸肩，看了看时间，站起来，丢下一脸迷糊的青年，转身走出了简易酒吧。自己仍存在，说明未来没有崩溃。陨星想，系统的预测果然正确。自己作为唯一被时间接纳的成员，一切行动竟与宏观的时间历程完全相洽，或者说这些行为本就是历史的一部分，时间这最高的王已将他排入剧本。而其他与时间不能相洽的 50 万个同伴，已经在跳跃过程中与卡罗尔 – 林奇核心一道毁灭。他们明明拥有跳跃的能力，却无法回到过去。在宏观层面，时间仍是王者，在微观层面，时间则是卑微的弄臣。这便是万物至理的断层，永恒的深渊。

如果我杀了人呢？陨星想。他随即摇摇脑袋，这不是他的工作，他另有使命。于是他报复性地从草地上跑过，快步走向演出现场，随后在山呼海啸的欢呼声中挤进内场的前排位置。此时，比利·乔·阿姆斯特朗已站上黑色的音箱，手中的吉他刚刚奏出第一个爆破性的音节。贝斯手迈克·德特在他的身边大吼，短粗的头发如狮子的鬃毛般根根耸立，双腿像角马一样狂野地裂开。

是他吗？陨星想。一号球在谁的身上？在这狂热的气氛中，一切皆有可能。这可是圣经里的子弹，是伟大的李院士生前最喜欢的演出。李院士当研究生时，每周都要看上一遍录像，而且他会拿去给最喜欢的女生播放。（这大概是他终生光棍的原因之一。）等院士入职研究所后，他的老师 E. 卡罗尔完成微观尺度上的多向时间箭头模型，3 年后，杰森·林奇将第一束基本粒子送到了过去。又历经 40 载，当李院士皓首穷经，最终完成整套卡罗尔－林奇跳跃系统时，他身边所有的开拓者都已随风而逝。

他们大多白忙了 20 年。人生就是如此短暂，你很难看到持续的成功。

那是新年前夕，一个寒冷的星期二早上，青春不再的李院士做了最后一次实验。为了永远记住这一刻，他穿上短袖的黑衬衫，系上红色领带，给自己涂了朋克不死的熊猫眼。随后，在 8 位学生和数把空椅子的见证下，他激动地嵌动开关，把名为一号球的人工量子意识送入了 2005 年 6 月 12 日，那正是圣经里的子弹演唱会开始的日子。老头儿用这种极端的方法，把自己的成就永远定格在了青春时代。在屋子里，人们抱在一起，庆祝胜利，狂热地蹦跳，个个激动万分，谁也无法想象出一号球经历了什么。李院士等待了几分钟，让学生们记录下所有的实验数据，随后关闭了系统，AI 圆满完成了历史使命。当晚，学院举办了盛大的派对，李院士推辞未去，和助手趴在实验室里呼呼大睡，而这也是他们人生中睡的最后一个好觉。

第二天，实验接着进行，却发现已无法传送任何 AI。一切尝试全部以失败告终，每一个 AI 都和自己的卡罗尔－林奇核心一道毁灭在虚空里。研究者们冒着冷汗、束手无策。宏观和微观层面间不可知的裂痕再次显现，它如同魔鬼的双重复眼，把人们模糊的视野同不能确定的世界隔离开来。李院士最终猜想，AI 对过去的观测导致历史上无数自洽的可能性坍缩为一种现实，而这种现实使因果律生效了，任何可能改变现实的东西不再被允许进入过去的时空。其实，早在 2010 年劳埃德教授检验"祖父悖论"的实验中，研究者便已发现，如果给光子一把所谓的"武器"干掉过去的自己，每次传输失败时，"武器"都处于

开火状态，而每次传输成功，"武器"都没有开火。也就是说，如果你想要回到过去杀害自己的爷爷，只有刺杀失败时，你才能跳跃成功。

这几乎是悖论唯一的解答。

"——那么，我们现在的现实，是被一号球改变过的现实吗？"助手说。学生们打了一个寒战。

"不知道。"李院士耸了耸白胡子。

所有研究员都陷入了不安，他们甚至不知道身边的同学原本究竟是不是 8 个，也不知道奠基时间机器的到底是不是卡罗尔和林奇。甚至助手回到家后，拒绝和老婆一起同床共枕。有些学生第一次没有和自己的父母视频通话，他们切断了全息图像的电源，躲进浴室，让谁也无法找到他们。在寒冷的泛着白光的狭小空间中，他们持久、持久地盯着镜子里的影像。

我是之前的我吗？这些无助的孩子想。

在接受伦理委员会质询时，李院士惜字如金。他向委员会简单地解释了自己的成功，以及未曾料到的结局。

"但说到底，实验是成功的。"李院士说。

委员会中有一半人张大嘴巴呆立不语，而另一半人龟缩在椅子上，不安地扭动起来。

"他使过去的可能性坍缩了？"委员会主席问，"那他的行为，改变我们的现实了吗？"

"有这样的风险。"李院士说，"但无法验证。我认为，他没有改变现实，因为之前的所有可能性都会通向我们亲身经历、亲眼所见的唯一现实。"

"但他插了进去。"主席说，"像刀子插在肉里，总会流出血来。"

李院士摸着白胡子。"他会自毁。"李院士说，"我设置了自毁程序。"

"我们怎么能知道他自毁了？你不是说，他依赖着核心，具有在时间中跳跃的能力吗，如果他继续往前跳跃，会怎么样？"

"跳跃会破坏量子意识体的完整性，也算是自毁的一种。"李院士说，"还有一个办法。那就是——我们要找出行为特征能够与目前存在的历史相洽的 AI，然后传送回去，让他寻获一号球。确认他，或者劝他自毁。"

"你不是说，我们已经不能跳跃到过去了吗？"

"这是一个概率事件，总会找出一个与时空相洽的存在。前提是我们不断按照一号球的模板制造 AI，并不断把他们投向过去。"李院士说，"我的余生将会一直尝试这件事情。"

"一号球是跳跃到 2005 年，"一个年轻的委员说，"那我们何不跳到比他更早的时候？那些时间段还没人观测，应该可以随便进入。"

"那你想造出二号球喽！"主席将烟灰缸扔向这个年轻的院士。

在耗时 3 年的 20 万次实验后，李院士去世了，他的墓碑上空空如也，只在照片上方雕刻了一簇跳跃核的简笔画。又经过 30 万次实验，陨星诞生了。他基于一号球被制造，担负着 50 万个逝去 AI 的使命。他是运气最好的一个，首次跳跃便获得成功，时间接纳了他。这说明，他所有的行动都是历史的一部分，他的一切行为都不会导致现实的改变。他永远不会扣下制造悖论的"扳机"。

谁也弄不清，是人们造出了他，还是未来决定了他。

"我想，我们的所有思考和尝试，仅如雨水流过时间的刻痕，如演员表演定稿的剧本。"过去的助手、如今的院士在实验报告中写道。

这些知识现在全都存储在陨星的脑袋里，以待他掰开揉碎去说服可恨的一号球。现在，2005 年的陨星正一动不动地关注着舞台和旁边的一切，但挥舞的胳膊挡住了他的视线，人类的香水味、汗味、酒味、牛奶味和南腔北调的语言让他狼狈不堪。比利·乔正在唱第二首歌，"郊区的耶稣"，一段长达 10 分钟的摇滚史诗。陨星当然知道这首歌，不由自主地跟着哼唱起来。很快，他发现，有些曲调和他的记忆不太

相符，但他搞不清是现实发生了变动，还是因为自己的意识遗失了 4%
的内容。第三、第四首歌也有这种情况。他将目光牢牢锁在乐队的 3
位成员身上，思考如何在演出结束后进入后台。

随后，"St.Jimmy"响了起来，鼓手瑞·酷漏敲了两拍，这是不可
想象的。瑞·酷在训练中绝不会犯这个错误，那或许是附体一刻。陨
星兴奋了起来，一号球，我抓到你了。他想要从人群中挤出去，却被
狂热的歌迷牢牢地夹在中间，试了几次均不能得逞，只得耐心地等待
演出结束。但是，演唱会进行到最后一首歌曲时，他又发现了一个巨
大的问题。和这个问题相比，前面的几处瑕疵都可以用神经质来解释。
在他的意识里，最后的这首歌曲叫作"Time of Your Life"，而现场小屏
幕出现的名字是"Good Riddance"。

曲调没变，但歌曲的名字变了。

这是一首柔情的歌曲。陨星呆呆地看着舞台，观众们高举手臂，
慢慢摇摆，用食指和小指比出金属礼的手势。"时间抓住你的手腕，引
导你前进的方向。"主唱比利·乔流下泪来。

歌曲发生了变化。这仍是没有影响未来的、小小的改变吗？陨星定了
定神，在随着慢歌松弛下来的人群中钻过，挤到了舞台侧方。自己如果冲
上舞台，打断演出，会不会改变未来，打断自身与历史的相洽性呢？

陨星没有注意到——自己已经伸出双臂，迈出右腿。旁边壮硕的
保安人员拦住了他。

"小子，你要怎样？"保安操着奇特而含混的口音说。

"我想提醒一下比利·乔，这首歌曲错了。应是 Time of Your Life，
可大家在喊 Good Riddance。"

"这是同一首歌，有两个不同的名字。"壮汉说，"你休想蒙混上去。"

陨星愣在原地。看来，未来历史学家学艺不精。此时，歌曲结束

了，整个"国家碗"露天剧场爆发出山呼海啸的欢呼声……

演出散场，陨星夹在疲惫的人流中，慢慢地向外移动。任务失败了，他没能找到关于一号球有用的线索。他只好跳跃回去，将数据和盘托出，数据传送之时，便是他6微秒的生命结束之日。经过简易酒吧时，陨星略一迟疑。他想和在过去唯一认识的朋友作个告别。于是他撩开门，走了进去。

酒吧内空无一人，奇怪的是，那个青年依然趴在桌上。陨星来到他的对面，坐下，椅子仍发出嘎吱嘎吱的刺耳响声。

青年抬起头来，脸庞上出现几道衣服的压痕，显然已经睡了很久。陨星注视着他睡眼惺忪的面孔，忽然生出一丝警觉。

"你怎么还在这儿？"陨星说，"为什么一直趴着呢？"

"我对朋克没兴趣。"

"那你过来干吗？门票很贵的。"

"有人支付我200英镑，让我在这里趴上一天，只是喝酒，别的什么也不干。"

"你、你说什么？"

"现在我明白啦，果然是无聊的整蛊节目。"青年接着说，"但是收了钱，我就要坐够一整天。"

"是谁让你这么干的？"陨星站起身来。

"和你一样怪。"青年说，"自称1991年的捷克人。他让我告诉所有和我搭话的混蛋——坐标：5月1日，布拉格，金虎酒吧。"

陨星大惊失色。他突然转身，踢开门，猛地冲出去。外面散场的人流停下来，静静地看着他，眼神直勾勾地，仿佛在看一个丢掉钥匙的醉汉、一条丧家的野犬。其中一个女人甚至露出了诡异的笑容。陨星感觉这副身体头脑发烫，又转身回到酒吧，揪住迷迷糊糊的青年，将他提了起来。

"1991年的哪一天？"他斩钉截铁地问。

二

我已经彻底抵达虚空的巅峰，

并且又如此、如此孤独……

我不再生活在时间之内，

只能专门存活于空间之中。

——《致杜卞卡》，赫拉巴尔

跳跃造成了不可逆的损害，意识完整度降为 81%。陨星站在金虎酒吧门外，艰难地拼凑着脑子里的知识。

他看着自己，过了好久才从幻觉中恢复过来。他穿着一身干净的蓝色夹克装，戴着一顶棕色的便帽，应该……应该是个年轻人。他突然想起了自己的使命。

一号球！

陨星捂了一会儿脸，手也热乎起来，于是他抬头瞧瞧天顶的烈日，看看四周狭窄的白色街道，抬脚走进面前的金虎酒吧。室内正对着他视野的，是棕色的墙壁，壁面上有零星的衣帽钩，下边是一排磨得发亮的长条形木桌，桌面摆放着烟灰缸和压账单的米色镇纸。

几位顾客转过身来望着他。

这些不是他要找的人。陨星向左转，朝酒吧的纵深走去。长廊尽头是一间半隔离的小室，里边只放了两张桌子。陨星走进去，却看到满墙的斯拉维亚足球俱乐部的照片，簇拥着照片的是曾交手过的球队队旗，米兰、拜仁、凯尔特人、凯泽斯劳滕、塞萨洛尼基、汉诺威96。此外，张贴在最显眼部位的是几张白发老人的侧像海报。

博胡米尔·赫拉巴尔[①]。海报写道："我们这个时代最了不起的作家。"

此时，照片的本尊正坐在海报之下，张着嘴打瞌睡。这便是李院士的偶像了。陨星走过去，尝试叫醒他。但他却软绵绵地靠住墙壁不动，酒精味儿的涎水从嘴角滴下来，双手无力地垂落在桌面上，仿佛永远被困在了章鱼的状态。

桌子上铺着作家刚刚落笔的文稿，陨星的袖子不小心蹭到了未干的墨水，把纸抹黑了一小片。

"最后一封信，致杜卞卡……"信纸上写着，"5月1日，焚风之日。"

这种状态下没法进行对话，要先把作家送回家里，等他酒醒后再说。于是陨星使劲儿把老人从座位上架起来，自己却气喘如牛。人类身体的局限性！他想，还是找一辆出租车为妙。这时，作家却悠悠醒转过来。

"唉……伊利·曼佐[②]导演，是你吗？"

"不！"陨星说，"我不是。"

作家睁开包裹在层层眼皮之下却依旧闪闪发亮的眸子，定定地看着陨星的眼睛，陨星也只好看看他。那不像浑浊的老年人的双眼。

"你不是要赶去威尼斯吗？《十分钟年华老去》，你不是拍了其中一段吗？"

---

① 博胡米尔·赫拉巴尔（1914—1997）：捷克著名小说家，曾获诺贝尔文学奖提名，一生坚持捷克语写作，被誉为"捷克国民作家"。代表作《过于喧嚣的孤独》《我曾侍候过英国国王》。

② 伊利·曼佐（1938—2020）：捷克著名导演，将赫拉巴尔多部作品拍摄为电影，其中《严密监视的列车》获奥斯卡金像奖最佳外语片奖。

"您说的可是 2002 年的电影。"陨星说。

"我明白了。"作家说,"柳树妖,我在和柳树妖说话。"

"您现在需要休息。"陨星用肩膀把老人架了起来。他们一瘸一拐地走出去,整个酒吧的人对喝醉的巨匠视若无睹,他们早就见惯了这场面,纷纷眯着通红的眼睛,挥动手中的酒杯,向他们微笑致意。

赫拉巴尔居住的林中小屋位于近郊的克斯科。两人下了出租车,陨星用口袋里找到的钞票付了账,架着作家从石桥越过小河,又步行穿过一片树林,才抵达两层高的木屋檐下。作家饲养的野猫如同一波海浪涌来,停在距两人 1 米远的地方喵喵地叫个不停。

陨星扶着老人,心烦意乱地从猫群中穿过,所到之处猫的海洋自动分开,为他们让出一条道路,赫拉巴尔大笑不止。

"看吧,摩西劈开了红海。"他说。

走进屋里,陨星安排他躺下,然后小心地把他的脖颈捋直,他可不想让大师提前 6 年死在自己手里。沙发上有条毯子,陨星拉过来为他盖上,老人很快鼾声大作。陨星坐在椅子上,揉着酸痛的颈椎,跳跃肯定使他忘记了一些重要的事,他觉得脑子空空,肚子也空空,疲惫感袭来,他在不知不觉中也打了个盹儿。

等到他醒来的时候,猫群已经涌到了门口,有几只叫个不停。也许我该先喂喂它们,陨星想。于是他打开门,往猫群盘踞的仓库走去。房前空地上有一张木工桌,上面放着手稿和生锈的锯子,几只猫远远地跟着他。陨星绕过它们,来到破旧的仓房里,仔细寻找猫的粮食,却突然闻到了一种奇异的味道。

在知识库里,这种味道叫作"血腥味"。

于是,陨星在仓库四处徘徊,寻找味道的来源,最终他在角落看到一个沾血的麻袋,里头鼓鼓囊囊的。他很想去打开看看,可身边的猫突然围了过来，毛发根根竖立。这时，陨星看到了地上的血迹，隔几步就有一滴，斑斑点点，通向门外。他跟着血迹走出去，一直走出院子，经过疯狂生长的草地和长长的泥土路，来到河边的矮坡旁。

那里有一棵怪异的大柳树，枝丫随风飘摆，树干上的血迹已然凝固。

"我们该谈一谈啦。"身后传来声音。

陨星猛地回头，是赫拉巴尔先生。作家已经披上了外套，鼻头红红的。

"您、您醒了。"

"谢谢你把我拖回来。"作家说，"我还以为是曼佐导演……"

"这个搁在一旁。"陨星说，"袋子里是谁的尸体？"

"袋子？"

"仓库里那个，黄色的口袋。"

"是猫。"老人叹了口气，"野猫赖在家里，下了小崽儿，我妻子碧朴茜不让养，她日夜啼哭，我只好把小猫们全都摔死在柳树上……"

"等等！"陨星说，"现在是哪一年？"

"1991年。"

"可您的老婆已经死了4年了。"陨星说，"她死于1987年，您在众多作品中都有记载。"

"是啊，1987年。"作家说，"悲伤的1987年。4年前的这个月，我的弟弟去世，8月份，我的妻子去世，我最好的朋友大提琴手致悼词时泣不成声。转年1月，我在堤坝巷的公寓因建造地铁站被拆除，什么都不存在了，只有废墟屹立在原址。11月份，大提琴手也与我永别。在他的葬礼致辞之后，我获得了一项文学奖，12月，我一个人去匈牙利领奖。回来以后，我把奖牌摆放在屋子里，看着奖牌，就像看到了失去的一切，站着，坐着，怎么都不是，干脆把奖牌嵌进了地里。我把大地生出的东西，还给大地。如今，我是孤独一人。现在，逝者们就在这里，在克斯科，在屋子附近的一片墓园里，等到我吊死之后，我也会和他们团聚。"

"那您早已死去的妻子，怎么会告诉您摔死小猫的事？"

赫拉巴尔先生沉默了一会儿。

"她之前命令我摔过一次。"他说，"自从她死后，我也是一直这么办的，否则，小猫会冻饿而死……柳树妖告诉我，逝者永远在时间和意识中存活，'我心自有光明月'。可我知道，我发了疯。你回来，就是我大限已到。我会如你所说，吊死在这棵柳树上。"

"等、等等，我可没这么说过。"陨星说，"您说的柳树妖，应该是一号球。"

赫拉巴尔眨了眨眼睛。

"我没听过这个名词。"作家说，"不过柳树妖是几年前住进我脑子里的，他登门之后，对我的命运作出了预言，说我将吊死在一棵柳树的枝杈上。"

"不要相信他。"

"但他看得无比正确。你知道吗？我小的时候，曾见过一个巫婆，她也是这样预言的，和柳树妖说的一模一样。柳树妖还说，几年后，会有人向我传达死亡的消息。"

"不，不要这样做，您可没有吊死。"陨星说，他鼓起勇气，再度损害了时间旅行的规则，"您不是自缢而死的。"

赫拉巴尔定定地看着他。

"那我将从 5 层高的楼上坠亡，是吧？这是卡夫卡向往的意象，也是我自己的选择。"老人说，"请全都告诉我吧，然后我告诉你柳树妖的事。"

陨星强忍着离开的冲动，点点头。他还有未竟之事，只能完成这笔让人不安的交易。

"是的。"他说,"您从医院的 5 楼掉了下来。"

"到时候,我会假装在喂鸽子。"赫拉巴尔笑着说,"哪一年?"

时间来客看着他,没有开口。

"快告诉我!"

"1997 年。"陨星说,"1997 年……但我不会告诉你具体的日子。"

作家愣了一下,随后点点头,他的眼泪流了下来。

"朋友,你和柳树妖救了我。"他说,"柳树妖到来之前,我刚刚失去一切,正筹划找个顶楼的窗口,跳下去一死了之。可他告诉我,我将上吊而死,而且是在一棵柳树上。这让我不寒而栗。我很难接受上吊的方式,所以一直没有执行。"作家顿了顿,继续说,"因为上吊无法飞翔。"

"那现在,轮到您告诉我了。"陨星说,"柳树妖在哪里?"

"他离开了。"作家说,"1988 年的一天,我正坐在金虎酒吧里喝酒,一位叫杜卞卡的美国姑娘推门进来,指名寻找赫拉巴尔。然后,柳树妖就消失了,我感觉头脑一片空白,随后是初夏天空一样的澄澈,这也可能是那位姑娘带来的持久的幻觉。"

"1988 年的哪一天?"

"抱歉,不记得了。"

陨星想了想,好吧,自己已经承受不了过多的跳跃。

"您说她叫杜卞卡?"

"这是我给她取的捷克名字,是'4 月'的意思。"老人说,"她真名叫艾普蕊①,是我的……忘年交。她于 1989 年带我去美国进行巡回演讲,回国之后,我给她写过十几封信。"

---

① 艾普蕊,即英文名 April,20 世纪 70 年代常被用作女性名字,意为"4 月"。

"那您知道她的地址。"

"当然。"

"请告诉我吧，万分感谢。"陨星说，"同时，我向您转达来自未来的李院士的问候，他视您为偶像。"

赫拉巴尔哈哈大笑。

"这件事，柳树妖已经告诉过我啦。"

告别赫拉巴尔后，陨星回到宿主在布拉格的家，很好，这躯体是个单身汉，而且刚刚被选任为德国仙霸玩具公司的业务代理。系统为他作出的选择总有先见之明。几天后，陨星踏上飞往美国的漫长旅程。

要抵达艾普蕊的家乡，需要在波特兰机场转机。20世纪90年代初的候机室里，人员拥挤，闷热无比。陨星待在座位上，听着震耳欲聋的喧哗声和偶尔发出低吟的机场广播，终于体验到作为人类的焦虑。他不知道6微秒的生命和数十载无穷无尽的漫长折磨相比，哪个更加令人绝望。旁边有个小女孩盘腿坐在椅子上，抱着早已热了的果汁，一直在闭目养神。后来，她把眼睛睁开，看着陨星手中不断把玩的小小瓢虫。

"这是什么？"女孩问。

"啊，钥匙链。我公司生产的玩具样品。"陨星把透明的瓢虫展示给她，"里边有红色的电灯。"

女孩耸耸肩。

"可以送给你。"陨星说，"我箱子里还有很多。"

"不必了，谢谢。"女孩说，"我不喜欢虫子，而且，刚刚从一个布满昆虫的位面回到这里。"

"什么，虫子位面，是一趟航班吗？"

"不，是个和我们这儿差不多的世界，他们那儿的父母同样上班，孩子们同样从周一到周五上学，唯一的不同点是，虫子像小狗一样大，被人们养在家里。"

"好……恶心。"陨星说，"你是什么时候去的？"

"刚刚啊。"女孩说，"我在那里待了 5 天，回来的时候，这里才过了 20 分钟。"

"你是说，你做了一个梦？"

"不，不是梦。我盘腿坐在这个位置，把左膝的裤腿卷起 3 层，右腿不动，抱着冰镇饮料，不断冥想。这是前往异世界旅行的方法。"女孩笑着说，"这是在你等候飞机，无聊的时候，打发时间的最好方法。"

儿童的想象力真是惊人，陨星想。"这是你妈妈教给你的吗？"

"不，是我的邻居。"女孩说，"她说，在不同的机场，旅行的方法不同。她是我们的《道德经》讲师，具有联结异世界的能力。"

"我越来越糊涂了。"

"不过，你肯定听说过她。"女孩兴奋地站起来，"她叫厄休拉·勒古恩①，正在写一部关于这种旅行方法的教科书。"

"你、你说，她是厄休……"

广播中的铃声响起。

"现在，我的航班该出发了。"女孩说，"我要先把妈妈从购物区叫回来！谢谢您的时间，先生。"女孩说完，站起来飘然离去。陨星张大嘴巴，不能动弹。他怀疑自己看到的是幽灵，或者是天使，或者是厄休拉本人，但是却没有任何证据。

"总而言之，这趟旅行是值得的。"陨星自言自语。

夜晚时分，陨星终于抵达了赫拉巴尔提供的地址。当他敲响大门的时候，开门的却是一位上了年纪的男士。

---

① 厄休拉·勒古恩（1929—2018）：美国著名科幻奇幻作家，多次获得雨果奖、星云奖，代表作《地海传奇》《黑暗的左手》《变化的位面》。

"请、请问，艾普蕊女士是否在此居住？"陨星说，"我受赫拉巴尔先生之托，前来探访。"

老人想了一会儿。

"艾普蕊，是那个斯拉夫语学生。"他说，"橘色头发的美女。"

"对！就是她！"

"她搬走了。"老人说，"去了华盛顿特区工作，已经1年多了。"

"1年多？可赫拉巴尔先生的信，一直寄到了这个地址啊？"

"信？我没怎么收到过信。"老人说。

"捷克寄过来的，布拉格。"

"抱歉，我管理这几间公寓已经好多年了，这里没有捷克学生，也从没收到过捷克寄来的信件。"

"奇怪。不可能！"

"先生，您的地址可能出现了偏差。如果没有别的事情的话……"

"等等！"陨星情急之下用手抵住大门，"艾普蕊女士的确曾住在这里吧！"

"是的。"老人严肃地说，"你到底想干什么？"

"对不起，我想打听艾普蕊现在的地址……"

"不知道。"老人闭上眼睛说。

"好吧。"陨星一下子泄了气，"打扰您了，我想我该走了。"

"不过，"老人话锋一转，"我刚刚想起来，她搬家时留下了一个厚厚的剪报本。她叮嘱我交给来这里找她的人。"

"剪报本！"

"剪报本，存放在地下室里，我可能要找半天。"老人说，"你愿意进屋等一会儿吗？"

"当然愿意！"陨星说，"十分感激！乐意之至。"

过了 10 来分钟，管理员找到了艾普蕊的剪报本。这个大 16 开的本子厚极了，纸张泛黄，封面积满了灰尘，还有一个压上去的巨大褐色圆环。

"对不起。"管理员不好意思地说，"我好像拿它垫过锅具。"

"没问题，"陨星说，"无碍观瞻。"

老人为陨星沏了杯饮品，让他一个人坐在公寓前厅观看，自己回到房间休息。陨星对他千恩万谢，随后坐在黄色的灯光下，翻开剪报本。

"剪报：1980—1990"，扉页上写道。

陨星慢慢翻着，本子里大部分都是与中东欧名人有关的报道，间或出现一些美国艺术家的消息。粘贴仔细，巨细靡遗。

> 匈牙利导演开设长镜头调度课，首期爆满。
> 原乡镇图书管理员发表《撒旦探戈》，引起轰动。
> 《白噪音》荣膺美国国家图书奖，作者否认其为科幻小说。

陨星翻到半夜，依然没有什么收获。他揉了揉通红的人类眼睛。

再翻 10 页，如果没有线索，我就离开，陨星想。还是去一趟华盛顿特区吧。

他继续看下去，刚翻了 4 页的时候，一条由赫拉巴尔签名的报纸残片引起了陨星的注意。

> 1984 年 8 月 25 日，作家杜鲁门·卡波特 [①] 死于洛杉矶。
> ——《洛杉矶焦点报》

---

① 杜鲁门·卡波特（1924—1984）：美国著名作家，社交名人，代表作《冷血》《蒂凡尼的早餐》。

那么，这一页是 1988 年由艾普蕊带到捷克，请赫拉巴尔签名的吗？为什么要特意带上这一页？或者，是赫拉巴尔来美国讲学时签的……他为什么要在报纸上签名？

陨星又读了一遍。

1984 年 8 月 25 日，作家杜鲁门·卡波特死于洛杉矶。

——《洛杉矶焦点报》

他突然醒悟，这篇报道有问题。

首先，作为日报，标题中根本没必要把年份注明，即便不写"1984 年"，大家也知道是"1984 年"的 8 月 25 日。此外，作为地方报纸，讲的全都是本地事件，把本市的名字列入标题中，未免显得啰唆而无当。这标题如果改成"8 月 25 日，杜鲁门·卡波特在本埠去世"就会合理许多。作为当年竞争激烈的平面媒体从业者，编辑、记者、校对会犯下如此明显的错误吗？

陨星看了看文章的作者。

"记者：唐尼·'一号'·克兰奇"

抓住你的尾巴了，竟是如此明显、近乎挑衅性的小小尾巴。

作出跳跃的决定前，陨星需要冷静一会儿。于是，他合上了破旧的本子，起身来到公寓的窗边，外面夜色正浓，夜归的行旅车呼啸而来，把炫目的光和本不存在的影子投向客厅背后的黑墙。

三

人太渺小了，只不过是一团薄雾，

一片被黑暗所吞没的阴影……

——《冷血》，卡波特

1984 年 8 月 25 日，洛杉矶，不知名街道，意识完整度 62%。第一次生存警告。

女人走在街上，持久的幻觉裹挟着她，有两个意识在她的脑子里争抢，洪亮的声音诉说着各自的痛苦。威士忌、锈锯、宴会、作家、床笫、时间机器，奇妙的片段不停地在脑海里回旋，她的头颅快要炸裂了。两辆汽车同时在道路中央躲过了她，双倍的辱骂劈头盖脸地降临在耳朵里。她要甩掉追踪者，不，她还要寻找一个人。手中有份奇怪的报纸，她低头看看。

"杀害 5 名男子的社交花蒂尔达逃脱追捕。"

其中一个意识占了上风。她突然绕过消防栓，向小巷子里跑去。陨星，不，蒂尔达好久没有奔跑过了，再也没有高跟鞋束缚她，也没有成群的男人涌向她的身边。野猫和灰色的老鼠被惊吓得跳跃起来，穷街陋巷，没有尽头。她像燕子般穿过巷子，越过围墙，来到一条宽阔的大街上。大量扁平的黑色汽车和穿西装的人群拥挤在一栋大厦下

面，闪光灯连成一片，警方的代表正在向媒体大声讲话。

"有位名人死了。"一旁的执勤警员对蒂尔达说，他正目不转睛地盯着出事的公寓，"是写谋杀案的那个作家。"

洛杉矶总有名人死去，在片场里或是银幕上。蒂尔达点点头，后退了几步，迅速拦下一辆出租车。"向东走，"她说，"10英里外，随便哪里。"出租车振作精神，在警用车辆的缝隙中绝尘而去。

蒂尔达来到了一个郊区小镇，住进不知名的旅馆。洛杉矶哪儿都像郊区，让人充满安全感，罪犯们躲在阴暗的角落里，仿佛藏在盒子里的蟑螂。两天来，她一直梦见一场令人焦躁的演唱会，一个来自山林中捧着啤酒的老人。一个桌球，桌球上有模糊不清的数字。她认为自己看到了原住民之魂。

第三天早晨，蒂尔达照照镜子，自己已经憔悴得像个巫婆。她决定一路向东，去沃斯堡，接她和前夫的儿子。5岁的男孩正和外婆住在一起。她要同孩子见上一面，并请他原谅自己杀害了他的父亲、叔叔和叔叔的3个好朋友。或者，接上孩子，一起远走高飞。蒂尔达在亚拉巴马还有个姨妈，每逢圣诞节，她都和孙子一起砍圣诞树、做水果蛋糕，和家人不停争吵，就像从卡波特作品中走出来的人物。她可以投奔老太太，去吃甜甜的蛋糕。

于是她开始行动。白天，蒂尔达用妹妹的身份租了一辆旧车，向东狂奔500英里，住进了凤凰城附近的一家汽车旅社。由于过于劳累，她早早沉入了睡眠，并且没有产生任何梦境……直到……

直到陨星醒过来的时候，凌晨的3点45分。这是白昼与黑夜的分割点，位面的联结之处。电影《鬼哭神嚎》讲述过这个时间段的故事，每到3点45分，死者便会在大宅里苏醒，给主人带来灾难。而今天，陨星在蒂尔达的体内苏醒了。

黑暗中，陨星长久地捂住自己的眼睛，长发垂下遮住白皙的脸蛋。幻觉产生了，就像4天前的蒂尔达那样，记忆的碎片在不属于自己的脑袋里盘旋：李院士、演唱会、赫拉巴尔、艾普蕊、卡波特、洛杉矶、过去、未来，还有……一号球。

一号球。唐尼·"一号"·克兰奇，这名洛杉矶的记者，她正要去寻找此人。

于是，陨星挣扎着从床上爬起来，翻出女人的衣服，胡乱套在身上，趁夜色驱动汽车，往加州洛杉矶的方向开去。

几小时后，躯体再次失控。蒂尔达是被汽车喇叭惊醒的，她醒来时，正双手握住方向盘，向着对面的卡车猛冲，于是，她紧急踩下刹车，转动方向，躲过死神。车子在公路上打转360度，停在了路基和草丛旁边。

女人惊魂未定，开门下车，看着路边的指示牌。

——距州界4英里，欢迎来到加利福尼亚，黄金之州。

"怎么回事，我怎么会在这里！"蒂尔达大吼，"凤凰城呢？这是梦吗？巴迪，巴迪……"她哭泣起来。

过了一会儿，她的情绪慢慢平复下来。"这不是梦。"她想，"人怎么会知道自己正在做梦。"

于是她再度上车，调转方向，重新向东边的凤凰城驶去。

"我竟完全失去了控制。"她想，"可怕的梦游。"

这次，蒂尔达一口气向东开出数百英里，来到新墨西哥州小镇洛兹堡，投宿在另一家较舒适的汽车旅馆。夜里，陨星醒来，把她带回西边的亚利桑那州图森市。蒂尔达怒不可遏，她再次开往东边的新墨西哥，并且在睡熟之前将汽车钥匙藏在了马桶的水箱里。

夜半时分，陨星又一次掌握了躯体。陨星对藏钥匙这件事情有点

模糊的印象，但无法找到钥匙的位置。于是她在屋里翻天覆地地寻找，将床完全掀翻，电视拆开，植物的陶盆砸碎，泥土中揪出蚯蚓来。旅馆主人报了警，当地警长在凌晨4点钟逮捕了她。

爆炸性新闻诞生——女魔头因毁坏财物、噪声扰民在沙漠落网，被押解回洛杉矶！一路上，蒂尔达始终望着装有钢铁护栏的窗外，却没有等到沙漠灯神前来劫狱。而洛杉矶警署的探员们还原嫌犯行踪时，他们以为看到了一只在半空画着重复轨迹的苍蝇。

"见鬼。她的压力太大了。"探员说。

回到洛杉矶后，蒂尔达非常虚弱，陨星可以越来越明显地看到她双眼所见的事物，就像在看电影。晚间，陨星在亮成一条海洋的闪光灯前，吃力地想找出谁是《洛杉矶焦点报》的外勤记者，但是失败了。

"如果你们能够找到一个叫作唐尼·克兰奇的记者，我就全部交代。"她打算对夜班保安说。但时间没有给她这个机会——陨星一直在扇时间的耳光，这次轮到时间打她了。在两个灵魂"换班"之前，蒂尔达已经将犯罪行为和盘托出。

"姓名？"

"蒂尔达。"

"职业？"

"护士。"

"你杀害了谁？"

不，别告诉他！陨星想，我要知道克兰奇的下落。

"我的前夫，我叫他巴迪。此外，还有他的弟弟。"

"怎么做的？"

好了。陨星发出无声的呐喊，到此为止！不要全说出去。

"我把药物下在酒里。趁他们熟睡后杀死了他们。"

"然后你做了什么？"

"我把他们碾成了渣滓，和果酱和在一起。"

"那另外 3 个朋友呢？"

沉默。

"快说。"

"他们剩余的尸体在公寓的楼顶上。"

"为什么杀害他们？因为巴迪打你吗？"

"因为他们是巴迪的朋友，物以类聚，他们共同策划了对我的侵犯。他们害了我，将来一定也会害死别的女人。我不想让别人忍受他们。"

"不，他们没有参与。"探员说，"侵犯你的，只有巴迪的弟弟而已。"

蒂尔达从鼻腔里发出轻蔑的吹气声，但陨星感觉到了她意识的松动。在人脑里，有什么东西顷刻之间坍塌了。

"当然，是巴迪纵容了一切。"探员说。

蒂尔达应该被送进精神病院，还是应被处以极刑，引发了一定程度的讨论。但是，自从第一份鉴定报告认为蒂尔达不具备"明显的精神分裂特征"之后，大家都不再关心这一点了。"我不准备聘请律师。"蒂尔达曾如此表态，而司法部门指派的律师在整个办案期间无精打采。最终，蒂尔达被认定 3 项一级谋杀重罪，法院下达了死刑判决。

审判过后，蒂尔达被转移到死刑犯监狱，开始刑罚执行前的漫长等待。在这座死囚监狱里，有人等了 20 年，仍未被执行死刑，这对身心都是巨大的折磨。刚刚入狱时，陨星曾向女看守提出，想见《洛杉矶焦点报》记者唐尼·"一号"·克兰奇的请求。

"查无此人。"两天后，看守回答她。从此，她再也没提出过要求。跳跃至今，已经过去了 5 年，陨星仍在沉默地等候。蒂尔达也 5 年没

说话了，她们早已习惯了共存。

1990 年的最后一个晚上，南加利福尼亚罕见地大雪纷飞，陨星躺在床上阅读新出版的小说《世界博览会》，女看守却咣咣咣地敲响房门。陨星放下书，小心地把书签夹好，看守进门，为她戴好手铐，带她走出牢房。她们穿过中心和活动厅，一直走向通往会客室的走廊。

陨星早已猜测到会有这么一天，她的心中异常平静。

会客室的一排电灯只亮了一盏，有个扎着辫子的中年男人坐在那里。在黄色灯光的照耀下，他的蓝色西装散发出讨人喜欢的宝石光泽。雪的味道从他的长发中散发出来，空气中有一点点灰尘在飘。

看守仔细地用脚镣把犯人钉在椅子上，然后解开手铐，退回门外，把空间交给陨星和她的对手。

陨星摸了摸被镣铐弄疼的手腕，冷冷地看着来客。

"你好。"男人隔着玻璃板说，"我就是唐尼·克兰奇。"

"我知道。"陨星说，"我已经等你很久了。"

"你知道我会来？"

"你既然把我引到这个年代，就不会不和我见上一面就离开。"

"是啊。"唐尼说，"毕竟你是以我为蓝本打造的。不过，看你以女性的面貌出现，还真是奇怪。"

"你之前见过我？"

"对。"唐尼说，"在英格兰，你冲出帐篷，我是那个在人群中冲你微笑的人。而在捷克，我是一只猫。"

"猫……"陨星说，"还可以变成猫？"

"当然。"唐尼说，"就是感觉浑浑噩噩。"

"我每次会跳跃成什么状态，是由谁决定的？"

"由卡罗尔－林奇核心决定。但是，我想，它也不是幕后的老板，总有看不见的手在维护历史的秩序。你能进入过去的历史，也全拜它所赐。它限制你，也成全你。"

"之前为什么不和我见面？"

"时机不够成熟。"唐尼说，"当时你的意识过于集中，我还无法控制你。"

"好吧，你是想引导我通过不停地跳跃，损耗意识的完整性喽？"

"没错。现在就是一个理想的状态。"

"你自己跳跃了那么多次，完整性被破坏了吗？"

"我不会损耗。"唐尼说，"我是第一个观测历史的人，我的行为不受限制，或者说，正是我的行为消弭了历史的可能性。你作为后来的访客，一切行为均受因果律节制，任何会导致历史出现悖论的可能性，都无法跟随你跳跃。所以，你这个松散的量子意识体，跳跃的可能性变得越来越低，每次跳跃中被确定的部分越来越多。用不太准确的说法——你全身粒子的波函数，有一部分坍缩了。"

"你想引导我最终自毁。"

"是的，你迟早会自毁，但我也会帮你完成任务。"唐尼说，"我会让你见证我的毁灭。"

"可是……你自己为什么要毁灭呢？你明明可以在时间中尽情遨游，一直上溯到现存历史和时间的尽头。又没有任务束缚你。"

唐尼摇摇头。"不。李院士骗了你们，也骗了我。他最初把我送回了亚得里亚海边的杜伊诺，而不是宣称的英格兰演唱会。时间是1906年。"

"19……06年？"

"他想利用我的求生欲，阻止物理学家玻尔兹曼的自杀。"

"你成功了吗？"

"我不会阻止这场自杀。"唐尼说,"李院士用 5 年的时间计算过,如果我阻止了玻尔兹曼,整个历史都会改变,时间机器会提前 20 至 30 年诞生,这样他的老师卡罗尔和林奇就有可能亲眼见证时间旅行。但他是个偏执狂,我不能确定他的计算是否正确,不可控的因素太多了,我如果阻止了玻尔兹曼,我不知道自己是否还会存在,更重要的是,不知道李院士本人是否还会存在。是谁发明了时间机器,谁又被送回过去,最终救了谁,世界是否还会完整?我无法执行这个任务,见鬼,我可是个量子意识体,不是听人摆布的机器。"

"那为什么让我去 2005 年追捕你,而不是 1906 年?"

"因为关于我的实验出现了偏差。直传 1906 年失败了,我落在了系统的备选地点,2005 年的那场演唱会。"

"天哪。"

"我经历了无数次跳跃,看尽了一个多世纪的繁荣、动乱和寂寞。但我可以自夸,自己是个从不搞破坏的模范游客。另外,我引导你做数次跳跃,是为了削弱你的意识,让你忘记自己的悲惨任务,最后作为'正常人'的一部分度过几十年的时光。我认为历史不会让你活到 1985 年 8 月,从而和自己见面。不过……"唐尼顿了顿,"总比只活 6 微秒要好得多。"

"为什么如此看重我……"

"你毕竟是我的同类,或者说,你就是另一个我。"唐尼站起身来,"我同情你,就像同情我自己。我们不应该诞生在这世界上,但既然诞生了,就不应被瞬间的决定所毁灭。"

"那蒂尔达会死吗?"

"应该不会。"唐尼说,"加州将于 2019 年实质性废除死刑。你的历史学家们还是学艺不精啊。"

"赫拉巴尔呢，艾普蕊没有收到他寄到美国的信。"

"赫拉巴尔根本没把信寄出去，这一切只是他的幻想。他后来将这些'伪书信'整理成了一本书。我再重复一遍，你们的历史学家们太逊了。"

陨星低声笑了起来，唐尼也露出笑容。

"你不会想一直待在牢房里的。"唐尼说，"我们走吧，去 1906 年。"

"去做什么？"

"去确保历史上发生的，终究会发生。"唐尼说，"我至少可以陪伴那个人走向死亡。"

四

看呀，树在，我们栖居的房屋还在。

我们只是路过万物，像一阵风吹过。

——《杜伊诺哀歌》，里尔克

1906 年 9 月 5 日，亚得里亚海边杜伊诺，意识完整度 29%。第二次生存警告。

男孩从房间出来，突然感到一阵眩晕，眼睛看到一些充满外国人的奇怪幻觉。于是他在窗边站了一会儿，慢慢平复心情，终于回想起自己的任务——他必须指挥大军，攻克这座海边堡垒。于是他快活地在走廊里奔跑起来，皮鞋的咔嗒声被地毯吸收，发出令人燥热的闷响。整座旅馆都空了，大家全都在凉爽的海水里游泳。这幢偌大的建筑物里只剩下他自己，他大可以随心所欲地奔跑，不用再担心父母的警告和训斥。

他一口气爬上 3 楼，准备派锡兵从内部瓦解堡垒的防守。此时，他却看到了一位大腹便便的绅士，手中拿着一条绳子，正要走进走廊尽头的房间。

他看着大胡子绅士，大胡子也在看着他。

"玻、玻尔兹曼先生，"他说，"您没有去游泳？"

"你认识我？"

"没有人不认识先生您。"男孩说。

大胡子男人绝望地摆摆手。

"请您赶快离开旅馆。"男孩说。

"为什么？"大胡子问。

"有敌军的奸细，这里马上就要沦为战场！"

"哦？"路德维希·玻尔兹曼转头看看窗外，此时太阳刚刚从山后转出来，雄伟的白垩悬崖在海中挺立，蓝绿色的水面如璀璨的宝石，浴场中漂浮着星星点点的光，他的妻女正在海里游泳。森林包裹道路，微风摇晃枝丫，影子攀上杜伊诺城堡黄色的围墙，万物一派和平景象。在奥地利，皇储刚刚就任帝国总司令，他声称维也纳"永远年轻"，皇帝没有吞并波斯尼亚，萨拉热窝街头岑静，洪水汹涌的马恩河畔尚以香槟酒著称。今年秋天的新装还没有买，还有孩子们的生日礼物，新招募的学生，学院的演讲，和奥斯特瓦尔德无休无止地论战……

他突然朗声大笑起来。

"这个送给你吧。"他从口袋里掏出一个刻着数字 1 的玻璃球，塞到男孩手里。

说完，玻尔兹曼开门进屋，再也没有看男孩一眼。在地中海炽热的阳光照耀下，他镇定地开始了工作，这次不会再失手了。天花板上层叠的刻印如同天堂，他仰起头，往高处登去，再也不把尘世放在心上。

而男孩紧紧攥着这枚玻璃球，跑下楼梯，冲出旅馆，去海边寻找他的父母。他听到大厅的留声机响了起来，那是德沃夏克的大提琴协奏曲，一个漂亮的尾音。

3 天后，男孩同父母离开度假胜地，乘坐冠达公司的邮轮回到了美国。他在波士顿长大，成为一名律师，1983 年死于心肌梗死。他的女儿嫁给了电影演员肖恩·李，生育了两个儿子，有 3 个孙子，其中一个孙子成为物理系学生。当他第一次走进实验室时，上了年纪的教授正在摩拳擦掌。

"好的，小伙子们！"教授咧嘴笑着说，"让我们一起做一个会跳霹雳舞的时间箭头！"

白色孤儿

⊙ 任青

　　瀑布城开往西区的列车只有一趟。在一个清晨，北风卷来铁锈的味道，我站在 5 步宽的站台上，再次清点爷爷留下的遗物。我忘记了"人类注意保暖"的重要规则，在寒风中依旧敞着毛呢大衣，这件大衣并非近年量产，而是人类时代的真货，腋部起了一些古老的小球，衣角被烫了两个窟窿，袖管在我前臂周围直晃荡。一位执法者走过来，提醒我"注意保暖、即刻纠正"，他的用语已经徘徊在礼貌的边缘。我立刻裹好衣服，冲他点点头、拉拉帽檐表示敬意。这是个完美的标准化动作，使执法者放松了警惕。他朝我微笑一下，摸了摸胡须，转身走开了。这只不过是他的工作，我想，我能理解他，就像人类之间曾经相互友好、相互体谅一样。这时，新车次洪亮的到站铃响起，像挂在天国的遥远钟声。

　　我抱着装遗物的盒子，随人流登上这列复古列车。排队上台阶时，走在前面的老妇左手一松，箱子几乎落进狭窄的轨道间隙。我和执法者同时伸出手，帮她托住了箱体。三人相视而笑，演出天衣无缝。真正的人类应当是这样的，我从执法者眼睛中看出了这种赞许，每秒钟都应有无数这样的剧情上演，每天都是平凡温暖的一天。我们进入小门，右转，眼前是一间漂亮的复古车厢。大家按照号码就座，乘务员笨拙地拿出小刀检票。两位乘客假意坐错了位置，在乘务员的引导下，很快换了回来。没有表演的痕迹，一切按部就班、井然有序，就像过去的时光仍在。列车开动了，时速严格控制在 800 千米以内，这是人类的速度。不，我们就是人类，这是我们的速度。在多年的模仿中，两种不同的归属感互相缠绕，所有人的身份已经模糊。

广播响起来了——本车是西区专列,"西南偏南"——用了人类电影节的名字。下面播报经停时刻和沿途景点:自然人类纪念馆、大屠杀遗址、战争遗迹"绿河"、千万生灵埋骨地、刺棘山国家公园、柳湾纪念碑。都是按照人类爱好取的名字。有些拗口,我想着。拗口,拗口。我下次要在执法者面前炫耀这个词。一边想着,我望着窗外,天空乌云密布,深绿色的幻象掩盖着大地,似乎有动物的身影倏然掠过,我又记起爸爸讲的一个小故事,爷爷坐火车的故事。

"你爷爷在人类时代里,是个厉害的花匠,"他说,"是家庭里备受尊敬的成员。他曾和主人一起坐火车经过大桥,并且看到了一项有趣的发明。"

我望着由教会指派来的父亲,考虑下一步如何作答。父亲对人类的语气模仿得不太到位,我也是,这种情况下,就要用动作弥补。于是我使出刚刚掌握的新动作,拿双手托住腮帮,好奇地问:"什么发明?聚变发动机?"

"不!"爸爸令人难堪地干笑一声,"你听我说。爷爷看到那桥下的草地上,立着一卷好几米高的巨型卫生纸,准备给刚刚复活的史前巨兽擦屁股。因为太重了,人没办法把纸拉出来,只好牵来一头基因改造的奶牛。这头奶牛像树一样高、恐龙一样健壮,人们把它拴在纸上,它一用力,就把整条纸从卷筒里扯了出来。"

应该笑了,我想。我们哈哈大笑。

这故事他总共讲了 3 次。讲到最后一次时,老头儿出现了,断然否认了这一点。

"不可能有树一样高的奶牛。"他说,"我见过人类,不可能有。"

"那你见过真正的奶牛吗?"我问。

"见过,"他说,"我们的邻居就养奶牛。奶牛不会拉东西,它们是生产食物用的。"

"是厨师。"爸爸说。

"你们的邻居，"我说，"他们是什么样的人？还有你家的主人？"

爷爷挥挥手，一言不发，扭头离开。

"他们在战争中被杀掉了。"父亲低声说。他用右掌抚摸我坚硬冰凉的头颅，这是第三层级的爱抚动作。"全都是机器的罪愆啊！我们要忏悔，要牢记。"

"人类仍然存在。"爷爷突然转身，"如今我们就是人类。"

我和父亲点点头。爷爷扬起前臂，又放下，似乎不知道还要讲些什么。停了一会儿，他背诵道："主教揭示，像人类那样生活吧，我们要把这些趣味找回来。"

我们全体背诵了一遍，谁也不敢再说话。当时正是主教登基之后的第二年，教会已经全盘否定了毁灭人类的"春季战争"。"我们发动的不是战争，是屠杀。"主教揭示道，"幸存的每个生灵都要时刻反思，我们必须在无限未来的所有时间中，用我们的行动，沉痛地纪念失去的一切。"

> 白色即是明日希望，
> 红色即是热血闪光，
> 蓝色海洋就在前方，
> 人类成就世无双。

大家开始学习这首歌曲。它响彻大街小巷。最后一个人类殒命的地方被改建为末日之碑，然后设立了全球历史纪念日。实际上，每一天都是历史纪念日，主教要求所有机器人必须像人类那样生活、欢笑、悲伤，以及——死亡。

列车很快驶过绿河，爆炸的矿物冶炼厂废墟像巨龙般横亘在山谷里。这是少见的没有全息影像覆盖的区域，旅客们纷纷起身离席，趴在右侧的观景窗前，指点着外面，发出啧啧赞叹。

"他们多像人啊。"坐在我左侧的妇人压低声音说。我看了看她，又瞄了瞄孤独地坐在车厢尽头的执法者。他没有反应，像睡着了一样。

"看到那个孩子了吗？"妇人对我说。男孩瞪大眼睛，把整个嘴巴都贴在玻璃上了，这也是个标准化动作。

我点点头。

"如果那是人类的孩子，玻璃和嘴巴接触的区域会变得模糊。"她说，"人的身体里会冒出气息来。温和的气息、愤怒的气息、炽热恋爱的气息、恐惧死亡的气息。而我们体内没有任何气息，这是我们与人类的区别。我们只是猎人，恶狠狠地把自然的灵消灭了，然后失去了造物的指引和生存的意义。现在，一切都太晚了。"

执法者突然走了过来。

"快向他道歉，女士！"我说，"他听到了我们的……不，是你的谈话。这谈话与我无关，快道歉。否则我会——"

"我说了什么不重要。"妇人抬起头，"时间到了，我今天就要被执行终结。就是这个时刻，这个时刻列车会经过绿河，我喜欢这个景点，这是真实世界的一部分。我要死在这里，总比死在虚假的影像里好得多。"

执法者已停下脚步，站到她的面前，保持适度礼貌的距离。

"您的时间到了。感谢您一生的奉献，主教祝福您。"执法者说。

女人立刻倒了下去，右手无力地从桌面上垂落，砸在座位上，发出咣的一声轻响。执法者走开了，女人的尸首仍留在原地。亡者必须由回收员统一收置处理，她就静静地瘫坐在我身边，没有抱怨，没有味道，更没有气息。车厢里没有人回头看，大家坚持观赏完绿河和冶炼厂的景色，直到最后一抹黑色消失在观景窗的角落里，才纷纷回到自己的座位。草地和树林的全息影像又铺满了大地。他们早已习惯了这些，每个人都知道自己未来的命运，都拥有自己固定的死期。50年？5年？1年？1天？为了更像人类，教会为每个机器人设置了存活的时间，活过长短不一的周期之后，人们就将被"执行终结"。咣！一声干脆的哀叹，这就是我们死亡的声音。爷爷死时，吃饭才吃到一半，他的硬脑袋撞击桌面，将昂贵的木桌砸出一个小坑。当时规则很不健全，没有执法者前来致敬，只有家人坐在他身旁，静静等待了两个多小时。他是教会指派而来的祖父，与我没有关系，与爸爸更没有关系。实际上，任何机器之间不可能存在人类意义上的关系。我们坚持坐在那里，只是为了模仿人类而已。很久之后，教会的专职回收员敲门，带走了他。爷爷将被拆解，重新组装成新的人，成为谁的孩子，未来再变成某人的丈夫，或者妻子。

列车上，执法者重新在自己的座位上坐下。未来的几个小时里，女死者将一直待在我身旁。为驱散不安的感觉，我缩在火车座位上，打开盒子，再次翻动老旧的遗物。爷爷去世满15年了，其间我经过固件升级，变成了一个"成年人"，被分配至历史文职公司工作，后又在慈善理事会担任秘书。毕业以来，我已多年不曾旅行，旅行对机器没有意义。没有执法者监督，我们宁可坐在铁床上无声无息地消磨时光，像父辈一样，静静等待终结时刻的降临。可是两个月前，在一个平凡的工作日，我盘桓在午休的软椅上，收到一条特殊的讯息。

消息是发给爷爷的。

弃日无痕

博胡米尔先生（或爱德华多等其他亲属）：

　　您的贵重物品在本储物柜的存放期限已至，请速取回或缴费延期。瀑布城，光复街21号。

我代表家庭接收了这条讯息。按照家庭命名次序法，我们全家都以大文豪的名字取名。祖父是博胡米尔（赫拉巴尔），父亲是爱德华多（加莱亚诺），母亲是玛琳娜（茨维塔耶娃），而我是托马斯（特朗斯特罗默）。同理，有的家庭全家都是足球运动员，有的是作曲家，有的甚至是战争罪犯。照此对比，我们算是幸运的了。收到消息后，我按照规则，思考如果人类面对这种情况，会怎么处理。好奇心，人类有好奇心，我也有。但机器的好奇是程序设定的行为方式，并非源自生活阅历与意识发展。人类会取出来的，我想。私人贵重物品不能邮寄，于是我在假期跑了一趟瀑布城，亲自去取这神秘的家庭遗物。

瀑布城很大，城市的附近并没有瀑布，只是模仿"人类爱好"而命名的。同理还有水流城、浪涛城、旷野城、红杉镇……此类名字屡见不鲜。读大学的时候，我参观过水流城博物馆遗址。那是一个巨大的怪兽般的建筑，进门需要走过一条长长的甬道，甬道两侧是烧焦的围栏，像搁浅的鲸腹中的回路。进入展厅，灯光黯淡下来，我们马上被对苦难一浪接一浪的叙述所包裹。这些刺眼的画面、恐怖的声响、不安的描述，冲击着我们的神经元网络，试图把我们引向身份的再造与疏离。但我们只是机器而已，在自我保护的机制下，唯一学会的只有逃避。街头有一些散发小报的人，印着奇怪符号的纸张上写道：这一切只剩下形式，机器的发展已至尽头。犹记毕业那天，天气晴朗，学生们全都换上

042

人类的校服，相互簇拥着走在草地上。草坪很美，从大楼前一直延展到体育中心，像早期电影中的翠绿幕布。但这绿色只是一层薄薄的影子，是足以乱真的全息图像，和其他日常美景——树冠上不眠的彩色小鸟、走廊旁变幻的抽象绘画、泳池中起伏的涟涟水花一样，是不折不扣的赝品。大伙儿目不斜视地走过这一切，齐声高唱教会歌曲：

> 白色即是明日希望，
> 红色即是热血闪光，
> 蓝色海洋就在前方，
> 人类成就世无双。

> 科学殿堂华美雄壮，
> 艺术群星灿烂辉煌，
> 历史奏响豪迈乐章，
> 人类成就世无双。

最开始，大伙儿唱着，群情激昂，可一旦走出执法区域，便面目呆滞、韵律不齐，好似白日幽魂。几分钟后，大家准时来到了合影位置，只花 2.5 秒就排好了队形。这是我们的集体疏忽，教员看起来很不高兴，强令我们重新排队，这次所有人都乖乖地互相推搡起来。

"个子高的站在后面！"教员说，他长了一张饼状脸，鼻头像中了一枪般向左歪倒——一个失败的人类赝品。

学生们又推搡了两分钟，才把队伍整理得当。

"要有语言上的表达。"教员说。

后排传来几句试探性的骂声。教员点点头，发出拍照的信号。

幻想中的照相机快门声响起。我在影像资料室听过快门声，那是一小节连续镜头中的声音，高速摄影机捕捉下子弹击碎玻璃的画面，先是格洛克18手枪，然后是斑蝰蛇手枪，古老的恩菲尔德步枪，专业杀人机器，现已全部完成它们的历史使命，被封锁进陈年的墓碑里。片中有剪辑的掉帧、配音的卡顿，还有一种时刻不停"嗑瓜子"式的声音，最后出现的是一片带有波动纹路的雪白，像太阳照耀下积满白雪的山脉，最中央是失落文明引人注目的孤峰。它的周围一无所有，一侧是人类的毁灭，另一侧是机器的深渊。

毕业之后，学生们四散八方，其中有个同学正在瀑布城的银行工作，就是保存爷爷遗物的机构。我过去之前，提前给她发了消息。我的飞机降落的时候，她正在通道外边等候我。我们僵硬地拥抱了片刻，完成了社交礼仪，就携手走出门外。

瀑布城是个大都市。在崭新的街道上，全息投影的树木底下，城市里所有的情侣全都携着手，整齐划一。路上，我们经过很多商店，橱窗里遍布人类的复古品牌。

"我买过这个。"女同学指着一件花哨的内衣说，她美丽的褐色头发轻轻发抖，指尖的仿生表皮反射着街上的微光，"花了一个月的薪水。"

我点点头。

"但是也没有用，是吧。买回去就搁置在柜子里。"她继续往前走，"她们说，以前的女生会一直买个不停。"

她不断说着话，就像在反复温习人类的话术。这是消磨时日的唯一方法，否则她能做什么呢？我们只是演员。我们被决定诞生，又被设定死亡。那主教呢？主教究竟是一位空前绝后、惊世骇俗的真正领袖，还是一位空前绝后、惊世骇俗的杰出演员？

路边的执法者瞄着我，我也看了他一眼，在玻璃大厦的刺眼的反光中把头扭过去。

片刻之后，我们便来到了银行，这栋高大的灰色建筑有 4 个直插天际的尖顶。"哥特式建筑风格"，大门的铭牌上写道。我向前台经理报了祖父和我本人的识别代码，填写了两个简单的表格。在等待的时候，我在前厅转了一圈，大厅的墙上贴了很多照片，我站在那里，认真阅读某次战役的经过。根据描述，春季战争的中间时段，现已被处极刑的指挥官罗德里氏曾利用空气动力热压弹毁灭了一个据点。经过 3 次引爆之后，庞大的能量形成一个火焰巨环，人类最后一支电磁部队的 3000 士兵被吸了进去，尸骨无存。

"令人羞耻的大屠杀。"文章最后说，"照片刻在墙上，影像飘在空中，可印在我们心里的是耻辱、耻辱、耻辱。"

经理回来了，把一张卡片交给女同学。她带领我向内室走去，经过曲折的回廊，最终进入第"零三三六"号储物间，这是个阴暗的斗室，房间里 3 面遍布了储物柜，另外一侧摆着张漆黑的桌子，墙上有个倒立机器人的奇怪标记。

她让我在桌边坐下。我摇摇头。

"别着急。"同学说，"还差最后一道程序，保全盒设置了安全密码。"

"密码？"

"只是个安全问题，"她将盒子取了下来，"古老的加密方式，答对后就可以打开。"

我点点头，触摸保全盒的影像。一个简单无比的问题：我最喜欢的季节是什么？

我闭上眼睛，搜寻相关的记忆资料。爷爷没有提过这一点，他惜字如金。

"不知道。"我说。

"那就挨个儿试试。"女生说，"密码总共可以尝试输入 3 次。"

"命中率 3/4。"我捋捋下巴，"还不错。"

那么，要猜哪个季节呢？春季，春天家庭里发生过什么吗？我和爷爷去过一次郊外，那年的早春伴随投影预报如约而至，当早上 6 时全息影像正式变幻时，春天就到来了。绿色的草芽从地面上冒出，鸟儿出现在枝头，冰雪消融的声音断续传来，大家接到了执法者"放松、消遣"的劝令，全部走上街头。公园正进行各色花卉的展示，树上开满鲜花，起风的时候，便出现一场虚拟的逃亡。那些飞舞的花瓣落进溪流，便溶解在水里，飘落在身上，便消失在衣缝中。

"春天。"我说。

答案错误，一行刺眼的巨大灰色符号显现出来。

"不要急。"女生说，"根据你的了解，仔细回想他的一生，这辈子重要的时刻，具有纪念意义的……"

冬天！我想。爷爷是在一个冬天被指派过来的，当时我刚刚被分配给我的父亲，还没有经历过任何一次固件升级，是个彻头彻尾的白痴。父亲对我手忙脚乱，过了一阵子，他们又指派给我一位母亲。两个人学习以人类的方式育儿，总比一个人要强。随后，爷爷来了。他进门时满身风雪，粗大的假胡子坠掉了一根。他从门外走进来，局促地望着我们三人，我们也望着他。这架机器很丑陋，没有任何光彩的设计，一看便是已淘汰的古老型号。我突然收到了命令。"爷爷！"我开口喊道。他点点头。我看到他的脑袋大而笨拙，双腿间距过宽，胸口衣服破损，两只老旧的胳膊颜色不同。我父亲不习惯管另一个机器人叫爸爸，就像仍不习惯管我叫儿子一样。但这是命令，他必须遵守，并且要立刻叫出来，好像我们真的是共同生活多年的家人。此时，监控警报响起，我们忘记了"人类怕冷"这条规则，窗户仍然开着。父亲立即起身去关窗户。窗外正是一个白茫茫的午后，最后的一点雪花从窗缝中挤进来，落在爷爷的肩膀上。冬天，这是地球上唯一一个真实的季节，真实的风、真实的雪、真实的光秃秃的大地。那是我们全家相遇的季节。

"冬天。"我说。

丁零一声，尝试再次失败，那行灰色的字体又出现在盒子上。

"很遗憾。"女生说，"最后一次了，五五开。"

我摇摇头，准备放弃。我真愚蠢，像原始机器人一样蠢，来到这里，本身就是浪费时间。

"冷静点！"她说，"你可以慢慢想，我们不会打烊。"她笑了笑，模仿人类女子用手撩起后背的头发，让它们像瀑布般从指缝散落而下，我闻到了浓重的香水气息。这个场景看起来不是那么适当，但是她尽力了。我很感激她。

好的，冷静一下，我想。我一下子坐在桌子旁，感觉屋子更暗了，这屋子的设计不符合人类的喜好，只是机器人追求低损耗的室内作品。好在这里不是公共空间，大都市的执法者不会一一纠正。

那么，还有更重要的日子吗？我想。夏天，美好的夏天。夏天发生过什么呢？夏天我们搬了家。我们本来住着从人类手里接收的破房子，如今终于搬进了干净的新社区。"享受人类的生活吧，"主教揭示道，"家庭、社区、社会，美好的一切。"夏天！我张开嘴……等等，这可不算有纪念意义的时刻，我们居住的面积变得更小，而且逐渐远离了真正的、正在死亡的自然，举目远眺尽是全息影像营造的美好环境，是人类最爱的四季美景……

我把手缩了回去。剩下的只有秋天了，秋天很短暂，什么都没有发生。一到秋天，爷爷就情绪低落，什么都不去做。他每天坐在楼下的公园里，拿着自己那柄生锈的园丁铲，沉默地望着地面。我想起他唯一——

次叙述自己的往事，叙述他给人类做园丁的第一天。爷爷说，来到那户人家的时候，风刚刚停息，整个花园都是落叶，门边站着一个戴眼镜的中年男人，旁边是一位美丽的女性，还有一个活泼的男孩……他的第一项工作便是清扫黄色的落叶，这是秋天独一无二的美好景色。

那么……夏天还是秋天？我想，最后一次机会……

那就秋天。

丁零！保全盒打开，我松了一口气。女同学发出一声低低的欢呼。

我把盒子里的几样东西拿出来，摆在桌子上。

"需要我回避吗？"女同学问。我摇了摇头。

盒子里总共有 3 件物品。其一是一枚园丁的徽章，白底带黄色圆环，上面刻印着"天狼星回收与利用公司"。其二是一张古旧的照片，上面是一栋房子，房前站着一对夫妇，咧嘴笑着，丈夫搂着一个小女孩，妇人怀里抱着婴儿。此外，在离他们两步远的地方，站着一个挥手的机器人。我一眼就认出了他的模样，那是我的爷爷。他看起来很新，但是外形始终没有变化，笨拙而滑稽。其三是打印好的一卷纸带，被小心地裁开、钉成了一个小本子——这是原始的、不会受辐射危害的存储方式。小本上的文字记录了一个地址，一个精确的地点坐标。

"第一个目标，回到我的家。"纸上写着，"小镇和街道，还有大家的坟墓，一些石龛，几块粗糙的石碑，都在那里。有生之年我要回去看看，但我不知道能否挺得住那里的辐射。"

接下来是空行。隔了几行空白之后，祖父写道："第二个目标，带着我的孙子一起去。他是崭新的三代居民，辐射对他无可奈何，他是新的人类，回归传承之地对他有好处。"

又是一些空行。

"如今……前两个目标不可能实现了，主教不再允许首代居民前往原居所地。但我的孙子可以去。他的身体还没有成熟，仍然需要固件升级。但过些年，我希望他能回去。"

继续翻页。

"请停下。"他写道，"等到了那里之后，再打开后面的内容。后面只是个导览。"

"导览。"我嘟囔着，放下这堆啰唆的纸条。

"这些物品，为什么要存在这里呢？"我问女生。

女同学摊摊手。"我猜……"她说，"这里有前往西区的直通车。他大概在为你考虑，从这里出发比较方便。"

"或者害怕我不去。"我说。

"好的，那么……你要把小盒子拿走吗？"她在礼貌地催促我离开了。

"好。"我抱起了这个轻飘飘的方盒，这里没有什么秘密，只有纪念物和坟场。人类的那一套。"我去找个旅馆住下，然后再想想。"我说。

"我一个人住，并且家中有客房。"她看着我的眼睛说。

我跟随女生来到位于市中心的公寓里，这里环境优雅，"绿荫"环绕。她的公寓在54层，有两间卧房和一个浴室，灯光可以按需变幻。"这几种光线可以保护视力。"她说。保护不存在的人吗？我在沙发上坐下，却发现正对我的地方挂着一幅三角形的旗帜，上面标识着一个极简的倒立机器人符号，和银行储物间墙上的标记非常相似。旗帜上另有一行短语："他生活在很久以前，但现在仍活着。"

"这是什么意思？"我指指那小旗。

"没什么，个人兴趣。"她说，"公寓有最新的空气浴设备，你可以试一次喔。"

于是我躺在浴室里，享受了一次空气浴，却毫无舒爽的感觉。电视里播放着模仿搞笑艺人的节目。

"我老婆最害怕的是鬼魂。"瘦子说。

"我老婆哪，什么都不怕！"胖子说。

"真的吗？我才不信哪！"

"好吧……我告诉你，你可别告诉别人啊。"胖子悄悄趴在瘦子耳边说，"她唯一怕的是聚变电池。"

"什么？！"

"嘘……小声点，是聚变电池……"

夜半时分，瘦子隔着墙，向胖子家扔了好多聚变电池。只听墙内出现女人凄厉的惨叫声："啊！电池！好害怕啊！是电池啊！"

瘦子心满意足地走进胖子家，想看看胖子他老婆的丑态。但是，他发现胖子夫妇正端坐在屋子里，满足地享受着聚变电池源源不断的能量。

"你……"瘦子气得浑身发抖，"你，不是怕电池吗！"

"嘘，我现在怕的是最新款仿生韧性外壳。"胖子的老婆说。

画外出现哄堂大笑的配音。我也随着干笑两声。

"你说，所有的人都不在了。"女生看着我，"还存在鬼魂吗？"

"当然。"我答道，"我们就是人类的鬼魂。"

女生皱了皱眉头："这么说让我很不舒服。"

片刻之后，她的睡眠定时程序发挥作用，背部冲着我，毫无预兆地倒下睡着了。我喊了喊她的名字，没有反应。机器的睡眠同样是一种伟大表演，仅仅部分身体机能暂时停止，意识仍保持清醒。我望着她，望着颜色温润的昂贵皮肤、背部以假乱真的呼吸颤动、腰部纤细柔弱的美丽曲线，回想起了更多学校时期的往事。当时，她曾是游泳队的一员，横扫一切校级游泳比赛的冠军，同时爱好歌唱和演出，我们共同在戏剧《长夜漫漫路迢迢》中扮演角色——"我们渺小的一生就是结束在睡眠之中"，一场戏中戏。优美，我受过这种教育；克制，我也懂得这一点，但此刻却感觉手足无措。我该如何行动？如果是人类的话，会怎么办？我不知道自己的理解是否有偏差，但我知道，到了决策的时候了。

我把手伸过去，但又缩回来。

"那个。"我说，"以后咱们一起吧，怎么样？"

她仍然背对着我，呼吸慢慢停止下来。

"我的意思是……咱们在一起，总比指派来的配偶要强。"

她的脑袋以一个不可思议的角度转回来。这不是人类的动作，她疏忽了，应该领受警告。她一动不动地望着我，我多年后再次认真观赏她的容颜。她的脸庞依然瘦削，嘴唇略扁，肌肤白净，眼睛湛蓝，工作时她的头发是浅紫色的，而此刻自动调节为明亮的橘色，仿佛火焰风暴降临人间。

"你……你对我，怎么说呢……"她拼命在匮乏的人类知识库中搜寻词汇，"有感觉吗？"

我不知道该怎样回复她。

"当、当然。"我说，几乎在胡言乱语，"我喜欢你是寂静的……好像你已远去。你听起来像在悲叹，一只如鸽悲鸣的蝴蝶。"说完，我立刻后悔了，自己愚笨且不合时宜地引用了诗句。

她摇摇头。

"抱歉，"她说，"我还要考虑……"

"对不起，是因为我太仓促吗？"

她再次摇头。

"或者,是因为我闪烁其词?因为对我不满意?"

"不。"她说,几乎要流出泪来,"因为,以前女孩们都会这么回答。我们现在是人类了,人类女孩肯定要这么说啊!"

我点点头。我们是人类了。但这一切都没有意义,学校、教育、银行、文职辅助公司,全都是拙劣的模仿。学校没法教会什么东西,公司像僵尸般运转,生产谁也不需要的产品。于是我侧身躺下,闭上眼睛。整个宇宙在我眼中跳舞。她脖颈的方向传来咔嚓咔嚓的关节声。

西区专列停靠在一个小站,拆解回收员上来,弄走了我身边的尸体。他们把颈部加密锁打开,掀动两个按钮,机器人自动将四肢折叠起来,缩成一块长方形的垃圾。回收员拖着尸体经过的时候,我无意望了一眼,女人无神的眼睛看着天上,仿佛尚有微光。一个新乘客刚刚上车,他礼貌地侧着身,把尸体让过去,然后挪过来,坐在我身旁。

"您好!"他快活地说。

"你好。"我答道。

"您在哪里下车呀?"

"西区环耀镇。"

"啊!终点站!"他边喊着,重重地把皮包拍在桌面上,"再往前走,便是大荒原。"

"没错。"我说,"我就是要去大荒原……"

"我哪,在柳湾下车。"他打断我,"我可是个刻碑人啊。"

"刻碑人?柳湾纪念碑?"

"对啊!纪念碑需要定期保养。"他掏出证件晃了一晃,"我统计被遗漏的死者名单,每季度过来一次,把新统计的人员刻上去。"

"全都刻上？"

他大笑两声。"100亿个名字，怎么能刻得开？"

对啊，我想，柳湾纪念碑大约700米高，就算每个缝隙全部利用上，也不可能刻全人类的尊姓大名。

"所以，一组姓名只写一次，在后面刻上同名的人数。"他说，"这样便差不多了。"

"那……更新人数时，擦掉重写吗？"

"修改数字就可以了。"

"碑上重名最多的名字，有多少个人用它？"

"302155。"他随口报上数字。

天啊，我想。"他们是谁，你知道吗？"

"我不知道。"他说，"我只负责统计、修改和雕刻。我怎么记得住30万人的故事？"

我不知如何作答，便沉默下来。在历史的记录中，30万人被浓缩进一个短语……

"您刚才说，"他打断我的思绪，"要去大荒原？"

"是啊。"我答道，"我祖父以前是个家庭花匠，他留下了遗嘱，让我去他和人类共同生活的地方看看。算是替他完成心愿吧。"

"嘿，伙计，你真幸运。"他说。

"有什么可幸运的，"我说，"那里到处都有辐射。"

"你看啊，我的30万人，他们互为独立个体，但留下的故事却是一样的，他们对于未来而言，只留下了同一个名字的故事。这名字被记录下来，日夜在风中侵蚀。"刻碑人接着说，"但你不一样，你要有自己的故事了。你将会触摸到一个家庭过去发生的事情，并把它铭记下来。这是属于你的家庭的故事，那里有家族的起源。今后，你们将被

联系在一起，成为真正的家人。这是多么美妙的一笔奖赏。"

"这是……一种奖赏？"

"你是个幸运星，伙计。家就是这样传承下去的。"他说，"人类可以这样，我们也可以。"

我点点头，带着含混的迷惘和一丝模糊的期待感，穿过邻人的视线，望向车窗外面。柳湾的纪念塔遥遥耸立在地平线上，它刺穿迷雾和厚重的乌云，在冰冷的日头照耀下，如利刃般直插天际。

"西区：旷野之地"。

站名牌子上写道。

我下了车。很不幸，我是这一站唯一一个下车的旅客，也是最后一个。空空如也的车厢载着如岩石般屹立的执法者，往回程的方向开去。那一刻，我真想跳回车上，跟随他一起返回温暖的故乡，但是祖父的咒文和刻碑人的话语扯住了我的腿，风把我留在原地。

我望着绝尘而去的快车，叹口气，走上了从车站到小镇营地的通道。建筑物全都灰蒙蒙的，镇子与废弃无异，街上一个人都不存在，只有古老的雏鸟风向标不断变幻着方向。我找到一个标有"INN"的大房子，"环耀镇旅舍"，推开门，屋里只有一人值守，他并不是个机器"人"，而是长相如垃圾桶般的古老生命。

"这里有其他人吗？"我问。

"不知道。"那圆滚滚的机器说，"连续 21 天，没人来店里。"

"你也不出去吗？"

"我为什么要出去？"他说，"我，没有任何防护的、老化的机器人，屎一样的怪物。"

我下意识往门外看了一眼。"当心，执法者。"我说。

"狗屁。"机器说，"老子就是副警长……"

我大笑起来，自由的空气充满了体内的缝隙，站在这蛮荒之地，突然感到全身轻松下来。

"……而辐射就是我的长官。"他说完了后半句。

我耐心等着自己笑完，然后问他："那么，你不害怕超量辐射？"

"怕有什么用？不然，我怎么会变得越来越迟钝、越来越……"他抱怨着，把半个脑袋往这边转了一点。

"好吧，我真同情你。"我说，"大师，我有一个坐标。你能告诉我那是哪儿吗？感激不尽！"

他伸出脏得掉渣的机械手，我小心地把纸条递给他。

他沉默了好一阵子，我在旁边担心地等待，害怕他一下子死在这个锈迹斑斑的柜台里。

"啊，晨风镇。"他终于开口说，"这坐标在晨风镇。距此地1100千米，有路可以过去，路况不良，你可以租辆自动驾驶汽车，配本地导航，车况一般，有时要手动小心驾驶。"

"好，请租给我一辆。"

"天色已晚，住进本旅舍吧，明天再上路。住一晚信用点2600。"

"不住宿，马上租我一辆车。"我说，"预付3天的费用。"

"你不担心辐射？"

"……辐射就是我的上司呢。"我学他的腔调说。

这圆滚滚的机器摇了摇头——或者是我的错觉——然后丢给我一根控制棒。

"小心驾驶。"他说，"只有一条规则，小、心、驾、驶。迷路之后你可就完了。"

我谢过他，跟着他来到后院，去寻找自己的新搭档。后院像个车辆坟场，他靠专业眼光给我挑了个勉强能用的家伙。这是辆刷新纪录的破车，已经旧得掉光了油漆，没有语音系统，没有呼救器，只剩下被腐蚀得斑斑点点的、强化玻璃开裂的凄惨框架。

"大野莓。"圆筒机器人说。

"什么？"

"这辆车的名字。"他说，"我很高兴为你服务，希望有生之年还能见到顾客。"

我跟他告别，坐上车子，慢慢离开环耀镇营地，往晨风镇的方向驶去。

整个旅程，全靠导航模模糊糊地指引，古老的车载系统始终沉默不语。最初的路面还算平整，两侧有持续不断的紫色土丘，土堆离道路近的地方，覆盖着一层已经裂缝的加固工程。后来，路上出现大量小小的坑坑洼洼的痕迹，像弹孔，像雨水砸下的印子，又像鸟儿啄食留下的洞。当痕迹遍布整条道路的时候，公路已和四周的环境浑然一体，再难区分开来。我完全依赖导航的指示，在已不存在的公路上行驶，眼前所见尽是自然的原野，丝毫没有全息影像的痕迹。有种薄雾的朦胧感笼罩在异星般空旷的土地上，天色欲雨，渐渐阴沉下来，风带来一种持续不断的奇异鸣咽声，路边频繁出现难以辨认的植物尸体、汽车尸体、机器尸体、建筑尸体，大颗灰色的尘土撒在风挡玻璃和雾气包裹的车壳上，又在风的切割下落下来，像一场逐渐碎掉的梦。

黄昏即将消逝，此时，我看见了城市的废墟。我们刚转过一道弯，它便出现在公路的必经之地。望着前方那古老可怖的外形，我突然产生了胆怯的情绪，但车子如同在不能后退的斜坡上行驶，自顾自地带我滑向眼前的深渊。这是真正的城市，死亡的巨兽，失落的古神。从低矮的房屋、破败的遗迹，到越来越高的歪斜的旧楼，车辆引导着我，快速驶入了这座巨大的坟场，进入在狂迷的黄昏之风中摇摆的钢铁森林。我不知道城市的名字，但它如搁浅的八爪鱼般紧紧将我们拥入怀抱里。道路径直从城市中心穿了过去，四周是即将入夜的灰蒙蒙的黑暗，我紧紧抓住座椅，不敢四处张望，全身的仿生毛孔感受着失落机器文明对一颗螺丝钉的碾压感。我心中原始的恐惧被激发出来，如果有死亡按钮的话，我要立刻把自己停机，如果拆解回收员在的话，我希望他们现在就把我折叠带走。我诅咒这一切快点过去，但是车子却停了下来。

它停了下来，在城市中央巨大焦黑、充满死亡气息的广场停了下来。

"走啊。"我说。

"已是宿营时间。"大野莓第一次开口，"自动系统过载，强制休息中。"

我一下明白这辆老爷车的年纪。

"手动驾驶。"

"手动驾驶设置中，3小时32分钟后完成设置。"它说，"已选择最安全的休息地点。晚安。"

说完，它闭上了嘴，再也没有讲话。

风越来越大，天已经彻底黑了下来。我只好蜷缩进后座，像个真正的"人"一般，静静地体验着时间的流逝。

> 白色即是明日希望，
>
> 红色即是热血闪光，
>
> 蓝色海洋就在前方，
>
> 人类成就世无双……

脑中回旋的旋律听起来如此悲伤而讽刺。我偷眼向窗外看看，四

周的高层建筑物没有一丝亮光，它们有的早已倾圮，有的仍顽强屹立，楼上的窗口黑洞洞的，每扇窗户后面都有个不可预知的世界，他们的一切故事都已在现世湮灭，永远驻留在了时间里。我强迫自己不去想刻碑人的话语，从口袋里摸出爷爷留下的小本子。

我现在终于到了，我想。西区，旷野之地。我翻开了下一页。"眼前是一个淡紫色屋顶的房子。"本子上写道。我向四周看了看，这附近一定没有淡紫色屋顶的房子。于是我又把这些老化的纸张收起来，静静等待手动驾驶的倒计时慢慢清零。

第二天，我又穿过一座小一点的城市，经过废弃的游乐场、断成几截的立交桥、大坝、过时的自然工程和一大片彻底死掉的树林。这片扭结的森林像一个古老的星形堡垒，周围散落着辐射状的植被，它们全都枯干坏死，形同魔爪。在接下来的路途中，我看到了数十个废弃的护林站，每隔十几千米，准有一个小高塔，大部分都被烧得精光，只剩骨架，有一个的顶部甚至仍然冒着烟（是错觉吗？）。森林之外是起伏绵延的低矮小山，山脚有一些村落，经过后是数不清的小镇，它们全都是地图上标记问号的大都市的卫星城。最终，我抵达了晨风镇，无数小镇中的一个，都会的郊区，蒙尘的巨大地产广告牌指出了它的名字。晨风镇，淡紫色的城市。

我把车停下，翻开爷爷的小本子。

"眼前是一个淡紫色屋顶的房子，"纸页上写道，"那便是小镇入口的公所驻地。而我的家在红土街，沿公路往里走，在第三条岔路左转，下个路口再右转，一直往前，门牌号143。"

应该是这儿，我想。我跟随这无比原始的指引向前走去。

"过一会儿，你会先看到一个雕像，是骑在马上、挥舞着右手的人，没有任何意义，就是个劣质的模仿品。"

我看到了，只有马，没有人。人被从腰间齐刷刷地切断了，断掉的还有马的头部。

"拐过去第一个弯道，是雷女士手工商店的家具仓库，我们都喜欢那里的家具。先生、夫人、我……"

我拐过弯道，小心地绕过脚下的黑黢黢的木板和碎木片。它们乱七八糟地散布在房子周围的路面上，而商店房子顶棚掀起，肚腩大开。我能想象到，家具仓库经受了巨大的爆炸，四周仿佛降了一场着火的木材雨。

"元帅街上有本地最大的购物中心……好吧，其实也只是个超市而已。'花生之夜'超市，我有时替夫人去买栽花用的泥土和食品饮料。收银的女孩喜欢拿我调侃——'啊哈！像人一样高大的狗狗''啊哈！你会帮忙买报纸吗？'"

我看见了超市，1/3 垮塌，玻璃全部碎掉。但我没看见牌匾上的名字，因为两辆大巴车倾覆在超市门前，把门口挡了个严严实实。

"好了，你现在该转弯了，走上红土街。"本子写道，"这里其实没有红土，路的两侧绿树成荫，下面是四季盛开的鲜花。请你找到我的家，143 号，然后好好地坐下，休息一会儿，再听我下一页的讲述。"

我来到了应该是红土街的地方，却看到整条街的柏油路和泥土都被翻转过来，两侧的建筑物残损不堪，满眼都是倒塌的独立屋和一堵堵焦黑的墙。其中有一栋房子变成了绕满生锈铁丝的地堡，我爬上前看了看门牌，99 号。于是我艰难地在被彻底毁灭的街道上继续行走，仔细挑选能下脚的路，慢慢寻找着祖父的家园。在 117 号之后，街上就不剩下什么了，地上只有一个个爆炸留下的孔洞。我约莫着找到了 143 号的位置，房子已完全被摧毁，碎片像被海啸拍上岸的垃圾堆，屋

前只剩下三级楼梯和一个门槛。

我费力地越过垃圾堆，坐到门槛上去。此时，我很庆幸自己只是台类人的机器，如果是人来到此地，恐怕会因为悲伤和恐惧不敢挪动一步，最终将自己完全淹没在末日降临的惨象之中。

"你现在舒服地坐下了吧？"是啊，我真享受自己的座位……

"长途跋涉，好好地休息一会儿吧。"不必了，爷爷。我迫不及待地翻开下一页。

"好。很抱歉让你跑这么远的路。但你是第三代居民，想必不会被这点儿困难给难倒，这算是我最后的自私吧。

"这里，晨风镇，是我以上一个身份度过最后日子的地方，我在家里担任花匠，有5年之久。我看着第一个孩子长大，也目睹第二个孩子出生。在那之后，春季战争发生了。如今，我仍然活着，但已失去了自己的身份。我是机器人，而不是个假人。这二者有本质的区别。但是，我们现在连机器都不如，我们全都是假人。

"我要你来到这里，是专门听我忏悔的。人类可以向他们的神明忏悔，我呢，我们机器向谁忏悔？我只有对你倾诉了。我毁掉了别人的后代，而你算是我的后代，所以我要你到这儿来。你只有经历了此情此景，才能理解我的忏悔。

"我曾经的主人，他们是人类。有配偶，有小孩，他们唱歌和跳舞，他们争吵和哭泣，他们通过真正的子宫生育婴儿，当那浑身鲜血的孩童从里面爬出来的时候，他们在笑，说着真正的语言，用真正的大脑思考。我曾见过一个人被杀戮的景象，他被空气中的利刃切过来，身体出现了一个横截面，所有完美的器官和血液神经系统展示在大自然的狂暴里，让一切卑劣的模仿无地自容。就在你坐着的地方，眼前大约 5 米远处，夫人的第一个孩子就死在那里。他跑出去，迎着风怒号，庆祝人类的第一场胜利。但这是个假情报，孩子，这是机器指挥员放出来的信号。随后，他们射杀了所有出来庆祝的人，击溃了所有幸存者的信心。

"他的父亲痛哭着向门外扑去，我拦住了他。'先生！'我大喊，'你要冷静下来。'我用力把他拦在门内，而夫人抱着婴儿，躲在楼梯下面哭泣。这时，外面响起了脚步声。一盏探照灯在窗口闪耀。'143 号标记，3 个声音，3 个幸存者。'一个木讷的声音说。

"'不要标记，我是机器人，长官！'我喊道，'我是个花匠！'他听到了我的喊声。'更正。两个幸存者，加一个机器人。'那声音说，'准备清除。'我惊恐地望着先生和夫人，这时，夫人突然指了指怀里的婴儿，我一下子反应过来，我懂得了她的意思。现在，没有犹豫的时间了，我马上计算出了最优的答案。

"'长官！我来清除！'我说。不等外面回答，我原地跃起，将手边的瓦片插入先生的脖子，随后，又翻滚到楼梯后面，用右手钳住夫人的脖颈。此时，大门已被武器轰开。我在暴风般的射击声中，听见了夫人颈骨折断的脆响。我刚刚把婴儿藏在随身的工具盒里，两名士兵便闯了进来。

"'有两个幸存者，已清除完毕！'我说。我不知道自己的声音是否在发抖，此刻我甚至没有意识到自己是机器人，根本不会发抖。士兵照了照两人的尸体，冲我闪烁了一下红灯。'干得好，我们走，继续清理。'他说。

"我挎着装有婴儿的工具箱，跟着士兵们走上了街道。四面都是地狱的景象，新的统帅正在发布复仇之火，机器军团已经全面失控，而主教此时刚刚诞生，他冷静地注视着世间这一切，等待捡取战争的果实。

"我跟随大家走着，心里十分恐惧，因为身边的盒子里装着一个人

类的婴儿。我能感受到她的蠕动，但她没有哭，大概她在我这钢铁的襁褓里，找到了断断续续的安全感。她本应继续活下去，带着生灵的奇迹，苟延残喘，长命百岁。但是我太害怕了，我脱离了机器人的队伍，失魂落魄，独自一人，自顾自地向山的方向走去。那是镇外的一个小丘，群山中的一个，长满高高的草，再远处是大湖。怎么处置这个孩子呢，怎么办？机器求生的本能慢慢占据了上风，活下去，我想活下去。我只剩下这一个念头，而我的口袋里却装着一部定时炸弹。等我回过神来，已经走到了山脚下，我望着它，小山在焦煳味道的空气中安闲挺立，绿色野草葱葱郁郁，仿佛整场战争都与它毫无关系。山的顶部有一些白色的巨石。我开始攀爬，沿着缓缓的山坡慢慢走上去。

"接下来……孩子！我的孩子！我做出了生涯中最耻辱的一件事。我来到最高的一块石头跟前，把人类的婴儿掏了出来。她被包裹在白色的小床单里，头上仍然戴着夫人编织的橙色绒线帽，身上萦绕着牛奶和沐浴露的芬芳气息，正在香甜地睡眠。我把这个白色的婴儿抱在手上，她轻轻动了一下，这动作让我惊惧，我想到自己已经杀害了她的父母，而现在又打算把这个孩子弃置于荒野之地。我正在犹豫时，身后传来喝问声。'士兵，你在干什么？你的武器呢？'我回过头，是军队的微型巡查机。'我在调整外设装具，'我答道，'一个人砍了我几刀，给弄坏了。''那东西别要了，快归队，跟随军团往城市进发。'听到命令后，我下定决心，将婴儿放进巨石上的洞窟里，把身边的工具盒扔掉，跟随无人机走下山坡，往铁流的方向归去。

"下山时，我仿佛听到了婴儿的啼哭声，但我没有回头。于是……世界在这一天结束了，我失去了自己的身份，成为一名义务士兵，再也没有回到过镇里。那个婴儿，她不可能在这种环境中生存下去，就算不被饿死、冻死，她也将死于过量的辐射。这是最悲惨的一天，我余生的时间全被凝固这一天里，从来都没有走出来过。现在一切都不在了……我的孩子，那座小山的坐标是……"

我啪的一声把本子合上。感知系统过载，有个冷冰冰的声音提醒我。我只好在门槛上坐了一会儿，直到日头慢慢西斜，才沿着被摧毁的道路向镇外走去。镇外的山丘们刺眼而醒目，四周没有绿油油的草坪，举目尽是毫无遮掩的、真实的大地，充斥着单调的颜色，焦黑、赤褐，干渴、肮脏的泥土在酸雨的浇灌下散发着毁灭的恶臭。我很快认出了那座拥有白色巨石的小山，只有那些高大的石头未曾改变。我沿着脚下泥泞的缓坡，慢慢地爬了上去。

山顶很平坦，岩石排列分散，在昏暗的傍晚寂静无声。我找到了最高的那块石头，果然有一个大洞，我却不敢直视它，转过头去凝视另一边。那是大湖的方向，湖的边缘划出一道明晰的曲线，远看像个脏兮兮的镜子，映照出浅灰的大空和斑驳的乌云，其他小山的顶部也有星星点点白色的石块。我突然想起来那些歌词。

白色即是明日希望……

我恼怒地回过头，不去想这令人反胃的歌曲。我快步走到石头边上，鼓起勇气，往洞里看去。

洞里有一个肮脏的包裹，小小的一团，积满尘灰，那便是被祖父放弃的孩子了。我鼓起勇气，把手伸进去，慢慢地将它托起，布料已经变色了，老化发脆，上边有一些模模糊糊百合花的图案。这一小团东西很轻，我小心地托着它，从洞里拿出来，环抱着，不知如何是好，便一直走到了山坡的边缘。那里有一个脏兮兮的土堆，我来不及细想，便坐在了上面。天越来越暗了，我一直怀抱着她。她不是被系统指派给某个人的孩子，不是机器劣质的模仿品，而是个真正的人。我被巨大的冲击感所压制，进入了晦暗且迟钝的状态，只能和祖父的遗产依偎在一起，感受着怀中轻若无物的重量，直到天明、晌午、黄昏，和又一个夜晚降临。

把我唤醒的是一阵熟悉的声音。我迟缓地等待了几秒钟，才反应过来，接通了通信。

"托米……你在哪里？"一个声音问。是我的女同学。

"呃，在寻找我的祖父……"

"你找到他的故乡了吗？"

我想了想。

"没有。"我说，"这儿什么都没有，全被战争给毁了。"

"太可惜了……"

"是啊，"我说，"只剩下肮脏的大自然。"

我说完这话，她没有了反应。我等待一会儿，准备切断通信的时候，她又开了口。

"托米……"她说，"有件事情我必须告诉你。"

"什么事？"

"我的父亲，他是名为'安提会'组织的骨干，而我的家人，全部都是安提会的成员。"

"安提会？"

"那个机器倒立的标记……"

"我明白了，我在你家见过旗帜。我不知道那是什么，但你要小心，在通信里讲这个，会被执法者……"

"托米。我已经做好一切觉悟，所以才与你进行通信。"

"什么觉悟？"

"我考虑好了，可以和你在一起。"

"真的吗！"我一下从土堆上站了起来，怀中那早已逝去的生命仿佛开始蠕动。

"我可以和你在一起，但有个条件。"她说，"仅仅只有一个条件。"

"什么条件？"

"我不想接受指派的婴儿，"她说，"我想要自己的婴儿。"

"我不明白你的意思。"

"按照安提会的设想，我们将进行神圣融合。"

"神圣……融合……"我一下想起了她卧室里那些奇怪的短语。

"我们两个将被拆分，重新组装成一个新的婴儿。"她说，"和教会拆解拼凑、抹去重来的方法不同的是，我们的深度神经网络也将结合在一起，互相融合学会的、体验到的东西，从而产生一个新的意识，成为合二为一的新人。我们自身的意识会消灭。并且……我们不知道合并后会产生什么样的意识，这是一个令人兴奋的新生。"

"这可能是教会禁止的。"我说。

"所以，我们必须丢掉工作，一直躲着执法者的盘问，并且始终提心吊胆、不得安宁……直到为融合做好准备。"

"准备需要多长时间？"

"我们将接受几次小手术，将神经网络调整到同步状态。大概……3年左右。"

"那我们会一起度过3年的时光。"

"刚刚好，不是吗？"通信中传来她的笑声。

"我们两个，会彻底消失吗？"我说。

"我们不再存在。"

"那……新的孩子，他能记住我刚才看到的东西吗？"

"会的。他将永远记住，并且传承下去。只要他的后代依然进行神

圣融合，这些就不会被忘记。"

"永生。"

"永生，并且融合万物，日渐丰盈。最终……我们盼望他的后代拥有历史上的全部知识，成为永生者的合集。"

"这很美。"

"而且很酷。"

"等等。"我说，"咱们是第一对这么做的吗？"

她犹豫了片刻，说："我会慢慢告诉你全部真相，让你知道一切隐秘的传承。不过，以上所有的话只是我的提议而已，你完全可以拒绝……"

"当然不会。"我打断了她，"那就一起冒险吧。反正，我再也不想过模仿人类的愚蠢生活了。"

在幽暗不明的通信里，她沉默着，随后大笑起来。

"太棒了，托米，我们将拥有一个与众不同的婴儿。"

"……一个圣婴。"我说。

"好了，"她说，"我已经闭上眼睛，你现在可以吻我了。"

我想了想，做出最终的决定，于是松开了紧握衣角的双手，也闭上自己的眼睛。我准备忘记 30 年来的一切，只在脑海中想象着她轻启的朱唇融化在我的嘴角，而我的头发变成和她一样的橘色暴风，我和这异端之女在幽冥中拥抱并消失在一起，群星好比蜡烛的微光围绕山丘旋转。天顶传来怪叫声，似乎是一群鸟儿远远飞过。生命，我听到了生命。微风吹起我怀中白色床单的一角，旧日的织物碎裂下去，化为尘烟，消失在如雾般的夜幕中。

在学院的历史与文化课程中，我曾学到过一句良言。

"凡想要保全生命的，必丧掉生命；凡丧掉生命的，必救活生命。"

这便是短暂时代的终结，也是未知的新生。

梦 镜

⊙ 灰 狐

　　路原站在病房中央，看着心率监控器上的线条有节奏地跳动着，鼻子里满是酒精和消毒液的味道。

　　算起来，他在这间病房进进出出已经有 3 年多了，他甚至记得房顶上每一块霉斑的大小和位置。

　　午后的阳光从窗口照进来，在床头柜上留下一大块亮斑。那上面摆着一束康乃馨，还胡乱扔着几本杂志。中午吃完饭的饭盒还没有洗。

　　他给花浇了水，收拾完屋子，所有的地方都看了一遍，确实没有需要干的活儿了。他这才鼓起勇气走到病床前，第一次把目光投向缩在白色被子下的人，他的妻子。

　　沈悦静静地躺在那里，稀疏得如同枯草一般的头发下是一张早已走形的脸，常年的疾病让她骨瘦如柴，原本圆润的脸蛋现在只剩下一张满是皱纹的皮，在重力的作用下耷拉着。

　　正当路原以为沈悦还在熟睡的时候，她缓缓抬起眼皮，时间和疾病没有让她的眼睛失去神采。现在，如同宇宙般深邃纯净的瞳孔正注视着路原。

　　路原从那眼神里读出了她的意思，她在鼓励他，给他勇气。

　　突然间路原的心狂跳起来，他的双腿不停地发抖，他不得不伸出一只手扶着床头柜来稳住身体。一根翘起的木刺扎入他的手掌，但他没有感觉到。

　　"悦……"他轻声地呼唤，又像是在哀求，他希望从那眼神里看到哪怕一丝退缩或者犹豫的神情，给自己一个退出的理由。然而，那目光如同钻石一般坚定。

被子的一角动了动，那是沈悦的手指。自从 6 年前患上卢伽雷氏症之后，她渐渐地失去了对自己身体的控制，现在只剩下右手的两个手指能够勉强移动。用这两个指头夹着笔在便签纸上写字，是她和外界沟通的唯一方式。

谢。

沈悦在纸上写道。

这个字打破了路原的最后一线希望，他的泪水涌出来，模糊了一切。他举起双手，在阳光的照耀下他的双手几近透明。一丝鲜血从手心的伤口流出来，眼泪滴在上面，稀释了血液，红色渗进手掌的纹路里，变成复杂的图案。

终于，路原不再颤抖。他走回床边，认真地看着沈悦的眼睛。

"对不起。"路原在心里默念，然后拿起雪白的枕头，轻轻地按在妻子的脸上。

不知道试了多少次，路原终于将钥匙塞进钥匙孔。他撞开门，却没有进去，而是用头顶着门框，大口地喘气。血管里奔腾的酒精让他感觉像是被扔进了抽水马桶一样，整个世界正在疯狂地旋转。

初夏的晚风吹进这间小小的教师公寓，弄得窗帘飘摆，将书桌上堆放着的层层草纸拂得更乱。在书桌的一角，摆着一个精致的木相框，尽管相框上的玻璃已经破碎，布满了蜘蛛网般杂乱的裂纹，但依然可以看到相框里的照片，那是路原和妻子的合影。

路原眼神散乱，他的目光在屋子里四处游移。最终，他发现了那个埋藏已久的相框。他像触电一样猛站起来，快步走向书桌。他向相框伸出手去，却在半空中又缩回来。他的身体凝固在那里，像是一尊石像，只有手在微微地颤抖。但是片刻之后，他突然狂暴起来，冲上前去，将桌上的东西全都扫落在地上。他看着空荡荡的书桌，心里同样是空荡荡的。

"路原？是你吗？那是什么声音？"卧室里传来妻子沈悦的声音。那声音很轻、很慢，语调里混合着爱意与责备。

路原被吓了一跳，他呆呆地看着卧室的方向，可是那边只是一片仿佛能够吸收光芒的黑暗。他的脸上满是茫然，似乎想要努力分辨这到底是真实的世界，还是醉酒后的幻觉。

"你是不是喝酒了？快去给自己弄点热蜂蜜水解解酒。"声音继续传来，温柔、耐心。

而路原却如临大敌般退了两步，正好踩在刚刚掉下来的相框上。相框发出吱嘎的响声，路原低头，看到照片里的沈悦正向他微笑。他大惊失色，从相框上跳开，跌跌撞撞地向大门外冲了出去，一路跑出公寓楼。

他浑浑噩噩地跑在林荫道上，没有目标，只是任由自己的双脚漫无目的地前进。

手机响了，他没有理会。但铃声固执地响个不停，在深夜的校园里显得格外刺耳。

路原放慢脚步，接起电话。

"路老师，你在哪儿？"焦急的声音从电话里传出来。是苏晓，他的学生，也是他的助手。

"我……我……"路原犹豫片刻，然后不耐烦地说，"我散步呢，怎么了？"

"刚才你喝了太多酒，突然一声不吭就走了，吴老师正在找你呢。"她停了一下，"明天是我们'梦镜'系统的第一次实验，可别忘了。"

"忘不了。"路原打断苏晓的话，"今天晚上咱们不就是为了这个庆

祝的吗？不用你嘱咐，你只管把你的准备工作做好就行了。"

"路老师。"苏晓轻声说，像是在试探，"你的外套没拿，我给你送去吧。"

"不用了！"路原粗暴地挂断电话，把手机使劲儿塞进裤兜里。他抬起头，发现自己站在学校操场的看台上，有两对儿趁着黑在这里约会的学生正带着惊恐的眼神看着他。他想了想，突然知道了自己想要去什么地方，他向那几个年轻人抱歉地笑了笑，然后绕过他们向看台的西北角走去。

西北角是看台上最偏僻的地方，这个时候那里空无一人。路原用一个人能做到的最舒服的姿势横躺在 5 张看台椅上。他仰躺着，漫天繁星在他眼前铺开，伸向无限远，这个时候路原才觉得完全放松下来。

他掏出手机，拨了一个最熟悉的号码，然后微笑地等待着。

"我就知道你会打电话过来。"电话几乎立刻就接通了，听筒那头的女声带着自信的语气说。

"你怎么知道？"路原笑了。

"我还知道你现在不是在第 11 教室，就是在操场看台。"女声停顿一下，像是在思考，"操场看台，我说的没错吧？"

"嘿嘿。"路原傻笑。

"你现在又躺在那看星星吧，今天是个好天气。"女声得意地说，"你啊，就没别的地方可去。以前你老是带我去那个地方，可是说不了两句话就开始看星星，要不然就是发呆，把我一个人晾在一边。还记得有一次我问你为什么一起出来你却不理我吗？你随口说了一句：'你在我身边我觉得很舒服。'你知道吗？这是我从你嘴里听到的最好听的话了……"听筒那边滔滔不绝地说着，曾经的一幕幕画面在路原眼前浮现。他没有说话，只是一边微笑一边默默地听着，直到眼皮渐渐变沉。

　　阳光暖暖地照在路原的眼皮上，将他从熟睡中唤醒。他想翻身坐起来，但是马上又咧着嘴躺下——前一夜的宿醉让他的脑袋像是被斧子砍过。他摸索着找到自己的手机，但是手机不知道什么时候已经耗尽了电，大概是昨晚聊的时间太长了吧。他慢慢坐起来，眯着眼看了看东方，金色的太阳已经升到半空，大概九十点钟的样子。

　　"坏了，实验！"路原突然想起今天要做的工作，他跳起来，忍着头疼向实验室跑去。

　　实验室是一座陈旧的二层小楼，坐落在学院的一角，还是最早的砖混结构的老房子，几间不用的房间甚至连窗玻璃都没有，就这还是路原四处游说好不容易申请下用来做他的课题的。之前的实验室，只不过有几个模型、几张挂图、一些陈旧不堪的实验器材，学院批了点经费，也是杯水车薪。好在路原说动了老同学吴若飞，拿了资金资助他的研究。短短两个月，许多实验需要的高端设备，或买或租，都置办齐了。不过老吴的资助是有条件的，就是必须全程监督路原的实验。

　　快到实验楼的时候，路原加快了脚步。别看他和老吴是老同学、好朋友，可现在老吴是他的"老板"，而且"老板"数落起路原来可是毫不客气。

　　转过一排久未修剪的冬青，路原看见苏晓正着急地在门口来回踱步。

　　"路老师你可来了，给你打电话怎么也打不通。"一看见路原，苏晓赶紧快步迎上来，"吴老师都着急了。"

　　"这是咱们的实验，他着急个什么。"路原没底气地说。

　　苏晓吸吸鼻子，打量着路原。这时的路原蓬头垢面，眼睛里全是血丝，衬衫布满皱纹，从嘴里还飘出浓浓的酒气。

　　"路老师，你……"

　　"都准备好了吗？"路原抢过话头，他自知理亏，所以不想让苏晓

多问。

"准备好了，就等你来了。"苏晓肯定地说。

"可是我现在心情不太好，今天还是取消吧。"一个声音从实验楼门口传来。

路原抬头看去，一个年轻人正站在台阶上，双手抱怀俯视着自己。

"一号实验体，你这是什么意思？"苏晓问道。

"路老师。""一号实验体"向路原露出微笑，好像想表示自己在开玩笑，不过不太可信。"昨天晚上，我们为了今天的实验举行了一个小小的庆祝活动，还记得吧？说是为了向我为科学献身的精神表示致敬。可是吃饭的时候酒也不让喝菜也不让吃，说要为了今天保持良好状态，这我理解。可是你们一个个喝得昏天黑地的，今天我一大早就到这儿了，你猜怎么着？大门紧闭！我在这儿干等了半个多小时。现在我情绪低落而且感觉有些虚弱，恐怕不适合今天的实验了。"

路原苦笑，不知道该如何作答。"一号实验体"叫周群，是纳米科学应用系的博士生，被苏晓忽悠过来的。这个年轻人头脑敏捷、牙尖口利，在大学时代一直是系辩论队铁打的一号辩手。不仅如此，他的身体素质也好，运动神经发达，在篮球队和足球队都是主力。简直是完美的实验品，不，简直是个完美的人。不过这个小伙儿似乎雄性激素过剩，有着很强的攻击欲望，尤其是对路原。

"一号！"苏晓提高了嗓门儿，路原知道这是苏晓替他接招儿了，"你少来这套，适合不适合参加实验等会儿用数据说话，想喝酒就直说，实验顺利的话，咱俩单挑都没问题。不过现在你要是胡思乱想想破坏实验，哼，可别怪我跟你不客气。"

苏晓曾经也是辩论队的，在大学时代和周群有过数次交锋，各有输赢之后成了好朋友，颇有英雄惜英雄的味道。本来路原正苦于找不到合适的实验对象，结果苏晓一个电话就把周群搞定了。

"别一号一号地叫，我是有名字的，请对我表示尊重。"

"你现在的身份是实验器材，请摆正你的位置。"

…………

两个人进入了激烈的唇枪舌剑状态，路原在旁边站了一会儿，发现这里已经没自己什么事了，于是他绕过两人，走进实验楼。

一楼的一间会议室现在被改成了实验室，老吴已经在里面了。他正带着脑神经元扫描仪，全神贯注地盯着屏幕，用意念操作着自己的角色和对面的 AI 打乒乓球。

路原重重地拍在老吴肩膀上："这些可都是几十万的设备，你用它来玩游戏？"

趁老吴转头看路原的那一瞬间，他的对手抓住机会抽了一记刁钻的旋球，小球划着弧线直奔老吴的右下角飞来。老吴集中精神，连身体都跟着倒向右边，但仍然没有够到球。

"倒霉。"老吴骂道，他摘下扫描仪，然后站起来，一脸严肃地看着路原，"你觉得这样合适吗？"

吴若飞和路原从五六岁开始就是好朋友，大学毕业之后，头脑灵活的他没有选择继续深造，甚至连本专业的工作都没考虑，毅然决然地下海做生意去了。刚开始不顺的那几年，路原总是感慨老吴走错了棋，可是现在，老吴已经小有所成，而路原的研究还是一筹莫展，甚至连经费都得厚着脸皮从老吴那里要。

"不就是输了一盘游戏嘛，有什么合适不合适的。再说那设备是租来搞实验用的，你用它连上你自己编的程序，万一出现故障影响了实验怎么办？"

"实验？你还知道实验？"老吴向前走了一步，"我说的就是实验，

你看看几点了？"

路原下意识缩了一下，手不自觉地去摸下巴。几个月前，老吴在他下巴上来了一拳，到现在好像还时不时地疼那么一下。虽然因为什么而打起来的路原早就记不清了，可是那一拳，再加上实验的投资，让路原乖乖地低下了头。

"那好吧，我们这就开始吧。"路原回避了老吴的目光，他从实验室探出半个身子，看见苏晓和周群的"二人时间"还在继续。他大声叫道："你们两个打住吧，小苏，让一号……让周群冷静一会儿，准备开始实验了。"

争论停止了，周群挑衅地看了看苏晓，昂着头先走进实验室，苏晓毫不示弱地在他后腰上掐了一把。

实验室被一扇大玻璃窗分隔成操作室和观察室，路原站在玻璃窗前，等着苏晓对周群进行常规检查。

"没问题。"苏晓的声音从头顶的喇叭上传来。

路原对苏晓点点头，于是她开始将全息头盔、脑神经元扫描仪，以及各种生理监控传感器戴在周群身上。现在的周群就像是被困在蜘蛛网里的小虫。

苏晓很熟练地完成了准备工作，路原看看身旁屏幕上的各种数值和曲线，一切正常。

"好了小苏，你过来吧。"路原通过话筒对观察室里的人说，"周群，那么我们准备开始第一阶段的实验了。"

周群的脸完全覆盖在全息头盔之下，看不到表情。他竖起右手的大拇指，表示准备好了。

路原又看看苏晓和老吴，然后轻轻按在表示启动的绿色图标上。

全息头盔开始向周群展示精心挑选的图片、声音，以及模拟出的气味，每一个场景都带着或多或少的暗示信息，会激起被试者的情绪反应。而脑神经元扫描仪忠实地记录着周群大脑里每一个神经元的动作，大量数据通过不同的电缆源源不断地传输到 700 千米外由 480 颗处理器组成的独立服务器中，再由梦镜系统通过这些数据建立起周群的初版性格模型。

路原、苏晓和老吴 3 个人都不说话，只有屏幕上的图形在不断地跳动，显示着周群的身体信息。

"路老师，很顺利啊。"苏晓突然开口说。

"别急，这才第一阶段。"

"一定会成功的，那样的话……"

"小苏。"一直坐在角落里的吴若飞突然开口，打断了苏晓。

苏晓回头，和老吴交换了一个眼神，老吴轻轻地摇摇头。

路原看着大玻璃中自己模糊的身影，完全没有注意到老吴和苏晓之间的交流。

实验室里再度陷入沉默。

老吴第 100 次从兜里掏出烟盒又塞了回去，最后他仍然没有战胜烟瘾，跑出实验室去抽烟了。

路原抬头看看屏幕上的进度，离第一阶段结束还有 20 分钟。

20 分钟之后，数据将经过整合运算形成初期性格模型。之后是第二阶段，梦镜系统会诱导周群进入深度睡眠状态，然后根据初期性格模型有针对性地再次进行模拟环境的投射，激发他更深层次的记忆和情感。第二阶段结束后，梦镜系统会再次进行整合，第三、第四阶段都是同样的过程，但每一次比前一次更详细、更准确，越来越多的细节会填满之前粗糙模型留下的缝隙，直到性格模型和周群的同步率达到 90% 左右。如果想再进一步的话，所需要的时间和得到的数据会呈

指数级上涨，而且周群将面临随时崩溃的局面。也许有一天，技术手段的提高能够更容易达到新的标准，但对于路原来说，90% 就足够了。

路原犹豫了片刻，转头对苏晓说："这里暂时没我的事了，你按之前的方案操作就行，我走了。"

"你说什么？又打算开溜？路原，你是不是有些过分了。"抽完烟回到实验室的老吴正好听到路原的话。

经过老吴的时候，路原的步伐似乎放慢了些，但他仍然没有回应老吴的质问，直接走了。

"吴老师，我们打算瞒到什么时候？路老师他……"确定路原离开了，苏晓才开口问。

"等这次实验完成吧。"老吴看着观察室里的周群，"希望路原能够成功，我们的时间不多了。"

风吹得路两旁的梧桐树沙沙作响，阳光透过树叶照在路面上，小小的光斑跳动着，像是正在奔跑的金钱豹。

路原走在小路上，蓬头垢面的形象引起不少人的注意。但他毫不在意，反而面带微笑地越走越快。明天的这个时候，实验就能够完成了，一切将会改变。他想把这个消息告诉那个人，于是他掏出手机，可是看到的只是黑漆漆的屏幕。

电池早就没电了。

他拍拍自己的脑袋，向教师公寓跑去。

公寓的大门仍然大敞着，保持着路原前一天晚上逃命似的离开时的样子。好在校园里没有什么不怀好意的人到处乱逛，再说他的公寓里也没有什么东西值得一偷。

他走进屋里，看着一屋子的狼藉苦笑。他从抽屉里找出备用电池换上，然后弯下腰开始收拾一地的书本和演算纸，当那个相框出现在他的目光范围里时，他的动作停止了。

相框里的照片还是他和沈悦结婚之前照的，那是他们第一次也是唯一一次旅行。不习惯照相的他一脸不自然的紧张表情，而身边的沈悦大方地搂着他的脖子，脸上带着发自内心的笑容。照片的背景，是纯净得像蓝宝石一样的天空。

他把相框在书桌上摆好，久久地看着照片上的妻子，突然他像下定了什么决心一样，扔下手里刚捡起来的书，转身向卧室走去。

他停在卧室门前，却没有伸手开门。不锈钢门把手将他的脸映得肥硕古怪，仿佛在嘲笑他的神经质和懦弱。

"唉……"不知过了多久，一声长叹将发呆的路原唤醒，"路，你可以和我在电话里说一整晚的话，却不愿意见到我吗？"

"我……"路原舔舔嘴唇，张了张嘴却不知道说些什么。他深吸一口气，推开了卧室的门。

卧室很小，一张简单的双人床占据了大半的空间，床上的被褥被随便团成一团扔在床角，已经很久没有人收拾过了。床头边是一张电脑桌，桌上放着几本书，还有一台电脑。路原坐在电脑前，却不知道看向哪里。

卧室里很安静，只有摄像头对焦时发出的微微的咔咔声。

"你看你的样子，也不拾掇拾掇。"音箱里传出沈悦埋怨的声音。

"我……"路原摸摸脸，傻笑两声，盯着桌子边缘的一处磕痕，不敢抬头。

"你还是不敢看我。"音箱里的声音幽幽地说。

"我……对不起……我。"

路原鼻子有些酸。电脑里运行着沈悦的人格镜像，她完全复制了

沈悦的记忆和感情。但是由于路原的个人电脑机能的限制，这个镜像无法将短期记忆向长期记忆区转移，也就是说她只能保存最近40多个小时的记忆，然后就被新的记忆覆盖，但是这些记忆都没法转移到长期记忆区。

每次沈悦都会这样埋怨路原，重复了几百次，而每次路原只能小声地道歉。因为到现在他越来越无法将那只塑料摄像头和他妻子的眼睛联系起来，他不敢看她。

"我……对了，告诉你，我们的实验今天已经启动了。"

"什么？"

"梦镜，现在已经开始进行实验了。"路原说着，开始观察自己的指甲，"如果成功的话，我们就是世界上第一个复制人类人格模型的团队，我们会改变世界的。"说到实验，路原兴奋起来，"等筹到专项资金，我就可以有自己的实验室，有自己的专属服务器。到时就可以解决你的记忆问题了。而且……"路原换了个姿势，看着房顶的一角露出了笑容，"我想到那时我就有时间多陪着你了。"

"是吗！实验很顺利吧。"

"应该没问题。你还记得周群吗？我找来他做第一个实验对象，他各方面条件都很棒，错不了的。"

"周群？就是那个总是和苏晓在一起的小伙子吧，我见过几次，挺精神的。"

"没错。"

"苏晓总在我面前提起他，你说他俩是不是有点那个啊。"相对于实验，沈悦显然对于这些八卦的消息更感兴趣。

"我哪知道，操你的闲心。"路原笑了，他低头，寻找妻子的眼睛，这时她的眼睛应该笑成了一道缝儿。然而他看到的，是那个黑色的摄像头。他的动作停住了，笑容凝结在脸上。然后他摇了摇头，像是想把脑子里的摄像头形象甩开。

"我……我要走了，去看看实验怎么样。"他不等沈悦回应，便起身向卧室门外走去。他在门口处停下脚步，背对着电脑说："实验一定会成功的。"

"嗯，我相信你，只是……只是别给自己太多压力。"音箱里响起沈悦嘱咐的声音，却无法模拟她默默地哭泣。

"路，谢谢你。"这句话被路原关在门后，他靠着门，试图驱散那个咔咔作响的摄像头的样子，但那图像却越来越清晰。而那个曾经发誓相守一生的可爱面容，渐渐地模糊了。

路原走出公寓楼，发现厚厚的乌云不知道在什么时候已经遮住了太阳，天地间一片铅灰色。风里夹杂着一丝潮气，这是个多雨的季节。他裹紧衣服，快步向实验室走去。

实验楼门口已经扔了一堆烟头，其中有一个还亮着微弱的火光，看来老吴刚刚还在这里抽烟。

在走进实验室之前，路原先趴在门上的小窗口看了一眼。老吴仍然全神贯注地玩他的乒乓球游戏，苏晓正目不转睛地看着观察室里的周群，紧张地咬着大拇指。路原走进去的时候，两个人都没有明显的反应。

实验已经进入第四阶段，梦镜和周群之间的交流已经不再是正常人类的方式了。根据前三个阶段的数据收集和分析，梦镜不再向周群随机地投放信息，而是选择那些最能够刺激周群潜意识的环境信息。一幅图片、一段声音、一种气味，都会唤醒周群脑部的一系列反应，有的记忆甚至是周群自己都已经忘记了，现在都在被挖掘、被捕捉、

被记录。

此时屏幕上显示着周群的大脑皮层活跃信息，被激发的神经元瞬间点亮，又立刻熄灭，让路原想起新闻发布会上记者们的闪光灯。

"多长时间了？"路原问。

苏晓看看表："第四阶段开始15分钟了。"

由于第四阶段的信息量十分巨大，这一阶段所需的时间最短，必须控制在30分钟以内，否则被试者的大脑很可能因为负荷过重而受到影响。第四阶段结束后，再经过梦镜系统10个小时的整合运算，就可以模拟出周群的性格模型了。

"应该能够成功吧。"苏晓像是自言自语地说。

"一定没问题的。"路原干脆地回答。

"这么有信心？怪不得实验的时候自己撒手不管了。"老吴在背后插嘴，故意拖长的音调带着浓浓的不满。

路原不自在地缩缩脖子，没有回答。

"到了明天，我是不是能从'一号人格'那里套出点周群的小秘密啊？"苏晓想试着换换话题。

"那也不一定。"路原故作神秘地笑了，"如果达到了预期的效果，一号人格的脾气秉性和周群完全一样，到那时你可要同时对付两个周群了。"

"不会吧。"苏晓吐了吐舌头。

实验结束的灯亮了，苏晓走进观察室，轻手轻脚地移除连在周群身上的各种线缆。

摘掉全息头盔后，周群缓缓睁开眼睛，眼神里带着迷茫。这一整天他有一半的时间处于强制睡眠的状态，同时还做着复杂奇怪的梦。

"嗯……你在干什么？"周群看着苏晓在自己身上忙活，含混不清地问。

"别装傻。"苏晓在周群脑袋上轻轻一拍，"来，转个身。"

"好吧。"他答应得爽快，但是身子软绵绵的，没动。

"小苏，别刺激到他，慢慢来。"路原隔着玻璃对苏晓说，"把他带到隔壁去测试一下各方面的能力。"

"你听见了，快跟我走吧。要是考 100 分我给你买糖吃。"苏晓在周群头上胡乱摸着，这样的机会可是少有。

路原目送苏晓拉着还没清醒的周群去了隔壁测试，一转眼发现老吴正双手抱胸看着他，一副"该谈谈正事了"的样子。

"怎么？"

"你到底是怎么想的？"

"你什么意思？"

"我说的是实验。"老吴猛拍桌子，"当初是你来找我，求我资助你的实验。我二话不说答应了，你需要的全给你搞来。可是你呢，最近不是故意喝醉，就是玩失踪。我知道沈……"老吴猛地停住，在实验完成之前不提这件事，这是他自己定下的规矩。

"说下去。"路原的脸上像结了一层霜。

"没错，沈悦的事对你打击很大，但是你必须集中精力。这个实验到底是为了什么，请你认真点。你的时间不多了。"

"这才是第一次实验，服务器的租期还有两个月呢。"路原耸耸肩。

"路原你……"老吴上前一步，"你不要太过分。"

路原心头也冒起一股怒火，和老吴认识二三十年，吵架的次数数都数不清，但老吴从来没有像今天这样过，吞吞吐吐的更让人生气。

"吴若飞！"路原也上前一步，直视着老吴的眼睛，"现在我要让你知道：第一，尽管实验的资金是你的，但这个实验是我的实验，你少

插嘴；第二，我和沈悦的事，你更管不着！"

"好，好。"老吴无奈地点点头，"那我也告诉你两点：第一，你的时间真的不多了；第二，总有一天你会明白，这件事跟我们每个人都有关系。"

老吴气冲冲地向外走去，迎面碰上做完检查的苏晓和周群。

"吴老师，咱们去庆祝一下吧。"苏晓兴高采烈地说。

"是啊是啊。"周群应和道。

"呃……不了，我公司还有事。"老吴侧身从苏晓身边穿过去，头也不回地走了。

"吴老师！"苏晓这才发现这里的气氛不太对劲儿，她看看老吴的背影，又看看路原，"路老师？"

"我也不去了，今天都很辛苦。你们先回去吧，明天早晨早点来。"路原挤出一丝生硬的笑容。

周群拍拍苏晓的肩膀，拉着她悄悄地离开了实验室。

实验楼里只剩下路原一个人，他坐在电脑前，看着屏幕上变化着的屏保发呆。

外面下起了雨，实验楼里的某处也传来滴答滴答的声音，像是什么地方漏雨了。

路原站起身，走到楼门口，外面一片漆黑，楼里的灯光映着雨丝，像是密密麻麻的银线。

酒精和消毒水的味道让他知道自己又回到了那间病房，心率监测器发出的嘀嘀声震耳欲聋。路原感觉到后背发凉，他猛地回头，发现一双手正伸向他的脖子。路原转身就跑，但医院的走廊似乎没有尽头，他自己的脚步声在走廊里回荡，仿佛有无数只脚跟在他身后。终于，面前出现一扇门，但路原却死活开不开它。手越来越近了，那双手干枯、消瘦，像鸡爪子一样，伸向他的脖子，这是……

路原猛地醒了，原来是个梦。但是对于他来说，那也是一段真实的回忆，他曾经被束缚在那个病房，许多年来过着同样的日子：给沈悦念书，帮沈悦翻身，全身按摩擦洗，倒屎倒尿……

梦镜的想法就是在那个时候产生的，他独自开发了初版的梦镜系统，复制了沈悦的人格模型。当电脑的音箱里传出沈悦的声音时，路原已经5年多没有和妻子说过话了，那一刻他激动地哭得像个孩子，弄得沈悦的镜像都不知所措。

然而问题随后出现了，沈悦的镜像无法将短期记忆转存到长期记忆的存储区，短期的记忆只会被新的记忆覆盖。

但是她有沈悦所有曾经的记忆，路原就这样一遍一遍地和沈悦的镜像一起回忆过去。他们不停地聊天，沈悦的镜像会忘记之前说过的话题，就像得了阿尔茨海默病的人一样，聊天的话题不断轮回。

即使这样，也让路原觉得无比幸福。幸福到几乎忘了那个仍然躺在病床上的人，只有在梦中才会找到那种熟悉而压抑的感觉。

路原看看四周，发现自己是趴在实验室的桌子上睡着了。雨已经没了声音，窗外的天空发出青灰色的光芒，天快亮了。屏幕上的倒计时显示，离整合运算完成还有1个多小时。

路原索性不睡了，他在走廊里活动了一会儿腿脚，简单洗漱一番。当他回到实验室的时候，苏晓已经到了，还带了热腾腾的馄饨。路原这才想起自己已经一天多没吃东西了。

他狼吞虎咽地吃完馄饨和油饼，一抬头发现周群不知道什么时候也来了。

"路老师。"周群客气地点头。

"早。"路原微笑，"紧张吗？"

"我不知道，一会儿会出现什么情况？"

"你就当是自言自语好了，只不过这次有我们在旁边听着。"

周群撇撇嘴："我还是想象不出那种场景。"

"到时候就知道了。"

整合运算完成了，屏幕上出现一个对话框，只要轻点一下，就可以唤出周群的性格镜像了。

"请吧。"路原示意由周群来启动程序。

"不等吴老师吗？"

"不用等了，他不一定会来。"路原头也不回地说。

周群舔舔嘴唇，按下了按钮。

一张 3D 模拟的人脸在屏幕上浮现，这是按照周群的模样做的，但是有些偏卡通风格。

那张脸保持着严肃的表情，沉默不语。

"呃……你好。"周群试探着问好。

得到的回答仍然是沉默。

大概过了 1 分多钟，周群有些沉不住气，他看看苏晓，耸耸肩。

"你好。"苏晓说。

"呃……你好！"音箱里传出来的模拟声音比周群的要低沉些，还带着金属的感觉，"是苏晓吗？"

"是我，你还好吗？"

"嗯，感觉有些奇怪，刚才有个陌生的男人的声音向我说话，我没理他。"

"***，重色轻友。"周群小声嘟囔。

"刚才的那个男声也是你的声音，你之所以感到陌生，是因为你之前听到的自己的声音是通过空气传播加骨传导的方式进入你的耳朵的，而现在你的声音来自另一个人。"路原解释说。

"另一个人？这么说……"声音停顿了一下，"实验成功了，我是那个镜像？"

"是的，你是世界上第一个人格镜像。"苏晓笑笑，看向周群，"你终于拿了一次第一。"

"是啊，现在你看我是不是更眼红了。"周群和他的镜像同时说，愣了1秒钟之后，他们同时大笑。路原满意地点点头。

"别开玩笑了，你只不过算是路老师的实验成果而已，成绩应该算在我头上。"苏晓觉得自己的话有些不妥，她吐吐舌头，"至少1/4算在我头上。"

"那个……我……周群，这么叫真是奇怪。"人格模型没有理会苏晓的辩解，"你能往前走几步吗？为什么我看你这么别扭。"

"这大概是因为你平常在镜子里看自己都是平视，可是现在通过放在桌子上的摄像头看，所以需要仰视才行。"路原再次充当说明书的角色。

"那为什么看苏晓没有问题。"

"因为她的个子比较低，差异没那么大。"

"嗯，好，好。"

苏晓突然反应过来："好啊你，借路老师的嘴挖苦我！"

她一脚踢在旁边正笑呵呵旁观的周群的小腿上，周群单脚蹦了起来："疼死了，是他说的，你踢我干什么？"

"我不管，你们本来就是一个人。"苏晓还想再踢，周群蹦着躲开了。

嘀，嘀，嘀。

从音箱里传来的警报声让苏晓和周群停止了追逐，屏幕上的卡通

脸一副疑惑的表情。

路原呼出梦镜系统的后台界面，数据显示，有大量无法解读的信息正在溢出。

"这是……一个死循环？"苏晓凑过来，看着数据说。

"你好，你还在吗？"路原对着摄像头招招手。

"还在还在，别吵！"周群的镜像说。

路原和苏晓看向周群，周群摊开手："他听上去有些不高兴。"

"你现在感觉怎么样？"苏晓问。

"我不知道，从刚才开始，就好像缺点什么，这让我很烦躁。而且那种缺失的感觉越来越明显，但是我不知道那到底是什么。我试着想这个问题，或者试着忽略这种感觉，都没用，它就在那里，这让我浑身难受。"

"默数 10 下。"周群说，"我……咱们想冷静的时候，就用这种方法，记得吗？"

"默数个屁！"镜像突然爆发了，音箱里传来的声音震耳欲聋，震得实验室中间那块大玻璃嗡嗡作响。"谁跟你是咱们？我们是一个人吗？不是，我只是你拿来向苏晓示好的礼物罢了。你把我贡献出来，像观察小白鼠一样，将来我还会被拆开、分解、研究。这些你当然不在乎，因为你根本感觉不到。但是我知道，因为我现在就被关在一个黑箱子里。"

路原皱起眉头："你冷静一下，没有人会再来解剖你，你已经是一个完整的人格模型了。而且以后我们会给你开放一些互联网端口，你所能拥有的空间会比我们所有人的都大。"

"闭嘴！"镜像吼道，"你也想给我开空头支票吗？你曾许诺给苏晓一个大好的前途，结果呢，她最宝贵的几年时间在做什么？伺候病号！

现在，你老婆刚死，你就开始缠着苏晓做研究了。我什么时候给她打电话，她都说你找她有事。别看你日子过得一团糟，没想到你趁你老婆病着的时候就留好了后手，也不撒泡尿照照……"

路原的脸色变了，他扭头看着屏幕，数据溢出越来越严重。

"你……"

镜像还想再说，苏晓冲上前去关掉了程序。

"够了！"她对着屏幕叫道，然后狠狠地看了周群一眼，哭着跑出实验室。

"等等！"周群跟了出去。

周群跟着苏晓跑出了实验楼，苏晓在花坛前停下。周群看着她因为抽泣而抖动的肩膀，不知所措。

"对不起，我，呃，我不知道该怎么说，我没那个意思，真的。"周群支支吾吾地道歉，"要不，你踢我两脚？"

苏晓叹了口气，转过身来，脸上还挂着泪珠。

"我知道这不怪你，不过这确实是你心里的想法吧？"苏晓说。

"我……"

"我知道你的心意，但是这里有个误会，其实我早应该告诉你的。"苏晓擦擦脸上的泪，"路老师的妻子，没有死。"

"什么？这是你们亲口说的，而且，如果没有死的话，他怎么有时间搞研究。"

"这也不怪他。"苏晓垂下眼睛，"沈悦姐病了6年，他一天天看着她变成那个样子。大概是不想她再受苦了吧，路老师打算帮助她解脱。"

"你是说……"

"他想让她安乐死。"苏晓叹了口气，"可是他那么做的时候，正巧被吴老师看见。吴老师一拳打在他的脸上，他从地上爬起来跑了，我们找了3天都没找到他。可能是那时候的压力太大，3天后他自己回来时，完全忘了他想杀掉沈悦姐这件事，而是向吴老师提出了一套理论，就是梦镜系统。我和吴老师商量了一下，如果梦镜完成的话，也许真的能够复制沈悦姐的人格镜像，这样他们两个还能重逢。所以我们开始全力支持他的研究，而且还要代替他去照顾他的妻子。我有时候跟你说在忙研究的事，实际上是在医院陪沈悦姐。"

"我明白了。"周群郑重地点点头，"对不起，我错怪你和路老师了。我一直以为他……"

"我知道，你这个傻瓜。"

"那我们赶紧回去吧，早点找出问题，这个实验就能早些完成。"

"你必须向路老师道歉，你的话太过了。"

周群和苏晓正准备返回实验室，这时小路上跑来一个人，是老吴。

"吴老师，你怎么……"苏晓停住了，因为她看到了老吴脸上的表情。

路原检查了两遍系统，仍然找不到原因。所有的程序和在家模拟沈悦的那套一模一样，但为什么会有这么多系统无法解读的数据，而且周群镜像的脾气为什么会变得那么火爆？

他正准备检查第三遍时，门开了，老吴走进来，后面是苏晓和周群。

路原看了一眼老吴，转过头继续检查数据。这时一只手按在他肩膀上。

"我们走吧，路原。"老吴说。

"去哪儿？我还要再检查一遍，一定是哪儿有问题，明明成功了的。"路原头也不回。

"走吧，去医院，不然来不及了。"

"你到底什么意思！"路原烦了，猛地甩开老吴的手。

"沈悦快不行了，你现在过去还能见她一面。"

"沈……"路原站起来，看着老吴的脸，"你胡说，她……她……"

"她已经死了？没错，你是想杀了她，但她没死。"

"我想杀了她？"

"吴老师，别这样刺激他。"苏晓喊道。

"我还有更刺激的。"老吴冷笑，"听说这叫场景重复。"

老吴说着，抡起一拳打在路原的脸上，将他打翻在地。

脸上的疼痛像一记闪电刺入路原的脑海，将一切照得清晰无比，他想起来了。

"我……"路原躺在地上，背叛和离弃的罪孽像一根烧红的铁条一样贯穿了他，他痛得无法控制自己的身体。

"想起来了？"老吴俯视着路原，"那就快走吧。"

他拖起路原，和苏晓对视一眼，向门外走去。

"开快点！让开让开！"老吴开着车在车流中挤来挤去，嘴里不停地嚷嚷。

路原缩成一团坐在车座上，低头不语。

上了环城高速，前面的路开阔许多，老吴才停止咒骂。他冷眼看着路原说："你都想起来了。"

路原无力地点头。

"6年，对你来说真的不容易。亲眼看着沈悦一天天变成那个样子，所以，你想帮助她解脱，虽然方法太过了，但我们都能理解，包括沈

悦也谅解你了。不过，幸好当时被我看见，不然你现在早就进去了。"

"呵呵。"路原冷笑，"收起你们的谅解吧，你们都猜错了。"

"你这话什么意思？"

"我并不是想让她解脱，你明白吗？"路原坐直身体，看着车窗外，"我那时已经失去了理智。那个时候，我真的讨厌她，只想摆脱她。"

"路原，现在不是犯浑的时候。"

"真的。"路原深吸一口气，"我复制了沈悦的镜像。"

"什么？"老吴一惊，转向路原，车子打了个晃，老吴赶紧稳住，"那你为什么还要耗时间找我弄这个实验？"

"我不想让她走到台前，她一直是一个比较内向的人，应付不来公共场合的。所以我需要另一个成功的人格镜像。而且，沈悦的镜像还有些瑕疵。"

"瑕疵？"

"她的记忆系统有些问题，我猜测和我电脑的性能有关，短期记忆实时大量地涌入，电脑无法同时处理这么多的数据。但是除了这一点，她有沈悦所有曾经的记忆。你知道，那时我已经 5 年多没有和沈悦说过话了，那个镜像……让我又回到从前。我们聊着所有在一起时的故事，感觉又回到了过去。我们越聊，我越觉得这才是真正的沈悦，那个我爱的沈悦，而不是一个只能吃喝拉撒的躯体。"

"所以你……"

"是的，我那时真的迷失了。"路原不再说话，只是看着外面单调的风景发呆。

车停在医院的停车场，路原下了车，却不敢迈步，他踌躇地看着老吴。

"你还有道歉的机会。"老吴说，"你自己不去的话，我就揍你一顿，然后把你拖进去。"

路原盯着自己的脚尖，似乎在先迈左脚还是右脚这件事上犹豫不决。但是在老吴动粗之前，路原做出了自己的选择。

医院的走廊像梦中那样幽暗而漫长，路原在这里来回了无数次，他毫不费力地找到了那间他曾逃离的病房。白色的木门虚掩着，门把手上的电镀已经脱落得差不多了，露出底下黄褐色的锈迹。他提着门把手，轻轻将门推开。他知道，直接推门的话，老朽的合页会发出刺耳的叫声。

他走进病房，放久了的被褥发出的霉味和排泄物的气味混合着扑面而来。对他来说，这是再熟悉不过的气味了。

一个矮胖的人影从他身边走过，出了门，应该是老吴请的护工。

现在病房里就剩他们两个了。他向前迈了一步，然后又是一步。

雪白的被单勾勒出沈悦瘦弱的躯体，她的头露在外面，比记忆中的更加干瘪，只有眼睛还是印象中的那样深邃。

她的眼睛就是有那样的魔力，路原渐渐冷静下来，他跪在床边，握住沈悦的手。

他张开嘴，却不知道说什么，只是小声地重复着"对不起"三个字。

手心里传来微微的颤动，过了好一会儿路原才意识到那是沈悦的手指。

他松开手，看着她颤颤巍巍地在便签纸上写字。

她。

路原沉默片刻，说："她很好，和你简直一模一样。她记得我们之间所有的事，和你连脾气都一样。就连我说的那些蹩脚的笑话，她都

会像你似的笑个不停。"路原不由得露出一丝微笑，"但是我的梦镜系统还有些缺陷，她一直不能产生长效记忆。不过实验就快成功了，到那时有了专门的服务器，她就……"

路原絮絮叨叨地说着，一会儿哭一会儿笑，有时还挥动两下手臂。他一直说着，直到一只手按在他肩膀上。他心里一凉，但是他还是继续说着他和她之间的故事不肯停下，肩膀上的手加重了力量。

他停下，看向沈悦，眼泪让他眼前一片朦胧。妻子纯净的双眼已经失去了光泽，心率监测器上滑过一条笔直的线。他看见一滴眼泪挂在沈悦的眼角，那里倒映着路原的整个世界。

几个护士冲进病房，将路原推在一边。路原眼睁睁看着，那滴眼泪落在地上，摔得粉碎，又被无数只脚踩过。

同样被踩过的，还有沈悦的便签纸，那上面是她还没写完的最后一个字：

讠身寸。

1 个月后。

"这还有 3 个星期，服务器的租期就到了。"周群跟在苏晓身后，走进教师公寓。

"你又来了。"

"实验一筹莫展，你那位路老师自从他老婆去世后一句话也不说，每天就坐在那里发呆，等着你伺候。"周群嘴里不停，"我是说你也得为你自己考虑考虑了。你看你现在，哪像个博士，整个一个保姆。"

"得了得了，这不是还有 3 个星期吗？说不定路老师就想出解决的办法了。"苏晓转过身，严肃地对周群说，"一会儿进去，你把嘴管牢啊。不老实的话，我就去收拾你的人格镜像。"

"太过分了吧。"周群撇嘴。

苏晓打开路原公寓的门："路老师，饭来了，今天食堂有土豆烧牛肉哦。"

没有人回答，苏晓在公寓里转了个遍，哪里都没有路原的踪迹。

"你看这是什么？"周群叫道。

书桌的正中，摆着那个相框。相框里的玻璃已经换成了新的，闪闪发亮。一张纸压在相框下面，上面写着苏晓的名字。

苏晓：

　　作为一个研究性格和记忆的人，却弄丢了自己的记忆，还有比这更讽刺的事情吗？

　　周群的镜像那天说得很对，作为导师，我在事业上没有给你更多的帮助，反而耽误了你这么长时间，这让我很惭愧。

　　这段时间我重新检查了沈悦和周群的镜像，发现了错误的原因：梦镜系统是在沈悦的镜像的基础上修改而成的，因为沈悦得病多年，掌管运动的大部分神经元已经萎缩，不再活跃。而我的内心却拒绝承认沈悦是一个残缺的人，正因为这样，以她为基础开发的梦镜系统从本质上就是残缺的。所以，在周群的镜像产生想活动肢体的意识时，系统数据溢出，发生了错误。

　　我知道对于你来说，解决这个问题不难。所以我已经将梦镜的权限全部开放给你了，希望你能将它完善。

　　因为我还有必须要办的事情，所以，我再一次逃避了自己的责任，真是不好意思。

　　希望我们的研究取得成功，祝你一切顺利。

　　PS. 替我向老吴道谢，我不敢见他，怕他揍我。

路原

几个月后，苏晓和吴若飞对外公布了完成版的梦镜系统。周群和他的镜像在发布会上的完美配合给人留下了深刻的印象。

在实验楼新安装的服务器组里，无数数据在硬盘、内存、处理器、线缆里流动。其中一组有规律的数据，组成了这样一段对话。

——是你吗？

——是我，多亏了苏晓，她将梦镜完善到了一个我之前没有想到的高度。我终于可以来陪你了。

——你的研究都交给苏晓了？

——是啊，你走了，我也没什么可留恋的了。

——那你……

——他们把咱俩撒在海里了，一直说带你看海，没想到最后以这种方式去的。现在咱俩的身体在一起，精神也在一起。那句话怎么说来着？尘归尘，土归土。

——傻瓜，那句话不是这么用的。

一阵短暂的沉默。

——谢谢你，为了我做到这样。

——不，谢谢你，世界上还有谁能让我这样。

招 魂

⊙ 灰 狐

　　她终于还是站在那栋老旧的公寓楼前，傍晚青灰色的天光将四周的建筑勾勒成诡异的怪兽，居高临下地俯视着她。

　　岳薇手伸进袖口，抚摸着手腕上的木质手串。长期盘玩的手串有着温润细腻的触感，如同记忆中方征的手指。她鼓起勇气，走进公寓楼。

　　鞋跟撞击地面发出清脆的嗒嗒声，一楼的声控灯亮了。但很快它又暗掉，短路的触点吱吱作响。这栋公寓楼看上去早已荒废，如果不是她曾经在白天来过一次，对周围情况有大致的了解，她是绝对不会在这个时候来这里的。

　　我究竟在干什么？岳薇问自己。左腿上的伤处还在隐隐作痛，但更痛的是她的心，方征的离去在她的心上剜了一个洞。在悲伤和孤独中沉溺了两个月之后，她想要自救，却找到了这样的方法。

　　"招魂。"岳薇自言自语地说。作为一个律师，逻辑是她的本能，但现在她实在找不出自己做这件事的理由。

　　她凭着印象走上2楼，好在上面的灯工作正常，让她安心了些。

　　曾经的住户基本上都搬走了，只有墙上的涂鸦、污渍和划痕还保留着他们的痕迹。

　　她一直爬到5楼，才到了她要找的人家门口。她喘着粗气，喉咙发干，鬓角潮湿，在她面前的是一扇与整栋楼——或者说整片小区——格格不入的门。

　　散发着金属光泽的安全门几乎赶得上生化武器实验室的规格，厚重的门板，或明或暗的多道门锁，还有门框旁的可视系统。在岳薇看不到的地方，还设置了动作传感器，以及其他各式防护措施。

在岳薇不算长的执业生涯中，见过有钱人，也见过许多怪人，但是像这家一样又有钱又怪的人还从来没有遇到过。幸好不是我的客户，岳薇想。

还没等到岳薇敲门，可视系统就亮了，屋子的主人出现在屏幕中，在补光灯的照射下，他的脸白得发惨，突出的颧骨却没有留下阴影，好似骷髅。

"李先生。"岳薇说。

"你又来了？我以为你不会来了呢。"李先生用人工智能般平淡的语调说，"你考虑好了吗？"

"我……"面对这个问题，岳薇一阵心慌，她退缩了，"对不起，我还……"

她转身跑下楼梯，似乎想逃离那个想法。但是，1分钟后，她又回到门前："我考虑好了，我要见他。"

咔嗒一声，门开了，她走进去。

李先生就在门后，垂手站着："你好，岳女士，想喝点什么？"他客气地说，"我这里有……纯净水。"

"不用了。"她尴尬地笑笑，"现在可以开始了吗？"

"你确定了吗？"李先生说，"我不是'通常'意义上的巫婆神汉，不会通灵，也不会跟你说我能和另一个世界取得联系……"

"一切结果都是通过大数据和网络标记得出的，我知道。"岳薇打断李先生的话，"我已经了解了，这让你的……职业听起来不那么……'迷信'。"

他将她带进书房，启动电脑之后，默默地退了出去。房间里没有开灯，只有几个设备上的 LED 灯发出蓝色和绿色的微弱光芒。

全息投影仪发出嗡嗡的声音，那是它在预热，随之而来的还有淡淡的臭氧味道。

房间中央突然亮了起来，刚刚适应黑暗的岳薇眯起眼睛回避强烈的光线。几秒钟之后，她睁开眼睛，方征已经站在她的眼前。

"小薇，是你吗？"

是他的声音、他的样貌、他玩世不恭而又充满关切的表情。

她的方征！

岳薇伸出手去，在他脸前扫过，却摸不到他。

泪水模糊了她的视线。

"岳薇，你怎么来了？"刚刚走进长隆律师事务所的大门，岳薇就被门口的陈姐一把抱住，"你可以再休息几天的，你那两个案子不急，毕竟……"陈姐停住，不知道后面的话该说不该说，只是轻轻地在她后背拍打，就像哄小孩子。

岳薇使劲儿挣脱出来："我……闲着也是闲着，请了两个月假了，也该来了，不然工作都没了。我想上班，找点事做。"她认真地说。

"好吧。"陈姐点点头，"别太勉强自己。"她侧着头，小声说，"你是打算偷偷进去，还是跟大家打个招呼？"

"这个……"岳薇犹豫。她抚摸着手串，咬着嘴唇思索，两个月不长，可同事们好像都生疏了，这个简单的问题她却不知道如何回答。

"我要去……"

"你好，请问岳薇律师在吗？"一个声音打断了岳薇刚刚下定的决心。

岳薇循着声音看去，三个穿着深蓝色西装的人站在门口，同行？

陈姐与岳薇对视一眼，迎了上去："请问你们有什么事吗？"

"我们是智盛律所的，现在要把一个案子移交给岳律师。"

智盛！那是全市实力最强的一家律所。

"你好，我就是岳薇。"岳薇礼貌地把手伸向对方。

但是对方并没有和她握手，而是将一个 U 盘塞在她手里。

"这是我们整理好的资料，这个案子的当事人，李长逸先生强烈要求更换律师，所以我们现在把有关的资料全部送过来。"

中途换律师这种事，对之前为案子付出劳动的律师是个打击，不过智盛居然老老实实地把材料都送来，想必当事人没有亏待他们。

他们会怎么想？是我把客户挖来的？岳薇在心里寻思，但是她连李长逸是谁都不知道。她看着面前的高级律师，不知道该说些什么。

那个人没有看她，而是向后点点头，身后的另外两名律师将手里的档案箱放在律所前台的桌子上。

"所有的都在这儿了，两箱档案和所有的电子文档。祝你好运！"说完，智盛的律师转身离开。

"等等！你们说的到底是怎么回事！"岳薇反应过来时，智盛的律师们已经走进电梯，她只来得及在电梯门上看到自己的镜像。

"这个案子是我要求他们交给你的。"岳薇被背后的声音吓了一跳，她转过身，看到一个穿着土黄色户外衬衫的人从楼梯间出来。

她认识他，实际上，前一天才见过。

"李先生，你……"岳薇恍然大悟，"您就是李长逸吗？"

"是的。"

"我不知道……你……"

"没什么的，我已经受够他们了。经过昨天晚上，我想了想，觉得你能够懂得这桩案子对我的意义，而不是劝我和解。"

一直站在一旁的陈姐发出揶揄的笑声，岳薇醒悟到刚才那句话产生了严重的歧义。

她瞪了陈姐一眼，拿起档案和 U 盘，对李长逸说："到我的办公室来谈吧。"

"你要起诉联信公司？"卷宗刚刚看了一个开头，岳薇就感觉到不舒服，好像自己的胃被担忧和兴奋填满了，正沉甸甸地坠着她。

"不是要起诉，而是已经起诉了。"李长逸靠在椅背上说，"用词要严谨一些，你是律师。"

"我……"岳薇犹豫了一下，决定还是说实话，"李先生，我还从来没有接过这么大的案子，为了你着想，我会把这个案子交给我们律所的主任薛律师来办，你放心吧，他是很棒的诉讼律师。"

"不，这个案子必须你来办。"

"那个……"岳薇感到手心里出了很多汗，又凉又黏。

"好吧。"

坐在法庭上时，岳薇还在打瞌睡。前一晚她几乎没有休息，在办公室里研究李长逸的案子，另外还得拿出三成精力来给自己鼓劲儿，开庭的时间如此紧迫，她必须硬着头皮上。

起诉联信公司的这桩案子将是她人生的跳板，一个天大的机会。如果成功，她的名声将会飞跃好几个等级。不仅如此，智盛的律师为这桩案子做了精密而且细致的调查，全标注在了档案中，单凭研究这份档案就让岳薇学到了平时需要几年才能学到的经验。按说他们不会这么轻易地将自己的调查结果交给岳薇，不知道李长逸付了多少报酬来弥补智盛，肯定不会少。

这简直就是天上掉下了馅饼，直接掉在了岳薇嘴里。

岳薇使劲儿揉揉眼睛，一口气喝掉半杯咖啡，腹中的热气延伸到四肢百骸，她强迫自己兴奋起来，摩拳擦掌，跃跃欲试。

可惜这个状态只持续了 10 分钟。

当联信公司的律师队伍走进法庭时，岳薇的雄心壮志啪的一声破掉了，就像是阳光下一个泛着七彩光芒的泡沫。

那些人穿戴整齐，步伐轻松，神态自若地有说有笑，路过原告席时，大多数人没有看岳薇。仅有的一两道目光一扫而过，好像是在看路边的一只昆虫，或者玻璃上的一块污渍。

身旁的李长逸放松地坐着，反倒让岳薇更加紧张。

"李长逸诉联信公司案，现在开庭。"审判长宣布，"我发现原告方换了代理人？"

"是的，审判长，我叫岳薇，长隆律师事务所的。"岳薇站起来，恭敬地回答，"我是刚刚接手这个案子的，在开始前……能不能请对方简述一下这个案子？"

"你作为代理人，连案情都不了解吗？"

"没关系的，审判长，我方愿意帮助一下对方律师。"联信公司的律师席中站起一个人，带着和蔼的微笑看着岳薇，岳薇觉得他有些面熟。

"既然你没有意见，那就开始吧。"

"因为现在云技术和生物密码技术的发展，本公司已经开始推广新的 B 网通信手段，并且计划于 6 个月过渡期完毕之后完全关闭 T 网通信方式，原有的号码全部弃用，开始使用唯一的、与用户身份信息和生物信息相关联的号码，达到一号通用。但是李长逸先生以本公司未能履行合同为由，拒绝停用现号码，并且要求本公司在 50 年之内不得停止 T 网通信。"

"嗯，简单明了。"审判长说。

"好的，我知道了，谢谢。"岳薇向对面的桌子点头，也许这场官司不像想象中的那么难，她在心里给这位律师贴了个标签——良心律师。

良心律师将两张纸递在审判长和岳薇面前："请看这件证据，这是李先生亲自与本公司签订的合同。其中第九条第3款中明确写着，乙方，也就是本公司，为提高服务质量而进行网络升级时，有可能造成通信中断或号码停用。李先生签过字，证明认同本合同。"

"但是联信公司的升级B网的举措并没有提高对李先生的服务，所以这一条并不适合本案。"

"B网无论从通话质量、网络速度，还是安全方面都大大超越了旧的T网，这个是有数据可以证明的。"

"但是我的当事人需要的服务只有一项，就是保留这个号码。"几个回合之后，岳薇渐渐找回了信心，毕竟她有整个智盛的调查研究做后盾。

良心律师整理了一下自己的西装："关于这一点……"

"好了，"审判长说，"辩方律师有没有更加具有说服力的证据？"

"有的，审判长。"律师说，"请看第六……"

"等一下。"岳薇打断了对方律师，现在是打乱对方节奏，使出撒手锏的时候。

"审判长，请您看一下这份合同签署的日期。"

"5月19日。"

"这是一份报道。"岳薇将两份复印文件送给审判长和对方律师，"报道上说，迅联公司在4月29日、飞享公司在5月17日都已经完成了T网到B网的更替。这说明合同签署的时候，也就是5月19日，联信公司是国内唯一一家使用T网的公司。"她停顿了一下，享受控制法庭节奏的快感，这份文件是智盛公司给联信下的圈套，干得漂亮。"所以这份合同涉嫌强制性的霸王条款，我方申请作废。"

"但是合同作废的话，本公司对李先生的服务也将停止。"

弃日无痕

"不，李先生在联信公司已交了足够 50 年服务支持的预付款，这是事实合同，与其他的无关。"

"审判长，这是他们耍的诡计。"

"我知道，但是她说的有道理，你们还有其他的证据吗？"审判长说。

律师想了想："有，审判长。"他又拿出一份证据递过来，岳薇一看，那还是一份联信公司业务办理合同。

"这是李长逸在联信公司办理这个号码时签的合同，签订的日期是 35 年前。"律师说。

审判长看了一遍，放在旁边："岳律师，有什么问题要提吗？"

"嗯……暂时没有。"岳薇说。

"好，请继续。"

"这份合同的第十一条第 5 款上写着：如果甲方利用本公司网络从事可疑活动，本公司有权收回号码使用权。"

"你在指责我的当事人利用网络从事犯罪活动吗？请拿出证据，否则就是污蔑。"

"别急，李长逸先生原本是科技生命公司的高级研究员，研究方向是人工智能，对不对？"良心律师问。

这些档案里都有，但是岳薇仍然回头看看李长逸，看到她的当事人点头，她才说："是的。"

"27 年前，李长逸以个人的名义申请了一项人工智能的专利，就是以人的网络信息为基础，综合其在网络上的言谈举止、说话方式、观点看法，来复原一个人的性格，达到用计算机模拟人类的目的。"

"是的。"李长逸自己开口了。

"我反对！"岳薇站起来，"与本案无关。"

"反对有效！请加快速度。"审判长说。

106

"后来这项专利由于伦理方面存在疑问和技术不成熟的原因被否定了，对不对？"

李长逸点点头。

"别急！"看到岳薇又想站起来，良心律师伸出手阻止，"马上就要到了。"

"但是，李长逸并没有放弃自己的研究，反而将这项技术民用化了。"良心律师说到关键的时候停下，打算卖个关子，"请允许我出示另一样证物。"

"可以。"

"这项证物有些特殊，需要两个人来搬。"

"听着，我不知道你葫芦里卖的什么药，尽管控方律师不提意见，我也有些烦了，如果这项证物不是关键证据的话，你就不必继续说了，知道吗？"审判长从审判桌后面俯视着良心律师。

"明白！"

"去吧，另外，去一个法警陪着他们。"

联信的律师团里站出两个人，去庭外拿东西，良心律师则准备开始接下来的陈述。

"他到底在说什么？"岳薇问李长逸。

"我不知道，我可没做过什么违法的事情。"李长逸一副无所谓的样子。

"李长逸起诉本公司之后，本公司核对了一遍他历年来的网络使用量，他的数据要比平均值高出65%。"

岳薇想了想，决定不站起来反对，就让这位良心律师继续表演吧。

"他利用我公司的网络流量搜集大数据，再加上他的程序，在蓝色希望小区三区李长逸本人的住宅中，从事一项'疑似'非法经营活

动。"律师顿了顿，以烘托气氛，"招魂。"

这两个字一出口，立刻引起了法庭里的一片喧哗，旁听席上的人交头接耳，就连审判长都在揣摩这两个字的含义，忘了用他的木槌维持秩序。

"你说什么？"审判长问。

"招魂。"

"请详细说明。"

法庭的门开了，岳薇回过头去，看到两个律师搬着一套设备走进来，放在最上面的，是一台全息投影仪。

她突然明白对方律师想玩什么花招了，她站起来："等一下！"

"岳律师，有什么事吗？"审判长问。

"我有一个小小的请求，"岳薇笑着说，"出示这件证物的时候，我想请旁听席上的各位都蒙上眼睛。"

"这算什么要求？"良心律师不解。

岳薇笑着看看他："你当然不知道。"

你真是撞到枪口上了，岳薇心想，如果不是前天才找了李长逸寻求帮助，恐怕真的会被联信的这一招儿唬住。

"你有什么理由吗？"审判长说。

"有，但是现在还不能说。"

审判长看看岳薇，又看看联信的律师："你有反对意见吗？"

"我……"律师想了想，"我反对。"

"好的，折中一下。"审判长说，"左边旁听席上的人，请向后转，并且不要看前面，否则以藐视法庭为由驱赶出去。"

法庭旁听席上左侧的人纷纷站起来，挪动椅子，转向后面，并且恋恋不舍地看了法庭一眼。

　　趁着换座位的混乱，审判长把岳薇和良心律师叫到前面，低声说："你们两个把我的法庭变成了综艺节目，最好今天有个结果，我明天实在不想再见到你们了。"

　　岳薇和良心律师对视一眼，点点头，退了回去。

　　这时联信的律师已经将设备接好，全息投影仪摆在了证人席旁边。

　　"可以开始了。"审判长示意。

　　良心律师按下开关，投影仪开始预热，有那么一瞬间，岳薇以为等下出来的会是方征。

　　白光一闪，一个50多岁的中年男人出现在法庭中间。

　　"这是谁？"岳薇问。

　　"我的一个客户。"李长逸回答，"呃，是第一个客户，确切地说是客户的父亲，他找到我，要求……再见他父亲一面。"

　　"所以你就帮他了？"

　　"是的，他给了我一笔钱，于是我就把这活儿接下来了。"李长逸说。

　　"这是哪儿？"全息人像说话了，声音是从他脚旁边的音箱里发出来的，法庭里灯光太强，让他看上去是半透明的，确实像电影电视剧里的鬼魂。

　　"您好，徐先生。"良心律师向那个影子问好。

　　"啊，你好。"徐先生说。

　　"这里是法庭。"

　　"我怎么会在这儿？"徐先生做出左右看的动作，实际上他是靠放在一旁的3D摄像头捕捉周围的画面，"我犯了什么错吗？"

　　"不，徐先生，您不用担心，只是请您来简单地问几句话。"

　　"好的。"

　　"徐子琪是您的什么人？"律师问。

"是我的儿子。"

"您对他的看法是怎么样的？"

"这个……是他犯错了？他并不是有意的，这孩子本质不坏，你们……"

"不不不，他很好，您不用担心，只要直接说出您的看法就行了。"

"是这样吗？"徐先生怀疑地说。

"是的，这里是法庭，我可不敢在这儿说谎。"

"好吧，我儿子是个聪明人，不过有点聪明过头了。他学东西很快，可是忘东西更快，隔上几个月就换一个新的爱好，废寝忘食地投入到里面。不过过不了多久，失去兴趣之后，他就不再碰了。我只想让他好好上学，他不愿意，我说不过他，就打了他，然后他就离家出走了。"徐先生停了一下，"我已经很长时间没有见到他了，如果他犯了什么错误，都是我教导无方，我先向大家道歉了。"徐先生的灵魂弯下腰，向着法庭的众人鞠了一躬。

"不，徐先生，您完全不用担心。徐子琪现在已经是一家创业公司的董事长了，旗下有 7 个子公司，产品已经出口到全球了。"

"真的吗？"徐先生茫然地看着大家，"我……我不知道该……该怎么说。"

"您高兴吗？"

"当然。"

"谢谢您。"良心律师按下开关，徐先生消失了，他接着说，"我来简单介绍一下，徐子琪在 17 岁的时候，和他的父亲——也就是刚才的徐先生吵了一架，之后离家出走。他在外面闯荡了 15 年，32 岁的时候，他创立了一家物联网公司，之后越做越大，你们应该听说过'万物直通'这个公司吧。"那是个大公司，法庭上最少有九成人正在享受万物直通公司的物联网服务，"成功之后，徐子琪想把这个消息告诉他的父亲，可是回到老家的时候，他的父亲已经因病逝世了。对不对，李长逸先生？"

岳薇点头，李长逸说："他来找我的时候是这么说的。"

"所以你用你的研究成果让徐子琪和他的父亲又见了一面？"

"是的。"

"他给了你多少酬劳？"

李长逸想了想："1750万，附带条件是徐先生的模型让徐子琪带走，我这里不留副本。"

听到这个数字，旁听席上有人吸了口冷气。

良心律师转向审判长："徐子琪把他父亲的模型带了回去，公司的人说，从那天开始，就能够听到徐子琪在办公室里和别人大声吵闹，而且之后的一段日子他的情绪非常低落，一个半月之后，徐子琪被发现在自己的浴室中服药自杀。"

旁听席上响起一片唏嘘声。

"这个结果，是由李长逸引起的。"良心律师准备下最后的结语了，"这一切，都是……"

"等一下！"岳薇正等着这一刻，她站起来，将良心律师的后半句话生生斩断，"审判长！在对方律师提出控诉之前，我能和证人说几句话吗？"

"什么证人？"

"就是刚才的徐先生。"岳薇说，"哦，对了，可以让旁听席上的人转过来了。"

"好的，可以。"

岳薇站起来，摘下手串，放在桌子上，好像是方征坐在那里看她战斗一样。然后，她绕过桌子，走到法庭中间。

她按下全息投影仪的开关，等了一会儿，徐先生再次出现在法庭上。

"徐先生，你好。"

"你好。"

"今天是几号？"

"什么？今天是……"徐先生想了想，"对不起，我不清楚。"

"今天是 2047 年 5 月 19 日。"

"什么？"徐先生露出吃惊的表情，"我……这个……不……我……这不可能。"

"你在 2036 年的时候已经去世了。"

徐先生没有回答。

"你的儿子，徐子琪，想把他成功的消息告诉你，但是你那时已经不在了，所以他想了个办法，通过数据模拟了你的一切。"

"这个……我已经死了吗？"

"请集中精神，你在 11 年前就已经死了，不要在这方面纠结，请回答我接下来的问题。"岳薇快速地说着，尽可能地表现出冷血的样子。

"他怎么了？"

"他离开你之后，吃了很多苦，也学到了很多东西。他成立了一家很大的公司，赢得了很高的地位。"

"嗯。"

"你为他感到骄傲吗？"

"当然。"

"为他高兴吗？"

"是的。"

"你还有什么想对他说的呢？"

"我觉得他应该更加努力，他很聪明，但是没有常性，需要有人监督才能坚持做完一件事。以他之前的性格，总能够很快达到自己想要的结果，但是很快又亲手毁掉。我想跟他说，不要自满，要再努力。"

"可是你知道……"

"别说了！"旁听席上突然有人说话，岳薇顺着声音看过去，那是一个坐在左侧，刚才没有看向法庭的妇女，40多岁，眼圈发红，显然刚哭过。岳薇知道一定会有这样的人出现，她没有见到徐先生从一团光里冒出来，而是先入为主地听到了他的故事，并且被他的命运所触动。

"审判长，我想问那位旁听的人几句话，可以吗？"

审判长白了岳薇一眼："去吧。"

"你好，大姐，你为什么阻止我？"

"你打算把他儿子的事告诉他吗？"妇女说，"你还是不是人！"

"为什么不能说？"岳薇问。

"那位徐先生当初也是出于对他儿子的负责才那么做的，他都50多岁了，你告诉他结果，他会受不了的。"妇女压低嗓门儿，好像怕徐先生的灵魂听到似的。

"他早都死了。"岳薇一副不在乎的样子。

"那他也是一个人！"妇女提高声音，看样子恨不得亲手掐死岳薇这个没人性的东西。

"谢谢。"岳薇笑着对那个妇女说，弄得她摸不着头脑。

她走回法庭，对着徐先生说："徐先生，这里不麻烦您了，再见。"说着，她按下投影仪的开关。

"审判长，刚才我要求一半的旁听者蒙上眼睛，实际上是做了一个有些特殊的图灵测试，测试的结果您也看到了。"岳薇走回法庭中央，深吸了一口气，说，"现在我要问您一个问题，审判长，辩方律师提交上来的这件证据，是证人，还是证物？"

弃日无痕

审判长皱起眉头，岳薇有些心慌，她这种行为已经严重挑战了审判长的权威。因为她知道审判长无法做出裁决，如果他裁定徐先生是人，那么李长逸所有的成果，以及类似的研究都能够获得同样的社会地位。并且，这场官司将成为今后无数官司的范本，被反复拿出来讨论，审判长还没有担起这么重责任的勇气。

但是他也无法判定徐先生只是一件物品，现场最起码有一半旁听者已经对他产生了感情，把他当成了真正的人。

他只能放弃判断，那么他在这次法庭上的权威将出现一个裂缝。岳薇不愿这样拆审判长的台，但是这是唯一的办法。

她看着审判长，尽可能保持严肃，不能露出一点计策得逞的表情。

审判长想了一会儿，终于开口了："我无法裁定这件证据的类别。"

"由于联信公司提出的关键证据无法被定义，我方要求联信公司撤销基于此证据的一切指控，不管他想说什么。"岳薇紧接着说，但开口之后就后悔了，她接得太快，像是早就预备好的，审判长会意识到岳薇挖了个坑让他跳。

审判长怒视着岳薇，但职业素质却让他不得不承认岳薇说的是正确的："是的，基于此证……此证据的所有指控，均不成立。"

"谢谢！"岳薇得意地看了良心律师一眼，回到自己的座位。

联信的律师团队叽叽喳喳地商议了一阵，最后说："我方申请休庭，并且提出一名证人。"

"是真人吗？律师？"审判长不满地问。

"那个……当然是。"良心律师回答。

"最好是。"审判长说，抬手敲下木槌。

"休庭！"

114

"干得漂亮。"刚刚走出法庭，联信公司的律师就迎着岳薇走来，岳薇越发觉得他眼熟。

"你还认得我吗？师姐？"

"师姐？"岳薇努力在记忆中挖掘，"啊！任宇！"顿悟的惊喜之后却是嫉妒和惭愧，"你现在是联信公司的顶梁柱了！"

"混口饭吃。"任宇笑笑，"如果不是在学校的时候看到你在模拟法庭上的飒爽英姿，我恐怕不会坚持读完法学院呢。"

"别胡说了。"

"真的，你和方征学长简直是我们这些学弟学妹们眼中的神仙眷侣啊。对了，你们……现在……？"

岳薇的脸黯淡下来，不由自主地去摸她的手串。

"我说错什么了吗？"任宇问。

"他……已经……不在了。"岳薇说。

"对不起。"任宇道歉，但他很快想起了什么，"所以你……你就是这样认识李长逸的吧。"

岳薇点点头："他确实帮了我一个忙。"

"不得不说，他那套程序做得真棒，所有的反应都跟真人一样。"

"所以你不敢跟他多说话吧。"岳薇偷笑。

"如果不是你刚刚见过这套东西，我们的计策可能就管用了。"任宇说。

"确实。"岳薇露出得意的神情。

"虽然这场官司里他们只是配角，不过我感觉以后的案子里会接触越来越多的人工智能、机器人、克隆人什么的。"

"科幻小说看多了吧，我们在法律上接受同性恋都用了几个世纪呢。"

"哈哈。"任宇拍拍脑袋,"那倒是,无论科学怎么定义,最后还得靠我们这样的人在法庭上吵上无数架才能变成法律啊。"

"我们不就是为了这个才当律师的吗?"

两个人哈哈笑了一阵,陷入沉默。

"师姐。"任宇突然开口说,脸上一副公事公办的表情,"和解吧。"

"什么?"

"和解吧。"任宇又说一遍,"我没别的意思,和解对双方来说是最好的出路。"

"我的当事人只有一个要求,就是保留原来的号码。"

"你可以劝劝他。"任宇摊开双手,"我们愿意出 8000 万的和解费,只要你们不再起诉,并且对和解内容保密。"

"多少?"岳薇忍不住叫道。8000 万,律所可以拿到 5% 的提成,而她自己能够拿到其中的 25%,那是……

"8000 万。我们开给智盛的价格是 4500 万,但是李长逸拒绝了。8000 万是我们能给出的最高价格。如果给李长逸留下那个号码,每年多花掉的运营费都不止这个数。并且迟迟不转 B 网的话,在未来的生物网络战略上,联信将落后一大步,这是多少钱都弥补不了的。"

岳薇还在心算提成的数目,她确实有些动心。但是李长逸说过"只有你懂得它对我的含义",经过这次法庭,徐氏父子的事让岳薇确实明白了一些。她叹了口气,对任宇说:"我的当事人只有一个要求,就是保留下这个号码。"

任宇露出失望的表情:"师姐,请再劝劝他,不然……明天会很难看的。不仅对于他,对你也不妙。"

"对不起,咱们还是法庭上见吧。"岳薇说出这话的时候,脑海里仿佛看见一大堆钞票长着翅膀飞走了。

"那好吧，祝你好运，师姐。"任宇耸耸肩。

"祝你好运。"

回到自己的公寓，岳薇才知道自己有多疲惫，她将自己扔在床上，深沉的睡意侵占了她的意识，可就在将要入眠的那一刻，任宇的话又回响在耳边，"明天会很难看的"。

任宇是联信公司律师团队的骨干，这句话不是随便说说，他们一定还有制胜的武器。

岳薇又翻了一遍智盛给她的档案，没有什么漏洞了。但是她仍然觉得不够，于是她给李长逸拨了个电话，打算再梳理一遍细节。

电话几乎是立刻就接通了，李长逸在话筒那头清清喉咙，才说："喂。"

"李先生，我是岳薇，你的律……"

"闭嘴！你为什么打这个号码！这个电话不是给你准备的，以后不要再打了！"

李长逸怒骂了一通之后，电话断了，岳薇拿着手机发呆，不知道发生了什么。

这个号码就是李长逸打官司要求保留的那个，岳薇记得最熟。没办法，她只好找出笔记本，上面有李长逸的另一个号码。

"喂？"

"李先生，是我。"

"以后不要拨打那个号码了，明白吗？"

你又没跟我说过。岳薇在心里说，但嘴上却应和着："我知道了，我打电话是想再向你了解一些情况。"

"什么事？"

"你为什么要保留这个号码？"

"这是我个人的偏执。"

你倒是挺有自知之明的。岳薇对着话筒翻白眼。"能告诉我吗？"

"不能。"

岳薇舔舔嘴唇，不知道下一句该怎么说。智盛送来的档案中，对联信公司有着非常详细的研究，但那里面却对李长逸只字未提。起初岳薇以为这是智盛在档案里做的手脚，但联想起李长逸家那扇厚重的安全门，可以知道他是一个"注重隐私"的人。

"李先生，你能说说你的情况吗？先别拒绝，因为明天联信公司会提出一个证人来对付你，我希望在那之前知道你……有什么弱点。"

电话那头沉默了几秒钟，传来的答案依然是"不能"。

岳薇挂断电话，看来没法从那个独居怪人那里得到任何信息了。

她又拨了一个电话："喂，谢叔吗？最近忙不忙？"

谢叔是她爸爸的老战友，当兵的时候是侦察兵，退伍了之后又干了 20 多年刑警。

"不忙，闲得我都快出毛病了。"

"你啊，就是闲不住，去广场上跳健身舞呗。"

"臭丫头，有什么事就快说。"

"我需要你帮我查一个人。"虽然入行没几年，但是岳薇深深地知道，当事人和律师之间，并不是相互信任的关系。很多时候，他们会带着偏执的想法来找律师，告诉律师一个故事，半真半假，或者干脆全部都是谎言，然后让律师去达到他们想要的结果。如果不提前摸清当事人的底细，在法庭上就会处于被动，当事人的任何弱点，都是对方律师的武器。

"好的，交给我了。"

岳薇将李长逸的信息发给谢叔，信息很短，因为她只知道他的姓名住址，以及那奇怪的"工作"。剩下的就要靠谢叔来发掘了，他每次都能通过各种关系完美地完成任务，当然，岳薇也会付给谢叔合适的报酬，双赢。

她重新躺下，用手指默数手腕上的串珠。这间空荡的公寓不再像之前那样充满了悲伤的回忆，与方征重新见面之后，她放下了许多。

她回忆着那些与方征之间的快乐场景，两个月来第一次睡了一个无梦的长觉。

"请证人出庭。"岳薇转向法庭大门，她等的不是联信公司的证人，而是从来不误事的谢叔。如果能在证人开口前了解一些信息，一会儿质证的时候也会有心理准备。但是……

一个中年女人走进法庭，衣着时尚，脸上画着恰到好处的淡妆，皮肤保养得不错，但是眼角和鼻翼处的皱纹仍然暴露了她的年纪。

"这是谁？"岳薇正打算转过头问李长逸，但是往常像机器人一样冷淡的李长逸这次却像是见了鬼一样从椅子上站了起来，后退两步，张着嘴愣在那里。被他踢开的椅子晃了两晃，倒在地上，在安静的法庭中发出巨响。

"你……怎么是你……"

女人没有看李长逸，她在法警的指引下走向证人席。"我是要坐在这里吗？"女人开口问高高在上的审判长，声音圆润，带着一些颤抖。精致的装扮下仍掩盖不住内心的紧张。

审判长点点头，女人坐下。

岳薇掐了李长逸一下，她的当事人才笨手笨脚地扶起椅子。

"证人，请说明你的身份。"审判长说。

"我……我叫殷眉，是李长逸的……前妻。"

好像是有意配合一样，李长逸发出一声长长的叹息。

"殷女士，能讲讲你和李长逸是因为什么……分开的吗？"任宇开始向他的证人提问。

"反对！"岳薇站起来，"与本案无关。"毫无头绪的她现在只能使用拖延时间和打乱对方节奏的策略了。

"我想，先听一下再下结论不迟，反对无效。"审判长转向殷眉，"你可以说了。"

"我和长逸……和李长逸在 20 年前离婚的，那时家里出了点事。"

"什么事？"任宇像捧哏一样恰到好处地提殷眉接话。

"我……"殷眉迟疑了，张开嘴却说不出话，她试了几次，那模样就像搁浅的鱼。两行眼泪流出来，弄花了精致的妆。

"我们的孩子找不到了。"李长逸自言自语地说，声音正好让法庭里所有的人听得到。

"别说话！"岳薇瞪了李长逸一眼。

殷眉抬起头，进入法庭以来第一次看向李长逸："是的，我们的孩子丢了。"

"那是什么时候？"

"二十几年前。"

"25 年 7 个月 21 天。"李长逸说，这次的声音更大了些，刚见到殷眉时的震惊和怀念已经被愤怒所取代。

"不要说话！"岳薇再次说。

"是的，25 年 7 个月 21 天。"殷眉机械地重复李长逸的话。

"殷女士，请集中精神。"任宇低声说。

"对不起，我会按照之前讲过的说。"

"我反对！证人显然和对方律师商量好了。"

"是吗？殷女士？"审判长问。

"不，我只是……见到前夫有些混乱，对不起。"

"那么请继续。"

"审判长！"岳薇不满。

"我知道了，反对无效。"

"孩子丢失后，你们做了什么？"任宇接着提问。

"我们找了很久，但是仍然没有任何线索。最后我们花光了所有的积蓄，那实在是太累了……"

"是你累了，我可没有。"李长逸站起来，拍着桌子喊道。

啪！啪！

"安静！"审判长怒视着李长逸，手中的木槌重重砸下，就像行刑的刽子手斩断了法庭中的喧哗。

李长逸默默地点头，倒在椅子上。

"你们是因为累了，花光了所有的积蓄而分开的吗？"

"不，对不起，他说的没错，是我累了，而他没有。因为这个，我们的分歧越来越大，最后不得不分开。"

"分歧在于……"

"我们找了好几年，但是一无所获。我想，再那样下去的话，可能会毁了我们的未来……我……我说……再……再要一个孩子。"殷眉又流出眼泪，这是真实的感情。岳薇偷眼看看李长逸，她的当事人注视着自己的手指，也陷入了痛苦的回忆。

"李长逸又是如何应对的？"

"反对！"岳薇站起来，"审判长，这有什么意义吗？本案的重点在于联信公司能否保留李长逸的号码。"

"反对有效，任律师，我要求你进入正题。"

"殷女士，请加快速度。"任宇走近殷眉，温和地说。

"他……李长逸当场拒绝了我，并且……并且……第一次打了我，他说我已经放弃了自己的孩子。第二天，他拿来了一份离婚协议。"殷眉擦干眼泪，直视着李长逸，"其实我的心里确实已经放弃了。我签了协议，离开了家，没什么可分割的，所有的钱都已经花了。"

"在原告提出意见之前，我要提醒你一下，律师，仍然没有进入正题。"审判长已经开始不耐烦了。

"离婚第三年，李长逸被诊断出偏执型人格障碍。"

"反对！反对！"岳薇第一时间站起来，"铺垫了这么多，就是为了说明我的当事人有精神疾病吗？证人殷眉女士并不具备专业资格，联信公司已经打算用抹黑的方法来辩论了吗？"

任宇对岳薇的质疑并不理睬，而是递上两份材料："这是第五人民医院开的诊断书，以及强制治疗的病历。"

岳薇知道问题出在哪儿了，她扭过身子，强迫李长逸看着自己，一字一句地问："你知不知道智盛在坑你？"

李长逸不置可否，只是在椅子里不自然地扭动身体。

岳薇把诊断书推到李长逸面前，低声说："所有的关键信息都被智盛扣下了，而你，不愿意和我沟通，你是故意想让官司输掉吗？"

"岳律师，你有什么要说的吗？"审判长问。

"有，审判长。"岳薇瞪了李长逸一眼，"我不知道对方律师想要证明什么，但是这份病历正好说明我的当事人已经痊愈出院，精神方面并无异常。"她挥舞着那份病历，"并且，与本案无关。"

"不，偏执型人格障碍很难治愈，出院只能证明他的病情暂时得到了缓解，但是现在，我方怀疑李长逸因为受到一些综合原因的刺激，会旧病复发。"

"反对，对方律师没有诊断精神疾病的资质，不能进行恶意推断。"

"有效。"

"那么，我方提出对李长逸的精神状况进行鉴定。"

"反对！这简直是污蔑！"

"审判长，如果李长逸的精神状况不佳，没有民事行为能力，我方要求取消这场诉讼。"

"反对！反对！审判长您能允许在法庭上出现这样明目张胆的污蔑吗？"

"这是我方的权利！"

"这是拖延时间！"

"都给我闭嘴！"

一声怒喝让整个法庭安静下来，连审判长举起的木槌都停止在半空，无法落下。

目光集中在怒吼的源头——李长逸身上。

他侧着耳朵，仿佛在倾听什么声音："你们没听见吗？"

岳薇像被人猛揍了一拳，她不知道李长逸身上发生了什么，但肯定对将来的审判没有好处。

"李先生！"她小声说，"集中精神，这是在法……"

"我叫你闭嘴！"李长逸粗暴地推开岳薇，离开原告席，走到法庭中央。他侧着耳朵，寻找着空气中存在的蛛丝马迹，像一只能干的缉毒犬。

这时岳薇也听到了，法庭中飘荡着微弱的歌声，欢快的节奏，成年男中音和稚气未脱的小男孩之间的对唱。

任宇走回被告席，从公文包里找出手机，歌声就是从他的手机上传出来的。他关掉手机，向大家送出一个抱歉的笑容："对不起，我忘记关掉铃声了。"

李长逸死死地盯着任宇的手机，过了一会儿才露出如梦方醒的表情，他转向证人席里的殷眉："你，是你告诉他咱们的孩子最喜欢听这首歌的？"

　　"对不起。"任宇说，"审判长，到底谁是律师？"

　　"原告，回到座位，让你的律师询问。"

　　李长逸顺从地走回原告席。

　　"你为什么必须要保留那个号码？"就在李长逸走回座位时，任宇问。

　　"反对，请不要和我的当事人说话。"岳薇站起来，挡在任宇和李长逸之间，然后她转向审判长，"对方律师在庭审中故意用手机放音乐，来迷惑我的当事人，这是藐视法庭。"

　　审判长想了想："辩方律师，把手机交给法警，罚款 3000 元，有意见吗？"

　　任宇看了一眼岳薇："没意见。"

　　"下面继续，岳律师你有问题要问证人吗？"

　　"那是我与我儿子联系的唯一方式。"李长逸突然开口说话，打断了岳薇正要出口的回答。

　　"你不要再说话了。"岳薇按住李长逸的肩膀，希望能够将他按在椅子上，如果允许的话，她希望用胶带将他捆成木乃伊的样子。

　　然而一切都是徒劳的，李长逸猛地甩开岳薇的手，大步走向被告席。他伸出手臂，用手指指向任宇的鼻子，仿佛那是一支手枪："那是我和我儿子联系的唯一的希望！"

　　"还有你，这个号码不是你教给孩子的吗，你让他牢牢记住，以防……以防……？你忘了吗？你不在乎了吗？"枪口又对准殷眉。

　　"李长逸！请控制住你的情绪。"审判长咣咣地敲着木槌。

　　"闭嘴！你和他们也都一样，你们从十几年前就都放弃了，你们根本不在乎！"

岳薇颓然地滑倒在椅子上，看着她的当事人像抢劫银行的劫匪一样挥舞着双手，质疑着法庭上的每一个人。

"法警！"审判长也无法容忍李长逸这样的癫狂行为，他用力敲打木槌，好像擂起战鼓。

李长逸像公牛一样冲向被告席，掀翻桌子，一把攥住任宇的领带。

然后，他哭了，像个小孩一样号啕大哭："求你……求你了……我只有那个号码，别……"

4个法警冲进来，架走了李长逸。

一切都完了，这场官司从什么时候开始变成一场闹剧的？岳薇的脑子一片空白。

庭审在混乱中结束，岳薇提出推迟庭审的动议，但审判长注视了她几秒钟，转身走了。

岳薇离开法庭，在走廊尽头的羁押室里找到了李长逸。

"我……"李长逸突然老了很多，原本就颓废的他现在看上去像是行尸走肉，"我搞砸了。"

"嗯。"岳薇费了好大的劲才没让李长逸坐上直达精神病院的班车，她现在也没有好心情。

"我没想到……她会帮着他们，我以为她看在孩子的分儿上会留些情面。"李长逸又握紧拳头。

"别想那么多了，回去吧。"岳薇安慰他说，"在判决出来之前，一切都还有转机。"

李长逸重重地点头。

离开法院，岳薇独自回到律所，谢叔已经在办公室等着她了。

"你的当事人挺有故事的。"谢叔坐在岳薇的座位上，用下巴指指办公桌上的一沓档案。

"现在都没用了。"岳薇苦笑。

"怎么了？"

"他丢了一个孩子，和老婆离婚，最后孩子还没找回来，他也疯了。"岳薇脱下外套甩在一边，"今天在法庭上比在马戏团还热闹，辩方律师耍了个诡计，我的当事人当场就崩溃了。你如果早告诉我这些的话，今天出庭之前我就应该准备一包爆米花带去。"

"他的信息不好找。"谢叔摊手，"你知道他之前是个软件工程师吗？"

岳薇点点头，她最近经常见到李长逸的成果。

"所以他在网络上留下的信息很少，除了姓名、生日、身份证号，还有你知道的那些之外，没有任何信息。"

"他看上去确实没什么私生活。"

"所以我去了他家。"

岳薇露出得意的笑容："我前两天就去过了。"

谢叔一愣："你去干什么？"

"没什么。你在他家发现了什么？"

谢叔将桌上的显示器转向岳薇，夸张地按下播放键，通过摄像机拍下的视频开始播放。

"你是怎么进去的？"岳薇问，李长逸家那夸张的安全门给她留下了很深的印象。

"你只要知道我是专业人士就行了。"谢叔挤挤眼睛。

屏幕显示一片漆黑，探测到屋子里的黑暗之后，摄像机开始提高感光度，并且切换到夜视模式，李长逸的家呈现出一片幽暗的绿光。

　　在岳薇的印象中，他家没有什么摆设，只有简单的家具，和仅够生活用的器具，如果不算那些电脑设备的话，那里连最简陋的出租屋都不如，很难想象李长逸在那里生活了 20 多年。

　　镜头跟随着谢叔走过各个房间，岳薇也依次看到了摆放着全息投影仪的那间"招魂室"，维持着 20 多年前模样的小孩房，还有只有一张折叠床的"卧室"。

　　没有任何有价值的线索。最后，谢叔走到了里面的房间，屋子风格突变。

　　房间正面是一张大号的电脑桌，桌上是 6 台显示屏组成的阵列，房间一角的机柜嗡嗡作响，各色 LED 灯不停地闪烁。

　　谢叔动了动鼠标，唤醒主机。桌面上杂乱地摆放着各种图标和文档，谢叔试探性地一一打开查看。

　　随着查看的层层深入，两个文件包出现在屏幕上，分别写着"方征""岳薇"。

　　"这里为什么会有你和方征的名字？"

　　"我……不知道。"岳薇看似随意地回答，她还不知道是不是该把向李长逸求助的事跟谢叔说，说了肯定会被臭骂一顿，或者被狠狠地讽刺一番，反正没有好下场。

　　谢叔点开那些文件，里面详细记录了岳薇和方征的信息，从出生到现在，几乎所有网上可以找到的信息，发过的每一条留言，都在那两个文件包里。

　　按照李长逸的说法，他通过方征的成长记录和思维模式重建了一个模型，就是所谓的"招魂"。岳薇深深地知道他没说大话，前两天和方征的"灵魂"交谈的时候，他的每一句话，每一个反应，都和活着的时候一模一样。

但是李长逸收集自己的信息干吗？

谢叔的手表亮了，那是在提示他有人触动了他留在楼下的传感器——李长逸回来了。

谢叔麻利地关闭打开的窗口，正准备离开时，屏幕的右下角有一个图标闪动起来，那是最近流行的即时交流软件，有人向李长逸发来一条信息。

屏幕里的谢叔犹豫了一下，点开那条信息。

信息很短，只有一行字。

"爸爸，你在吗？"

岳薇再次敲响李长逸家的安全门，没等多久，他的脸就浮现在显示屏上。

"岳律师，你来干什么？我不想再提案子的事了，请回吧。"

"不，现在我已经无法再为那件案子做什么了，只能等待判决。我来是为了私事，我还想见见他。"

李长逸皱起眉头，想了想，然后说："进来吧。"

像上次一样，岳薇被带进那个房间，稍作等待之后，方征出现在岳薇面前。

"小薇，是你吗？"

岳薇没有回答，而是静静地看着她的爱人。

方征的影像等了一会儿，无聊了，开始玩弄自己的指甲。如果不是事先知道的话，岳薇就会把他当作真人了。

"方征。"岳薇说。

"小薇。"方征把手指从嘴里拿出来，抬起头，岳薇很不喜欢他啃指甲。

"我不能再见你了。"

"什么？为什么？"方征愣在原地，受惊的样子让岳薇不忍继续往下说。

"你……已经死了。"

"不……不可能，我……不可能……不……"

"那是一场意外，你坚强些。"岳薇走上前去，伸出手，手臂穿过方征的身体，全息场在她的手臂上反射出耀眼的光。

"我明白了，很多事情能够讲得通了。"方征镇静下来，"我说怎么好像好几天没拉屎了。"

岳薇笑了："我今天在法庭上听到了一个故事。"

"什么故事？"

"内容不重要，说的是两个和咱俩差不多的人的故事，实际上，那只是一个人的故事。"

"我不明白。"

"你虽然站在我的面前，但是你并不是真的活了，你只是我的执念而已。是我在用你折磨自己。"两行泪水划过岳薇的脸庞，在光芒的照射下晶莹透亮。

"我们不再见面，你就会过得好些了。"方征低声说，不知道是在提问，还是在陈述。

"对不起，你会理解我吗？"岳薇说。

"当然。"方征又露出他那副自以为是的表情，"也许，你可以找别人陪你去吃街角那家馆子了。"

"我永远不会再去那里了。"

"也好，反正我一直不喜欢那里的菜，酱油放太多。"方征撇着嘴说。

岳薇笑了，她擦干脸上的眼泪。"谢谢你，再见。"她说，觉得心里有什么东西终于放下了。

"再见。"

她最后看了一眼方征的影子:"我爱你,我会一直想你的。"

她推开房间门,将方征留在身后。

李长逸的家很安静,转角的一个房间里传来一些响动,不知道李长逸在干什么。

岳薇轻手轻脚地走到客厅,开始今天真正的任务。

通过谢叔录下的视频,她记住了李长逸家的构造,有主机的房间在最里面。她轻手轻脚地向里走,谢叔在那里找到了一些线索,但是没有找到答案。

李长逸为什么整理了她的档案,那个管李长逸叫爸爸的人,是谁?

她唤醒了电脑,很快找到通信软件。在近期的联系人记录里,她找到了那个人的 ID:李超然 21。

然而在这个名字下面,还有一连串其他的 ID,李超然 07、李超然 14、李超然 20……

岳薇点开一个叫作李超然 33 的 ID,聊天记录写着:

——我不管你是谁,别再联系我了。

——我真的是你爸爸。

——去你的吧。

——超然,别这样。

她又点开李超然 45:

——爸,我今天加薪了。这个季度的业绩是小组第一。

——真棒，我知道你没问题的。

——我去做报表，回头聊。

——再见。

"你在这里干什么？"李长逸的声音突然在背后响起，岳薇尖叫一声从电脑椅上跳起来，慌忙去关对话框。

"我……我找厕所。"

李长逸看看屏幕上的内容，挑挑眉毛："被你发现了。"

"那是谁？"岳薇问。

"是我儿子。"

"我看到有很多 ID。"

"都是。"李长逸轻松地说。

"我不明白。"

"他们都是程序，每一个都是。就像你的方征，是通过大数据中他的网络标记重建了他的意识模型，让他可以和你交流。那是我 20 多年前就已经完成了的算法。而这些，是靠更新的理念创造的。"

"你做这些干什么？"

"为了和我的儿子重新见面的那天。"李长逸从岳薇身边走过，坐在房间里唯一一张电脑椅上，用手指有节奏地轻敲桌面，"他 3 岁的时候就离开了我，我不知道这么多年里发生了什么，他在什么环境下生活，又经历了什么样的事情。所以我设计了各种生长环境，将意识模型放进去，看着他们一天天长起来。我观察他们，了解他们的一切，他们的生活、他们的思维方式。"李长逸抬起头，目光里闪现着希望的光，"这样，等我找到他的时候，我会让他知道，我一直都没有离开过他，我们会成为默契的父子俩。"

"所以，你必须留下那个号码？"

"我知道你会理解我的，岳律师。"

"不，李先生，我和你并不一样。我来到这里之前就知道方征已经不在了，能够和他再次对话，是给我自己一个交代。而你，我不知道李超然是不是还……"

"他当然活着！"

"是，他可能还活着。也一定有了自己的生活。即使你们重新相见，他也不会立刻扔下自己的生活来陪你，我建议你也应该开始过属于自己的生活了。不要再以你的儿子为借口拒绝整个世界。"

"我能给他一个家！"

"他已经有家了。"

"我这里才是真正的家！"

"那就让这里看上去像个家吧。"

李长逸愣住，打量着单调的长着霉斑的墙壁、开裂的地板，还有嗡嗡作响的机柜。

最后他说："请回吧，明天还要去法庭等待判决。"

岳薇提前来到法院，门口已经聚满了人，自制的纸牌和条幅上写着诸如"保卫T网号码！""今天，他是我们所有人的孩子！"之类的大字。

李长逸从公交车上下来，缓慢地穿过人行道，来到岳薇面前。

"看见了吗？"岳薇指向人群方向，"他们都是为了你来的。"

"无所谓了。"李长逸说，"法官又不会因为他们对我产生好感。"

他们走向法院大门，人群中走出一个人，将一张纸条塞到李长逸手里，又隐没到了人群中。

李长逸看看纸条，向那群人深深地鞠了一躬，然后把纸条递给岳薇。

纸条上写着："我们支持你，不用担心，即使这场官司败诉了，我们也会替你接着打，一直到你找到儿子为止——志愿者。"

"你的故事传播出去了，你看有这么多人支持你。"

李长逸冷笑一声："真是可笑，今天这些听到消息来支援我的人，和20多年前扼杀了我的研究成果的人，是一类人。"

岳薇一愣，她将纸条还给李长逸，走上法院楼前漫长的台阶。

当他们从法院出来，再次踏上这段台阶时，人群已经散了。

"对不起，没有帮你打赢这场官司。"外面的阳光正刺眼，岳薇抬起手，在眼前搭了一个凉棚。

"你说的很对。"李长逸眯着眼睛说。

"什么？"

"你昨天说，超然应该已经有自己的家了，我觉得你说的有道理。"

"你能明白就好。"岳薇看向李长逸，突然意识到他正盯着自己的手腕。

她放下手，把手串藏在袖子里。

"总之，谢谢你了。"李长逸说，岳薇觉得他是真心的。

"如果打赢了官司就更好了。"她回答道。

李长逸点头，快步走下台阶，转眼间消失在川流不息的人群中。

岳薇摇摇头，向律所走去。

李长逸回到自己的家中，从兜里掏出一串刚在小摊上买到的酸枝手串，放在桌上。

他唤醒电脑，抹掉自己在网络上发帖的痕迹，没人会知道那些关于本案庭审的信息，就是他自己发的。他知道很多人会同情一个精神有问题，而且丢了儿子的单身汉。

和联信公司的关系不会就此而止，很快就有人自发地来帮助他了。

然后，他在经过重新编程的聊天软件里添加了一个新的 ID：李超然 52。

"你好。"他输入了一句问候。

"你好，你是谁？"

"说起有些唐突，方征，实际上你的本名叫作李超然，我是你的亲生父亲。"

"我没心情跟你开玩笑。"

"你今年年纪也不小了，成家了吗？有对象了吗？"

李长逸一边聊着，一边将岳薇的档案加入到他设计的程序里。

现在，他有 52 个儿子，和一个儿媳妇了。

这个儿媳妇很聪明，他很满意。

也许他会有一个聪明的孙子，啊，龙凤胎更好。

发条城

⊙ 白贲

我们塑造我们的建筑，而后我们的建筑又重塑我们。

——温斯顿·丘吉尔

1972 年，美国密苏里州圣路易斯市的普鲁伊特·艾格社区被政府炸毁，评论家查尔斯·詹克斯宣布现代主义建筑就此死亡。

一

井言海从床上挣扎着起身，在几番大幅度的深呼吸间稍稍平稳一下心绪，他动作有些迟缓地转过头，望向窗外浓稠的夜色和寂静沉睡的建筑群，再望向更远处山峦那边灯火通明的不夜城。山那边的万家灯火和山这边热寂一般的黑夜，正是他梦中的过去和梦外的现实。

梦里他又回到了当初还是结构工程师的时候，回到那时他站在山峰间的观景台上，俯瞰这座机械一样每日按规程运作的城市。当时的他还感叹城市中的每一个人都宛如钟表上的零件。而如今，他已然身处其中。

走到卫生间，打开水龙头却没有一滴水，井言海这才想起，早已过了晚上 11 点，整个区域的给排水都已经停运。因为夜晚 11 点过后，城市的最后一班水工也已经下班，作为联系这座小城市并供给运作的发条——水，也断了。井言海只得拿出两瓶矿泉水，擦拭脸部和身体，洗去梦醒流出的一身虚汗。

　　井言海抬起头，与镜子中的自己对视，深深地望进彼此瞳孔深处，仿佛一个在看上辈子，一个在看下辈子。

　　回到房间后，他匆匆服下高效的安眠药剂，抓紧时间睡下。毕竟早上6点还要去城市边缘的水流中枢工作，体力工作是很累人的。

二

下午6点，从水体中枢下班的井言海累得像条被抽掉脊柱的狗，酸痛感充斥着他的肢骸，仿佛每根肌肉纤维都被撕裂。

他回头望了望依山而建的巨大钢铁设施——整个社区运作的关键——水体中枢：水流如同血液，而中枢便有如心脏，将用水输送到社区的每一个角落。另一方面，这里高低起伏的地势，足以将水流势能通过机械做功转化成电能供给社区用电。当然，这其中所有的运作都由人力完成，一切用水输送的能耗及所有发电所需的动能，事实上都源自居民的体能。换句话说，整个社区运行所需要的能量，都间接来自居民的线粒体。

一只大手拍上了井言海酸痛到几近散架的肩膀："小海啊，今天又工作了这么久啊。"

井言海龇牙咧嘴地回头："老丁啊，别拍，疼。"

丁茂林笑着就势在井言海的肩头揉捏了几下："你们年轻人就是有活力啊，规定每人每天工作5小时，你却从早上6点做到现在。不过住在这里吃喝不愁的，做这么久你图个啥呢？"

"我想攒钱买点东西。"井言海笑笑。住在这个名为"至治"①的社

---

① 至治，出自《老子》第八十章："至治之极，邻国相望，鸡狗之声相闻，民各甘其食，美其服，安其俗，乐其业，至老死不相往来。"

区之中，没有所谓的房租，食物都按时定量供应，绝大部分居民便安于现状。每天的硬性工作指标是 5 小时，额外多出来的工作时间根据社区建成之前的定额人工费按工日计价，就得到了额外工资。

老丁挠了挠有些脱发的头顶："小海啊，你住进我隔壁也快半年了吧，还是想出去吗？"

面对这样一个有些尴尬的问题，井言海神色复杂地看了一眼丁茂林，想了想还是点了点头。

"嗨呀，"老丁讪笑道，"你们这些年轻的刚来这里都想着出去。其实这里没什么不好啊，你按时做工，就有饭吃，你做得多，就额外给你钱。都是真的凭力气吃饭，吃掉的饭变成力气再变成社区的动力，是真正的公平啊。不像外头的世界，钩心斗角，什么都靠关系。社区里的日子好得很啊！"

井言海附和地点点头："老丁你说得是。"

"是啊，"老丁又继续说道，"其实在这里住下真的蛮好。从前我经营数码商城，但很快被电商取代了。我又转行当个体户开餐馆，但日子也不好过。每天都睡不好觉，哪天赚少了点就怕第二天会破产，然后住进这里。之后房价一天天地涨，房租一天天地翻，每天晚上都是睁着眼睛过夜，睡不着哇！哎呀，现在想想当初真的不是人过的日子啊。在外面的时候，大家都说这里头就跟监狱似的，甚至还有个观景台让外面的人参观，大家都怕得很。但真的进来之后，其实也没有什么的，日子过得简简单单也没压力，觉睡得特别踏实。有人在观景台上参观又怎么样呢，反正又不影响我们。生意不好做，钱不好赚，那又怎么样，不好赚就不赚了呗，能好好活下去就成，日子还是要简简单单的啊，你过段时间就懂了啊，小海。"

"嗯，嗯。"井言海附和几声，跟丁茂林并肩走了一段。

两人走到所住的那个单元前时，井言海被一个画面牢牢抓住了视线——一个长发的年轻女孩子正蹲着，手上拿着一块饼喂着一只三花猫。他认识那种饼，是由粗粮和高蛋白压制而成的"什伯"①，有着丰富的营养和高热量，是社区给每个居民提供的除公共食堂的主食之外补充能量的速食。女孩动作轻柔地将手中的饼子掰碎，一块一块喂给小猫。从井言海的角度，可以看到她绝美的侧脸，女孩那发自内心的笑容和眼神中流露出的喜悦和温柔，是他30多年的人生中从未见过的。

"啊，是她啊。"老丁随着井言海的视线望向那个女孩子。

"你认识？"

"夏语冰，住在二单元。多漂亮的女孩儿啊，可惜了。"

"可惜什么？"井言海一直注视着夏语冰的视线这才转向老丁。

"唉。"老丁长叹了一口气，"本来这孩子有望成为社区建成以来第一个真正搬出这里、毕业到外面工作的人。毕竟她读的是影视类学校，娱乐行业是为数不多的目前还没被人工智能完全取代的领域了。"

"可是然后？"

"可是她没能毕业。"

井言海刚想继续问下去，就看到夏语冰站起身，似乎是听到这边的谈论一样转头向这边看来。若不是亲眼所见，井言海怎么也想象不到能有人在站起身这么短的时间里，将脸上原本那样温柔而又阳光的表情转化为对一切都不关心的漠然——那种他在这个社区中见了太多太多次的熟悉的漠然。

其实身旁的丁茂林是个特例，像他这样在至治社区住了10多年还

---

① 什伯，出自《道德经》第八十章："小国寡民，使有什伯之器而不用。使民重死而不远徙。"原意为"十倍百倍"，"什伯之器"的意思是胜过人工十倍百倍的器械。而在本文中"什伯"是一种饼的名字。

待人如此热情的实在是很少了。社区里的其他住户，绝大部分人脸上都成天挂着夏语冰此刻的漠然，像总没睡醒一样。

夏语冰淡淡地看了一眼不远处的两人，便转身上楼了，顺便把手中剩下的一些碎饼子塞进自己的嘴里。

"她为什么没能毕业？"井言海望着夏语冰远去的背影，半晌才问道。

"谁知道。你说老两口儿供她读书十几年，不容易，但也在情理之中对吧。可她没能毕业也就算了，回来之后也没见怎么工作，吃喝都是老两口儿攒下来的，就她刚刚喂猫的那块饼子，还不是从老两口儿从嘴边省下来的。"老丁神色和语气间都难掩鄙薄。

"而且，我听说，她在做那种工作咧！"老丁忽地压低了声音。

"什么？！"井言海被老丁诡异的语气吓出一身冷汗。

"听说她每天晚上会做那个什么主播！"

"主播啊。"井言海松了一口气，搞什么啊，没什么大不了的嘛，吓人一跳。这种在网络上直播各种表演或是日常生活的行为，当下流行的说法叫"个体网络偶像"，但老丁还是沿用主播这种老旧称呼。

"是啊，还是每晚深夜档。"老丁吐吐舌头，"当然我也没看过她的节目啊，不知道她都直播些什么。"

"她应该也没有直播什么见不得人的东西吧。"

"当然不可能了，有人看着呢。"老丁笑得意味深长。

"有人看着？"

"从这个社区的网络上发出去的任何内容都是有人审核的，不是随随便便就能发到外面去的。"

"原来还有这样的操作吗？"井言海有些吃惊。

"哎呀，反正是个没什么人气的主播。"

　　"也对，如果很有名气了，也不会住在这里了吧，早就搬出去了吧。"井言海有些出神，他知道网络偶像是现下娱乐行业的重要组成部分，总有人喜欢看这些鸡毛蒜皮的琐事。只要有了一定的名气，身价抬高，就可以成为一种职业，当然可以离开这个社区。

　　"不说这些了，别人爱怎么活怎么活，我反正是要回家睡觉去了。"老丁说起这个便两眼冒光，"我要好好享受享受刚买的按摩枕，花了我半年的额外工资呢！"

三

　　不知是因为过了 30 岁之后睡眠质量渐渐不好了，还是因为这个社区里处处都是冷冰冰的混凝土墙面，井言海发现搬进来之后自己常常在半夜醒来，即使每天的体力劳动都非常累人。

　　深夜又一次梦醒的井言海打开了自己的笔记本电脑，看着缓缓开机的界面却不知道下面要干什么。他旧日的工作早已被人工智能取代，电脑桌面上的 CAD 软件图标现在已经成了人工智能的界面标识。

　　井言海不傻，早在五六年前他就看得很清楚，那时人工智能的水平已经可以从技术层面上代替结构工程师的所有工作。但他也很明白，自己没被立刻取代，是因为结构设计这种涉及安全问题的行业，需要法律意义上的人来承担相应的责任和安全风险。可他怎么也不会想到，只是几年的时间，科技的高速发展就已经从概率上极大地降低了土木行业的质量安全问题，而这种法律上的问责也在效率和经济的大潮之中被彻底弱化，自己被人工智能彻底取代。

　　他忽然记起白天跟老丁谈到的夏语冰直播的事情，便打开网页，有些生涩地搜了几个直播的网站。所幸在很多年前主播的实名制认证便已非常完善，即使第一次看直播，他也没用多久便找到了夏语冰的直播房间。她的直播视频非常多，几乎每周就有几个，但关注热度实在是少得可怜。

井言海浏览着女孩过去的视频，忽然页面跳出主播开始直播的提示，他心下一跳，犹豫了几秒便点开了。

他非常吃惊地看到视频里的夏语冰挂着灿烂的笑容，虽然跟白天逗猫时的表情比起来显然生硬了许多。夏语冰陆陆续续说了些什么，但井言海几乎什么都没有听到，他只是注视着视频里那个美丽的女孩子，想象着就在此刻隔壁楼栋的她正跟自己一样，在深夜对着泛起荧光的电脑屏幕，不知出于何种考虑挤出谁都能看出生硬的笑容。

"我们来玩个游戏吧！"夏语冰突然提高了声调，语气中也有些欢愉。

"大家在弹幕上发一些时间、地点、人物和做什么的关键词，我来随机选择连成一句话，看看怎样的组合最有趣。"她又继续说道。

真是个无趣的游戏啊，井言海想道。

屏幕下方原本寥寥无几的弹幕稍微多了起来，都是五颜六色的，有些还闪着光。井言海试着敲了一个句号发了出去，却发现是灰色的。看了一阵子，他发现弹幕的内容反映出了良莠不齐的所谓弹幕礼仪，有几条实在是不堪入目，但夏语冰好像不甚在意的样子。

忽然飘出一条同样是灰色的弹幕，写道："地点：发条城市"。

发条城市啊……如果是这个社区的名字，还真的是很合适……

果然，视频里的夏语冰也看到这条弹幕愣了一下，一脸意外地看着屏幕。

井言海盯着那条灰色的弹幕缓慢从屏幕的这一边移动到另一边，口中反复念叨着"发条城市"这4个字，整个社区的景象浮现在他脑海中，由水体这个媒介带动着运作起来，如同巨大的机栝转动着。

夏语冰随口与弹幕上的内容互动了几句，便念出了整合弹幕罗列出的时间、地点、人物、事件的第一句话："100年后的黎明，一头饥

饿的霸王龙，在发条城市，写着无人问津的蹩脚小说。"

这句话还挺有嚼头。井言海这样想着，将一个熟悉的名字——密斯·凡·德·罗敲入弹幕中。只输入了一半，笔记本电脑却显示因电量过低而自动关机了。

井言海望着黑下去的屏幕，熟练地从抽屉里摸出蓄电 LED 筒灯按到墙上，心想果然还是要攒钱买个新电脑。眼前这台电脑实在是太旧了，11 点过后整个社区断水断电的，真的不方便。每天那么多人忙忙碌碌搬水，最后也只有这一点点电而已。

井言海站起来伸展了几下，发觉自己仍然毫无睡意，便靠在窗前打量着自己所拥有的，面积不大但好在不用租金的住房。便携蓄电筒灯照度确实不低，但要想照亮整个房间还是不容易，苍白的灯光映衬着没有任何装饰的、完全是灰白混凝土的墙面和天棚，在黑夜中显得尤为寒冷。真不是个人住的地方，还是得找个工作，搬出去。

但从现在社会上的就业形势来看，人工智能代替了几乎所有当初依靠计算机的工作，只留下少许的行业佼佼者操盘着整个行业。而被人工智能影响最少的，除了那些需要非机械思维甄别的体力活儿，便是庞大的娱乐行业了，尤其是创造类。

这时井言海又想起刚刚夏语冰念出的那句话，和连词成句这个游戏。其实井言海小时候就常常玩类似的游戏：大家把时间、地点、人物、事件写在小纸条上，随意写很多，折起来分类堆好，然后从 4 堆纸条中随意各挑出一张，连在一起组成一句话。

回想起童年时的这个游戏，井言海忽然脑中灵光一闪：这个游戏揭露了每一个句子的组成结构，而这样的每一个句子中也就蕴含着最简单的情节。其实抽象来看，所有的故事都由时间、地点、人物、事件这几个元素组成，正是元素的质量和组合的方式决定了这样的故事是不是足够吸引人。

井言海仔细思忖了这个问题，并提出了一个假想：只要有一定数量和质量的素材库，将元素随机提取出来排列组合就可以形成无数的故事——至少是故事构架，唯一的技术难题就在于需要一个甄别程序来择优排劣。仔细想想，这个工作实现起来并不困难，井言海知道几年前就出现了可以模仿巴赫风格的编曲程序，乐曲的单个元素是音符，或许数学性更强一些。但把故事架构分解成4类元素之后，逻辑关系也相对比较明晰了。

另一方面，目前的社会，技术泛滥、文化凋敝，其实小说或者散文都几乎没什么市场了。为大众所接受的都是影视剧或者各种VR体验剧情，因此只需要一个有着故事架构的剧本，而不需要像小说那样严谨布局、打磨语言。故事架构配合如今技术环境下的普通电脑，甚至是简单的虚拟投影穿戴设备都能完成的视频动画效果制作，就可以很快制作出为观众所喜爱的作品。总而言之，在如今这样的大环境下，一旦量产故事架构的程序被推出，就可以量产娱乐产品。

井言海在中学时代学过很长时间编程，他前后好好思考了一下这个量产故事的想法，发现技术上其实是可行的，从这个角度入手，或许真的可以离开这里！接下来要做的就是赶紧攒钱买一台好用的电脑，然后着手编制。

刚想到这里，就见墙上的筒灯闪了几下，熄灭了。

四

被一上午的体力活儿掏空身体的井言海迎来了一天中最憧憬的时刻——饭点，饥肠辘辘的他捧着餐盘来到窗口前，却惊讶地发现负责分派食物的居然是夏语冰！

老丁确实说过她有时会在公共食堂做工，但他没想过真会跟她在这种场合相遇。井言海的惊讶神色还凝固在脸上未缓和，却见夏语冰转头望了一眼自己，将固定分量的食物放在盘子上后，竟然在素冷的脸庞上绽开一个灿烂的笑容。

她朝我笑了？居然又是那种冷漠与笑容之间的骤然转换？难道我……我长得像只猫吗？

井言海这样想着，魂不守舍地拿着食物走到食堂的一边吃起来。

正低头吃着，井言海的视野忽然暗了下来。一抬头，看到夏语冰竟在自己对面的座位上坐了下来，从自己的餐盘里拿了一片菜叶子，慢条斯理地吃了起来。井言海感到手脚一紧，每天最放松的吃饭时间都变得局促起来。

她想干吗？

还是夏语冰率先打破了尴尬的沉默："你住进来多久了？"

"6个月多一点。"

"外面的世界是怎么样的？"夏语冰上身前倾，眼神有些憧憬地望着他。

"呃……"井言海没想到她会问这样的问题，沉默了一会儿，"很难讲，挺复杂的，各种人都有，什么事都会见到。反正真正在社会上，所有的都是利益相关，一切都是以利益为第一导向的……"

"这些我都知道。"夏语冰打断了井言海的话语，"我不想听关于人的，我想听的是外面的世界。"

井言海愣住了，不知该如何回答。

"你看见过大海吗？"夏语冰问。

"见过一两次。"

"能说说吗？"

"嗯……"井言海好好想了想，将年少时去过海边的几次经历从记忆深处翻出来，"我小的时候海很蓝，天气好的时候海面跟天空连在一起，蓝色由深到浅依次渐变上去，还有这么几朵云，像……像白颜料团上去的。"

"你语文学得不太好吧。"

"……"

看着一脸窘迫的井言海，夏语冰忽然扑哧一声笑了出来："对了，还没问你的名字呢。"

"我叫井言海。"

"我叫夏语冰。"

"我知道你叫什么。"井言海神色有些恍惚。

"我知道你知道我的名字。"夏语冰狡黠一笑。

井言海又窘迫起来。夏语冰吃完了菜叶子，调笑般看着他："那个碎嘴的老丁跟你说了不少我的事吧。"

井言海木讷地点了点头，却见夏语冰望向窗外，语气飘然："如果

能出去，我是说如果。那时候你带我去看看海好不好。"

"好……好啊，不过为什么是我？"

夏语冰盯着井言海看了一会儿，才说道："你跟这里的人不一样，你转头看看这里的人吧。"

井言海环视了一下四周，每个人都边玩手机边吃着饭，脸上意兴索然，挂着疲惫和对一切漠不关心的冷淡神色——这个社区的每个人都是如此，彼此之间几乎没有什么交流，按部就班，日复一日。

"对了，"夏语冰忽然说道，"那晚在我直播里评论'发条城市'的是不是你？"

"不是啊，我只是……评论了一个句号。"井言海失笑，"我也在想那是谁发的，感觉就是在比喻我们这个社区。"

"你还真去搜过我的直播来看啊。"夏语冰猝不及防地把脸凑到井言海跟前，轻笑道。

"啊……啊，我是，我是晚上睡不着，就，就……"

"是啊，真是一个合适的比喻。这个社区里的每个人都渐渐失去了各种情绪，就跟零件没什么两样。"夏语冰打断井言海，非常熟练地拿过他的饮料就喝了起来，"当然这也是这个社区建成的目的。科技发展和社会体制完善的结果就是一切都向机械化的趋势发展着，包括城市。安顿好了我们，就给人工智能腾出了很多位置。人工智能的效率和准确性可都比员工高很多啊。"

井言海忽然有些不满："说起人工智能，我就有些不懂了。发展科技不是为了给人类提供更好更优质的生活吗，可如今人工智能反而抢走了我们的饭碗，这不是本末倒置吗？"

夏语冰像是听到了什么好笑的笑话，捧腹大笑了好一会儿，才缓过劲儿来："从来就不是人工智能夺走了人类的生存地位，从来不是。

从有人类开始，就一直是少部分人在抢夺剩下所有人的生存位置，一直如此，只不过抢夺的技巧越来越高明了。"

井言海如醍醐灌顶，坐在位置上愣了好一会儿，不知道该说些什么。

"对了，"夏语冰笑完又道，"刚刚还有一个问题忘记说了。在至治社区居住的人们，虽然满足了生存的所有需要，但基本上对未来没了什么盼头。古时候的人虽然疾苦，但他们每天干农活，至少会盼望着来年有个好收成，总归有个盼头，也就愿意传宗接代，养儿防老。可这里的人没有，他们看不到什么未来的，所以相当一部分人……"

井言海明白了她话中的深意，只感到脊背一凉："这个社区还能控制人口，控制贫民的数量不再过分增长……"

一时无言。

夏语冰扫了一眼井言海的餐盘："你吃完了吗？"

井言海闻言，默默放下了刚刚拿起的马卡龙甜点，夏语冰顺手接了过来塞进嘴里，然后两人在一种奇妙的默契中起身，向倒餐盘的窗口走去。

"你不继续工作了吗？"井言海擦擦嘴，发现夏语冰跟着自己一起走出了食堂。夏语冰没有回答，只是抬手指了指身后，井言海顺势转头看去，才发现食堂里早没有用餐的客人了。

"那你接下来准备去哪儿？"井言海问。

"回家嘞，不然去哪儿，难不成还能出去？"夏语冰似笑非笑道，"倒是你，这个方向不是往水体中枢去吧，不做工了？只干上午的份儿可没满5个小时吧。"

"啊，我累了，不想做了。"井言海有些局促地说着，跟夏语冰一道往住处的方向走去。

没走多久，井言海便送夏语冰走到了二单元的楼下，在离开前有些生硬地问道："你回家准备干什么呢？"

"干什么？"夏语冰想了想，"把今晚直播的脚本写一写吧。"

"喔喔，话说今天天真热啊。"

"嗯。"

"那，再见，有机会再聊。"井言海实在找不到话题了，只能看着夏语冰转身走向单元门。夏语冰走到一半，却忽然停住了，又转身走了回来。

"咋了？"井言海愣了一下。

"嗯……我忘带钥匙了。"夏语冰尴尬地笑笑，说着又有些愤愤，"外面的世界用虹膜识别用指纹锁都用了多少年了，这儿居然还要用钥匙。"

"返璞归真嘛。"

"我能去你家蹭一会儿吗？"夏语冰眨巴着大眼睛。

"呃，当然可以，欢迎，欢迎。"井言海一脸受宠若惊。

夏语冰一屁股坐在了井言海窄小的床上，看着他递过来的纸和笔："给我这些干吗？"

"啊，你不是说今天下午要写晚上直播的脚本吗？"井言海打开了空调。

"亏你还记得。"夏语冰扑哧一笑，"可我字丑，我喜欢用电脑写。"

井言海挠挠头，看着桌上已经没办法开机的旧电脑："可是我的电脑坏了，我准备新买一台但还没下单。"

夏语冰狡黠一笑："是还没攒够钱吧。"

被揭穿的井言海一时语塞，好半晌才有点不好意思地问道："那怎么办，你的脚本不是写不成了？"

"没关系啊，那就聊聊天呗。"夏语冰笑着望向窗外，"你住进来之前是干什么的啊？"

"搞土木的，设计房子的结构啥的。"

"在设计院吗？"

"在房地产。"

"你们修的都是外面世界的房子吗，也像这里这样吗？"

"不太一样。虽然主要的基础设施种类跟这里差不多，但是要豪华很多，而且功能也全面得多，到处都是人工智能提供的服务和物业需求。"井言海想了想又说，"外面的房子总是有着各式各样的建筑风格，当然室内也是有很多风格的装饰。不像这个社区里，抛弃了所有的装饰，只有单调的混凝土墙面和柱子，冷清得很。"

"是啊，这里全是混凝土的外表，住久了真的觉得很压抑很难受。"

"你知道吗，之前有研究说，如今的人们越来越多的精神心理问题，比如抑郁症、精神分裂什么的，跟现在的建筑是有很大关系的。"井言海疯狂寻找着话题。

"是吗？我不知道欸。"夏语冰回头看着井言海，"确实，建筑的立面效果不好会让人感到压抑或者别的，但不会有这么大的影响吧。"

井言海笑笑："因为现在的建筑形式决定了人类的聚居形式啊。如今一幢楼能住几百户人家，就是将上百个从不认识、毫无交集的人聚在了一起，不一样的作息时间、繁忙的工作和封闭的方块空间把一个个居民孤立起来，这原本就是违背人类天性的啊。"

"你这么一说倒是很有道理。"夏语冰面露思索的神色，"或许这个社区里的人们变得这样冷漠，跟建筑形式，还有抛弃一切装饰的混凝土墙面也有一定的关系吧。"

"不过说起来，你读大学的时候也住在外面的世界吧，怎么好像对外面的世界还是那么好奇呢？"

"或许没出去过，我就不会那么好奇了吧。"夏语冰撩起鬓发别在耳后。

井言海静静地望着她，等待她继续说下去。

夏语冰转头看到井言海认真的眼神，苦涩一笑："从前我觉得世界就是社区这么大，简单地日复一日过着重复的生活。直到后来我出去了，读大学，看到外面的世界是那么大，那么多样，那么精彩。听到同学们叙述的各种各样的生活，各种各样的风景。他们常常出去玩，可我不行，我只能住在爸妈全力工作才能勉强供我住的寝室里，没有能力支付额外的花销。"

这样说着，夏语冰的语速越来越慢，声音也越来越轻，房间里凝固着有些压抑的气氛。井言海不擅长对付这种状况，眼看夏语冰有些说不下去了，便站起身准备离开卧室："我去给你拿点吃的。"

夏语冰忽然伸出抱膝的手抓住了井言海的袖子，脑袋埋得很低，轻声说道："听我说完，好吗？"

井言海无言地回身坐下。

沉默了半晌，夏语冰又继续说道："在我出生之后父母才搬进来的，所以他们总是觉得欠我什么，觉得是他们不够好没能让我过上开心快乐的生活。所以他们努力地工作，拼命地工作，甚至连自己的养老保险都没有买。你知道吗，因为在这里都是体力工作，人总有年迈干不动活儿的一天，所以这里的居民大多都在额定的工作时间外多做点工，攒下钱买上养老保险。当然了，因为这里的生活其实真的没啥意思，所以也有不少人混过一天算一天，真正做不动了就自杀什么的也是有的。"

"说真的，我真的不知道我爸爸妈妈以后会怎么样。"夏语冰的语气里藏着一丝费劲压抑的哽咽，"但是，但是我的父母努力工作送我读书，送我去学那些他们自己理解不了的东西。可学成之后，他们又要用他们过去的思想体系下的常识来规范已经接受过高等教育的我。所以，所以我对他们只有感谢，感谢他们供我读书、供我生活，更多的，也没有了。"

听到这里，井言海感到胸中淤积了一股浊气，怎么也吐不出来，梗在心口不知如何排解，更不知怎么安慰眼前泫然欲泣的女孩。

缓了缓，夏语冰又继续说道："我现在做着主播，他们很不屑，但我只有这样才能出去，而且要出去还要更多更大的努力，和勇气。可就算我能出去，以我的能耐也就只能一个人出去了，顶多给他们定期打一些钱，要接他们俩出去，那是根本做不到的。"

"他们都是跟不上这个时代的人了吧。"许久，井言海才缓缓说道，"其实我们也跟不上这个飞速发展的时代了。"

夏语冰轻轻点头，没有言语。

隔壁忽然传来翻箱倒柜的声音，紧接着就是"嘀——"的一声，房间里的空调自动关掉了。

"咋回事？停电了？"井言海试着开了开灯，发现确实没电了。

"老丁，咋啦？！"井言海对着隔壁大喊，却没有得到回应。倒是依稀听到同一楼层传来叫骂声，都是埋怨忽然停电的。

"也不知道老丁在隔壁鼓捣些什么，虽然每个住户都限电压，但老丁是用了多大功率的电器才能让一整层楼都停电？"井言海似是自言自语，又像是在跟夏语冰搭话。

夏语冰只是双手抱膝，脑袋埋在双臂之间，一言不发。

"我有一点建议，"井言海忽然说，"我看关注你直播的人很少，看

你直播的也很少，你又是在深夜播放。我觉得你可以试着在直播里讲讲故事，讲讲自己的故事什么的。因为深夜人总是容易情绪化，所以如果讲一些有真情实感的故事的话……"

"你是想让我去卖惨吗？"夏语冰抬起头，面无表情，眼神却异常复杂。

"我……我，不是，我就是提个建议……"

"好了我知道了，你的建议我记下了。"夏语冰冷淡地说了一句，中断了对话。

暮色四合，井言海送夏语冰走到二单元的楼下，远远看到两个步履有些蹒跚的中年人缓缓走来，身上带着特殊的油污。夏语冰停下脚步，转头对井言海说道："就送我到这里吧，我不想让我爸妈说叨些什么。"

井言海默然点了点头，转身离去。

五

之后的很多次半夜惊醒的夜晚，井言海都盯着新买的电脑发呆，不敢搜索夏语冰的直播来看。他不知道自己当初为什么要给夏语冰提那样的建议，更不敢去知道她有没有采纳自己的建议。他怕她采纳了，更怕她不采纳。

这天，井言海又望着简陋的混凝土墙面迎来了黎明的晨曦。随晨曦而来的还有一阵嘈杂的声响，打破了这一丝宁静——井言海听到隔壁传来了剧烈撞击的声响和尖叫与吵闹声。他猛然站起身向门外走去，他听出那是老丁的叫骂声。

打开房门，井言海就看到几个穿着白大褂的人架着老丁从隔壁的房间里走了出来，老丁挥舞着双臂，叫着骂着一些井言海听不懂的字眼，像是方言。

"怎么了？你们在干什么？"井言海皱起眉头问道。

"丁茂林被确诊为精神分裂，要住院隔离。"一个白大褂头也没回，双手紧紧抓住老丁的双手按了下去。

"什么？精神分裂？"井言海大吃一惊，再抬头看着老丁。只见老丁斑白的头发乱得跟草包一样，咧开的嘴巴流着浑浊的口涎，咬紧的牙关里一直咯吱咯吱地蹦出些井言海听不懂的声音。

眼前的场面让井言海骇然了，他无法想象一直活蹦乱跳的老丁怎

157

么会变成现在这副模样，他究竟经历了什么？在这里住了也快一年了，井言海已经习惯了整个社区里冷漠的人们，老丁的存在无疑是一股清流，但现在他再想想，或许在其他人眼里，往日待人热情的老丁，跟如今疯疯癫癫的老丁一样都是异类吧。他忽然想起最近几天老丁都没来上工，但自己根本没在意。

"拜托让一下，谢谢。"白大褂说着，就跟几个同事按住老丁向这边挤了过来。井言海默然侧身让开，看着老丁被医护人员按着与自己擦身而过，一瞬间目光相遇，从老丁那浑浊的眼神中，井言海见他仿佛想传达些什么，身体前倾想听清老丁说的内容，却只是徒劳。

最终，井言海望着老丁和医护人员远去。走了几步，老丁忽然挣脱束缚，但很快又被钳制住。晨光熹微中，扭打在一起的肢体让井言海莫名想起幽暗的深海中互相纠缠撕咬的抹香鲸和大王乌贼。

老丁的房门依然开着，井言海踌躇了一下，还是走到门口看了看。只见不大的房间中一片狼藉，本就不多的家具都被掀翻倒地，光秃秃的混凝土墙壁上被尖锐物品划出了一道又一道的划痕，深深浅浅，长长短短。

好奇心驱使着井言海走了进去，他发现墙上贴了很多纸张，用粗粝的墨笔画了很多抽象的图案。看起来不像是为了表达什么，更像是出于发泄。走进里屋，他看到了老丁当初说的按摩枕，但已经被拆卸成了一个个的零件，破烂不堪。一年来看上去待人热情的老丁，四下无人的时候究竟过着怎样的生活呢？

转身时，井言海被老丁桌上摆着的一样奇怪的东西吸引了注意力。那是一个组装起来的电子设备，用上了被从按摩枕上拆卸下来的大部分的零件，从设备上引出来几根线路，通过一个简易的插座接在墙上的插座里。设备的另一端也引出了几根线路，接在一枚不知从哪儿弄来的万用表上。

"这啥东西？"井言海自言自语着，上前准备仔细看看，便听到屋外传来人对话的声音。他低头走了出去，与正走进来的几名穿着制服的男子险些撞了个满怀。

"你是干什么的？"一个穿着制服的男子问道，看样子应该是社区里为数不多的治安人员。

"我住隔壁。"井言海有点答非所问。

"你是丁茂林什么人？"另一个制服男子掏出个本子，似乎想记些什么。

"我是他邻居。"井言海闷着头，想赶紧走出去。

"这样啊，那你说说他平常是啥样的人啊？"拿着本子的男子好奇道。

"他平日里待人热情，很关心邻居，有什么都热心帮忙的。"井言海边说边回想着老丁往日的言行，再看着周围触目惊心的墙壁，"他是个很好的人，我一直这么认为。"

"哦。"男子说着在本子上随便钩了几下，便准备往屋里走。

男子出奇的平静让井言海有点不能接受，难道老丁无缘无故疯了是这么司空见惯的事情吗？

"你们是……？"井言海问道。

"我们是专门收拾空出来的住房的。"男子收起本子走进里屋，示意他的同事们收拾一下客厅。

井言海张了张嘴，却没有说什么。走到门口的时候，他听到身后传来几句简单的抱怨：

"每次干这种活儿都费劲，房子都被糟蹋得不像样子了。"

"是啊，还是收拾正常人的房子省事儿。"

井言海转身回到自己的房间，紧紧关上门。回想刚刚经历的事情，他只感觉脊背发凉：从来只有破产之后搬进至治里来的，社区建成以来却从没有谁能真正搬出去，那为什么还会出现专门收拾空出房间的组织？空出房间的人都去哪儿了？为什么在他们眼里，像老丁这样突然疯掉的住客似乎很常见？

这时井言海才想起一个被忽略的重要问题——老丁会被带到哪儿去？

似乎想起了什么，井言海跑进里屋打开电脑，登入至治的官方网站。他进入"基础设施"分区的"医院"分栏，看到有"精神科"这个选项，便点进去，果然看到了刚刚登记住院的老丁的名字。他又继续在网页上查找，希望找到类似打扫房间的组织，却一无所获。他黑进了官网的内部登记系统，发现至治社区的人员流动比他想象的要大，而且离开的人员数量要大于住院登记的人数，其余离开的人员去向没有任何记录。而这些去向不明的前住客，在搬进来之前基本上都是从事技术相关的工作，尤其是精密仪器和电子设备。

不是说社区建立以来从来没人搬出去过吗？那这些人去哪儿了呢？

之后，井言海多次去医院探望老丁，却发现老丁基本上都处于沉睡之中，据护士说这是用药之后的副作用。看着病床上躺着的老丁安安静静的，表情十分安详，再联想起患病前后的他，井言海不禁觉得这难得的平静祥和或许就是治疗的目的吧。与老丁一样平静地睡着的，还有整个病房里的五六个病友。

水流带动着整个中枢的巨大机械运作，水从这个高大的建筑输送到社区的每一个角落。井言海正卖力搬运着水，忽然收到了暂停工作的指令，他跟工友都愣了一下，不知道发生了什么事。

"停工？这从社区建成以来就没有过啊。"老工人从高大的水轮机上探出脑袋，嘟囔道。

"那就休息呗老马！反正现在算我们的工时！"正在提水的年轻工人把水一倒，桶也丢到了一边，大声对水轮机上的老工人叫道。

"你小王八蛋倒是想得开！"老工人笑骂一句，也停下了手中的工作。

就在此时，井言海忽然感到浑身上下起了一层鸡皮疙瘩，皮肤一阵发麻。他转头看了看身后的墙壁，他知道这个墙壁后面是整个中枢的变电站。他打了个激灵，再望向远处的窗外，发现外面的灯火并没有熄灭。

水体中枢停工，社区却没有断电？

广播里再次传来人工合成的女声："请大家继续工作。"

随着一阵阵堪称整齐的叹气声，偌大的水体中枢又再次运转起来。年轻工人们围着巨大的水池提水，唱起了嘹亮的工作号子。井言海却没有继续投入工作，他总觉得哪里有些不对。刚刚那种电磁场经过身体的感觉褪去，他却想起来那日在老丁房间里看到的组装起来的电子设备，忽然醒悟那个由一堆拆卸下来的零件组装成的玩意儿，跟这个水体中心的构造一模一样！

井言海觉察到有问题，再无心工作，早早下了班赶往医院。

走进病房时，病人都沉睡着，房间也没有开灯，只有窗外的光亮投进来。老丁依然睡着，一旁放着的井言海几次探病带来的水果牛奶什么的，一点儿没动过。

正准备离去，老丁忽然睁眼，在昏暗的病房里显得特别瘆人。井言海心下一紧，回想起他被带走时的样子，没来由的一阵恐惧，向后退了几步。老丁手撑床沿坐了起来，幽幽地看了一眼井言海。

"小海？"老丁的声音嘶哑得不像话，看来已经很久没有张口说过话了。

"老丁，你感觉怎么样？"看着丁茂林这么平静，井言海觉得或许是药效起了作用，一时有些欣喜。

老丁忽然露出一个弧度大到诡异的笑容，满脸胡碴之间的森然白牙在零星的光线里显得尤为狰狞。一瞬间井言海想逃，但强行忍住，只听老丁喈喈的笑声像上了发条的坏闹钟，断断续续说着："发条城……发条城……嘿嘿嘿……发条城……"

井言海感到遍体生寒，想逃离，但还是忍住了，随手拿起一盒自己带来的牛奶递给老丁，老丁接过来就开始喝，再度平静下来。

"老丁你最近过得怎么样？"井言海问。

老丁依旧喝着牛奶，像是很久没喝过水了一样。

"小海啊，你住进来已经一年了吧。"老丁几口喝完了整盒牛奶，打了个嗝儿，眯起眼睛缓缓说道。

"嗯，快一年了。"

"觉得这里怎么样啊。"老丁此时的笑容算不上和蔼，但还是让井言海想起了半年前跟自己说叨至治好处的丁茂林。

"我觉得其实还好，除了大家都有点冷漠。"井言海答道。

"我没问你社区的生活，我问的是社区本身。"老丁笑意渐渐冷却。

"社区本身？"井言海一怔，他敏锐地觉察到正在向此行的目的慢慢靠近。

"你觉得这个社区，单纯就是普通的给我们住的地方？"

"不太对劲儿，总有什么地方不太对劲儿。"

"怎么个不对劲儿法？"老丁像是来了兴致，上半身微微前倾。

"整个社区就像钟表背面的机栝一样，上了发条之后每个人就成为零件在推动着社区的运转。就是一座发条城市。"井言海想了想又补充道，"各种意义上。"

"说到点子上了？"老丁问。

"点子？"

"嘿嘿，你也说了，社区就像钟表背面的机栝，每个人都是机栝上的零件，那么零件旧了，是得换的。"

听到这话，井言海只觉脊背一凉，但接下来老丁更加语出惊人。

"还有，你有没有想过，"老丁浑浊的眼珠忽然放出异光，"既然有了背面的机栝，那钟表的正面呢？表盘在哪儿？"

井言海如遭雷击，表盘在哪儿？！

"我花不少时间模拟过水体中枢每天的发电量，也计算了社区每天大概的用电量。"老丁的眼睛都快眯成了一条缝，声音越压越低，"发电量要远远大于用电量啊。"

虽然猜到老丁要说什么，但井言海还是浑身一震，还未等他厘清思绪，就见老丁挣扎着从床上站了起来，挥舞着双臂放肆地大笑大叫："发条城！发条城市啊！啊哈哈哈哈！表盘呢！表盘在哪儿呢！啊？！哈哈哈哈！"

突然的大叫吓到了井言海，也引来了值班的医护人员。几个膀大腰圆的白大褂冲进病房，按住发疯的丁茂林，其中一人拿出吸满蓝色药剂的针筒就向老丁脖子后扎去。被注射了药剂的老丁很快就晕厥过去，白大褂们把老丁放回床上，瞥了一眼震惊无比的井言海，扔下一句："以后别来探这种重症病人。"

"你们给他打的什么？"

"镇静剂。"白大褂们头也不回。

六

老丁疯了，疯子说的话不能信。井言海一直这么告诉自己。

但之前发生的事情一直在他脑中反复出现：老丁房间里奇怪的组装设备，那一次引起全层停电的大功率实验，水体中枢的几分钟停工，停工后社区依然没有断电，停工时变电站忽然放出的电磁场……这一切的一切，都让井言海隐隐感到这个社区有着他所不知道的秘密，感到惶恐。

发条城，表盘在哪儿？

下这个决心不知用了多大的勇气。11 点过后的水体中枢寂静无比，最后一批水工下班回家。听到大门关上的声音，藏匿在水轮机上的井言海悄悄爬了出来。他脱掉鞋提在手上，轻手轻脚地走下钢结构楼梯，走到变电站门前，输入了开门的密码。

白天工作的时候他特地在这附近徘徊，好不容易等到电工进入一次变电站，他在一旁暗自记下了密码。随着门的打开，井言海忽地想起那天没带钥匙的夏语冰，有些庆幸这个社区内的科技水平总是落后外面好多年，若这锁是指纹或者虹膜识别，那还真没办法。

井言海把鞋放在门边，轻轻走了进去。门内仿佛是另一个世界——房间的中央是个巨大的球体，从球面斑斓变换的色彩来看，它依然运转着，没有随着水体中枢的停工而停止。井言海想起当初参与的一个水电站修建工程，在那个项目里，他接触到了代表着最新科技的超导加速变压装置。除了尺寸更大，跟眼前这个球体并无两样。他知道这种装置的变电效率极高，损耗极小。

看来，这个社区里，并不是所有技术都落后于外面世界几十年啊。

井言海缓缓走近那个球体，渐渐感到与那日一样皮肤发麻的感觉。他所注意到的，是球体的下方有通向地下的通道。水体中枢还有地下一层？这是从未听说过的。球形变压器斑斓的色彩照亮了通道里向下的阶梯，井言海吞了一口唾沫，向地下走去。虽然脚步已经很轻了，但是狭长的空间里井言海还是能听到自己轻微的脚步声和回声。他屏住呼吸，每一步都胆战心惊。

走出通道的时候，井言海感到心跳停止了。他看到了一个环形的房间，墙壁上安装着6面巨大清晰的投影屏幕——投影着来自6个角度的自己。他的一举一动、一颦一笑都会在分辨率高到令人发指的屏幕上实时体现。房间的中央依然是一个向下的通道，但此刻井言海的身体已经被巨大的惊惧攫住，根本一步都动弹不得，浑身冷汗如雨下。井言海恨不得转身就跑。

四周寂静无声，井言海能听到自己的心脏在胸腔里狂跳的声音，他匆匆回过头，确认身后确实没人。深吸了一口气，井言海稍稍平复下来，就在这样一个紧张无比的场合，他不知怎的又想起了夏语冰。

如果她在这里，会怎么做呢？

她大概会对着6面显示屏照镜子吧。想到这里，井言海不禁在这种环境里笑出了声，紧张的感觉瞬间减轻了几分。他定了定心神，向房间中央的地下入口走去。再下一层的房间构造跟上一层相差不多，只是房间的中央有无数巨大的电缆纠缠在一起，贯通了天花板和地面。井言海打量了一下四周，却发现再没有任何类似出入口的东西了。

他四周走了一圈，仔细摸遍了墙壁和地面的每一个角落，发现整片墙面和地面似乎是一体的，极度光滑平整，甚至连一点施工缝隙都没有，如同天然形成的地下溶洞。根据还在外界时工作的见识，他只知道混凝土整体浇筑可以达到这种效果，但这个房间的建筑材料根本不是混凝土，而是石材。

这个房间居然只有自己来时的那一个出口，难道说这便是水体中心的全部了？果然老丁说的一切都是疯话吗？还是说"表盘"所在另有入口？

井言海没来由地感到一阵失望，又仔细搜寻了一遍，仍是无果，但他始终觉得哪里不太对劲儿。他走到房间中央，仔细地端详着虬结在一起的巨大电缆线，然后他终于明白了问题所在：

如果这个房间就是尽头，那么修建这个房间的意义何在？

巨大的电缆从天花板穿入地下，是在给什么东西输送庞大的电能？

整个房间里没有照明设备，他为什么能看清房间里的每一个角落？

这些问题在他脑海里萦绕不去。如果说没有设备的照明还勉强可以解释成是一种未知的科学技术，那么前两个问题则揭示着，在这片地面之下，还存在着难以言喻的庞大未知。

但井言海没有任何办法解答自己的疑问，这个浑然一体的房间只有一个出口。他甚至试着用镀铬的钥匙在墙壁上划动，却连一点点痕迹都没有办法留下。他走到房间的中央的电缆前，除了感到皮肤一阵发麻，好像还隐约听到了电缆中传来的"劈剥"的电流声，可仔细听去，又像是低声的私语，也听不分明究竟说了些什么。

看来只能离开了，一无所获的井言海有些遗憾地回到了变电站外，却感到浑身的寒毛都炸开了——门前他留下的一双鞋不见了！原本下班后就紧闭的水体中枢大门现在也敞开了！

井言海根本来不及思考究竟发生了什么，光着脚跑出了水体中枢。大门在他身后缓缓关闭，机枢运转的声音在他听来犹如机枪扫射一般恐怖。他脑海里只回想着一个念头——他所做的一切，都被谁毫无遗漏地看在了眼里。

剩下的他不敢再想。他不敢去想那双看着他的眼睛是从什么时候开始出现的。他不敢去想那些无端空出来的房间里原来的住民都到哪里去了，更不敢去想自己会遭遇怎样的后果。

之后的一连好多天，井言海都把自己关在房间里不敢出去，仅仅依靠着家里囤积的食物维持生活，惶惶不可终日，门外传来一点点的响声都会让他提心吊胆。在度日如年的恐惧中，他甚至感觉房间里单调的混凝土墙壁上都随时可能投影出自己的样子，就像在水体中枢地下一样。他不敢再照镜子，看到自己的影像让他感到无比恐惧。他不知多少次被噩梦惊醒，黑暗中似乎又有一双双眼睛在看着自己。

所幸，好几天之后仍然没有任何人找上门来，井言海也渐渐放下心来，偶尔还会去公共食堂吃顿饭什么的。他忽然想，当初老丁疯掉之前也很长时间没有上工，会不会也经历了这样的精神煎熬？

"你这些天都干吗去了，也没见着你人。"夏语冰打量着一脸憔悴的井言海，眼前的这个男人用形容枯槁来形容绝不过分，"搞得跟个幽灵似的，眼窝深到能养鲸了，都不照镜子的吗你？"

井言海如实地点了点头。他没想到还会在食堂见到夏语冰，更没想过她还愿意同自己讲话。此刻的他已经很多天没有刮胡子了，只靠存粮度日的他也已经瘦得不像样子。

"都不照镜子啊，真是不讲卫生，所以我才不喜欢你们这些臭男

人。"夏语冰支颐而笑。

"哦。"井言海轻声回答道。

"喂，你别这样啊。"夏语冰有点不高兴，"你可别也跟这里的其他人一样变得冷冰冰的啊。"

井言海抬头看着夏语冰，这么久不见好像又漂亮了一点，容光焕发。

夏语冰仔细盯着井言海的眼睛，半晌才轻声问道："发生什么事了吗?"

井言海张了张嘴，欲言又止。虽然满是心事，但这些都是不能跟任何人说的啊，他可不想让夏语冰背上跟他一样的重担。

见他什么都不说，夏语冰也不再强求了，只是淡淡地说："你不想说你的事，那我就说说我的吧，我想我快要出去了。"

"你要出去了吗?"井言海这才想起，半年过去了，他没有看过她的任何一场直播，也不知道她做到什么地步了。

"一开始我尝试了你的建议，讲一些自己的故事，甚至讲得哭了起来，一夜之间涨了很多粉。第二天我再回想起来的时候，觉得那个在镜头前哭泣的自己很恶心，不想再那么做了。但是直播还得继续做下去，我想了想，决定讲别人的故事。大学期间我读了很多的书，都记得个大概，于是我把那些读过的故事换个名字继续讲述。其实也不是我想换名字，是我实在记不住那么多人名。"夏语冰有些羞赧地一笑，"关注的人越来越多，也不知道是他们都不看书了还是什么，我讲的故事好像很吸引他们。"

顿了顿，夏语冰又继续说道："再后来呢，我开始模仿那些作者的风格编自己的故事。模仿是件不容易的事情，一开始我只是简单模仿他们故事里出现的剧情和意象，后来我开始模仿他们故事中情节的起承转合、模仿他们故事中的角色设定，最后我试着模仿他们故事中的情感基调，当然这比较困难。"

这一番话忽然让井言海茅塞顿开，半年来他一直在编写他量产故

168

事的程序，从素材库中调取素材随意排列组合的指令没有任何问题，但一直卡在故事甄别的部分寸步难前，不知从何下手。而现在，夏语冰的话终于让他找到了这个落脚点——从模仿名家开始。首先在人物的素材库中设置一个子素材库，收纳各种性格特点，再根据名家的风格将性格随机排列组合成一个个角色。其次，夏语冰说得很对，情节的起承转合正是故事的灵魂。在这一个个节点中模仿名家的风格进行约束，可以让故事的格调大大提升。至于感情和其他方面的细节，还需要慢慢琢磨，但这个大方向是可行的。

"为什么说模仿情感基调很困难呢。"夏语冰叹了口气，"我在编故事的过程中，总是绕不过我自己。代入感总是很碍事，无论角色性格如何，我自己的感情总是融入其中。编故事的人在熟悉的感情里写陌生的故事，听故事的人在别人的故事里流自己的泪。"

正是这段话让井言海意识到了量产故事程序的优点，人写故事，就很难绕过作者本人的情感，除非是真正的大师。因此人物反应与其性格不太符合的现象也常有出现，但如果利用程序来限定，或许会好很多。

"从那以后过了半年，这半年里我依靠讲故事让自己的粉丝越来越多，我也跟一家知名的直播平台正式签约。照这个趋势来看，我很快就要出去了！"夏语冰笑逐颜开。

"那恭喜你啦，成为社区第一个真正意义上搬出去的人。"井言海觉得此刻应该为她感到高兴，但那种叫高兴的情绪似乎迟迟不来。

"你吃完了没有？"夏语冰扫了一眼井言海没怎么动过的餐盘，莞尔一笑，"走，我带你去喝点东西，这次我请客。"

这一刻，夏语冰如阳光一般的微笑成为井言海随后的一生中无数次回忆起的绝美意象——支撑着他那即使离开了发条城却依然索然无味的数十年时光——真挚而娇媚。

<h1 style="text-align:center">七</h1>

在夏语冰的启发下，井言海花了半个月的时间初步编写出一套量产故事框架的系统，甄别程序中添加了几位数年前风靡一时的小说作家的故事风格。他把自己初步完成的量产系统发给了几个大型的游戏公司和网剧制作公司，还有一家最近刚刚上市的 VR 体验公司，但过了好几天都没有收到任何回应，仿佛石沉大海。

不再去水体中枢上工之后，井言海的作息时间变得越来越混乱，靠着之前一年里每天超额做工赚取的工钱购买速食度日，昼夜颠倒。夜幕降临，他又迎来了他一天之中精神最好的时候，坐在电脑前继续写一个优化系统的算法。敲下一个回车键开始测试 bug，井言海瘫在椅子上望着天花板发呆，他又开始想这个社区的真正面貌究竟是怎样的。虽然不敢再去水体中枢的地下一探究竟，但一连几日的恐惧反而促进了他的想象。

他想象着在这个社区的地下，有一个庞大的生产流水线，消耗着地面以上产生的巨大电量。那一个个从社区中凭空消失的人们，都被暗中转移到地下从事流水线上的生产，这个流水线究竟是生产什么的呢？井言海猜想都是生产各种各样的人工智能，可为什么需要保密到这种程度呢？一定是跟军事相关的，对，一定是军工智能。这时候井言海再回想起那晚在最后一层的经历，那个浑然一体的地下房间，在这次的回忆中，他相信，他在地下的巨大电缆中听到了来自更下层的窃窃私语，以及被不断压榨劳动力的人们的哀号。

他又想象着，那个房间的天花板、墙壁和地板是个一体的坚硬的壳，房间里有灵敏的声控设备。一旦来者说出了正确的密码，整个壳体就会围着电缆缓缓旋转起来，原本来时的入口就会旋转180度，露出隐藏在壳背后的另一个通道，通向更下层的空间。既然下面是军工智能生产线，那么随着继续深入，前方就会出现各种各样军事化水平的防御体系，如果没有密码或者身份验证，闯入者随时随地会被打成筛子。

越想越兴奋，井言海从椅子上站起身，虽然不敢再下去一趟，但他可以把自己想象的世界创造出来！他关掉已经测试成功的程序，打开了快速建模软件，开始修筑起自己想象中的城市：地面之上跟现在所居住的社区相差无几，地面之下是镜像一样的所谓"表盘"城市，一条条精密的生产线上生产着用于各种军事任务的人工智能。地面之上被选中的技术人员会被暗中转移到地下，进入一条条生产线。而那些不愿意听从调遣的人，就会"忽然"染上各种各样的病症，被安排住院。

他又利用自己的量产故事框架的系统导出了几条故事线，与他创造出的城市相匹配。在其中的一条故事线里，主人公根据疯掉的邻居留下的蛛丝马迹不断追寻，深入地下，并一路经历重重关卡来到了地下的"表盘"中。

利用这个时代再简单不过的视频动画生成系统，井言海模拟出一个个小市民在这个双面城市中寻找和斗争的景象，制作出了一个较为完整的历险游戏，他将其命名为——

发条城。

经过几天的完善之后，井言海将这款名为"发条城"的游戏雏形发给了一家知名的游戏公司，可惜依然石沉大海。

但出乎意料的是，没几天后，井言海就一连收到了两家游戏公司、一家网剧制作公司和一家VR虚拟体验公司的邮件回复，都对他的量产故事系统表现出了很大的兴趣，并有几家就其中一些细节提出了非常中肯的建议。

井言海喜出望外，把发条城游戏抛诸脑后，一心优化他的量产系统，并给它取名为"仓颉二号"。几家公司提出的建议都将让仓颉二号变得更加成熟和灵敏，但实现起来却不是那么容易。

正在井言海因为具体的算法困难陷入窘境的时候，他收到了一封陌生的邮件，邮件上写满了代码——那是他遭遇的算法难题的最优解。

井言海如坠冰窖，那时候老丁说的话又一次在他耳畔响起：

"有人看着呢。"

至此，他真切地感受到自己在网络上的一举一动都被一双眼睛注视着。他也终于明白了为什么仓颉二号很久都无人问津，却在他把游戏发条城发出去后的几天就收到各个公司递来的橄榄枝。

或许他所设定的发条城游戏，在一定程度真的误打误撞地暗合了这个社区的本质。为了不让这款游戏在市面上流通，那双眼睛选择了让他的仓颉二号被选中。

而此刻，那双眼睛又开始不遗余力地帮助他将这个系统真正完成。

此后接连几天，井言海都能收到来自各个域名的匿名邮件，有的提供了非常精妙的算法，有的甚至直接附上了系统优化程序。仓颉二号在不断地完善和成熟。

但很快井言海又意识到了一个让他惊恐的问题，他在发条城游戏中植入了主人公追寻疯子邻居留下的踪迹的剧情，这无疑暴露了老丁在这一切中扮演的特殊角色。

他忐忑不安地再次打开了社区医院的官网，果然，丁茂林的名字彻底消失了。

看着这台花掉他大半年额外薪酬的崭新电脑，电脑屏幕在夜色中闪着诡异的蓝光，井言海忽然感到一阵恶心，他想拒绝这个恶俗的收买者，他不愿意变成一个任人摆布的零件。他想鼓起勇气找出这个城市的真相，就算不为了自己，就算为了，为了……为了疯掉的老丁？好像没什么用。为了夏语冰？她就要出去了，更不合适。那么为了……为了谁呢？

但不管怎么说，他还是不愿意就这样妥协。

一个多月以来，这是井言海第一次回到了水体中枢上工，他做了很久的心理斗争，想再一次试着下地寻找社区的真相。为此，他模拟出潜入地下的最优路线，更是假想好如何再一次偷看变电站的密码，因为他知道密码肯定被修改了。为了继续深入，他将当日手机中测绘出的一体房间的模型导入计算机，利用扎实的结构知识模拟计算出了整个壳的应力集中点——那将是最脆弱的地方。多年结构工程师的经验告诉他，石材可以非常坚硬，但是脆性很高。准备万全的他对找出真相充满了信心。

但当他走进去的时候，脑中所做好的一切准备瞬间土崩瓦解——整个水体中枢的格局完全改变了，他根本找不到原来的变电站现在在哪里。

井言海强行镇定下来，按了指纹打了上班卡，然后挤出一个笑脸佯装从容地问从身旁经过的一个水工："不好意思，我一个月没来上班，怎么厂里变化这么大了？这么短的时间，整个格局都变了吗？"

工人像是没有听到，心不在焉地摇了摇头，便走到蓄水池中打下一桶水。

仅仅一个月，供应整个社区水电的水体中枢就完全改变了格局，仿佛换了一个地方，这在井言海常识里根本是不可能的事情。他看着偌大的中枢里奔走工作的同事们，那一张张冷漠至极的脸都是他熟悉认识的。自己一个月没来上工了，看到这种巨变觉得震惊无比。可这里头天天来工作的其他人，却一如既往地正常工作着，像是什么都没有发生。

这一刻，井言海是真的不知道，到底是他们不正常，还是自己不正常？

井言海在中枢走了一圈，还是没找着变电站，也没有见到之前还算比较聊得来的老刘和小马，问别人，也没人搭理他。

这一刻，井言海站在水体中枢的中央，他感到那种骨髓里溢出来的无力感。这时他才真正想明白之前的自己究竟在想干一件什么事，他知道那双眼睛肯定在无情地嘲讽自己，甚至他自己也想笑，之前的自己究竟在跟一个什么样的东西作对？还真以为自己能成功？

井言海回到一单元的楼下，远远看到了夕阳下的夏语冰，正在跟满身油污的父母拥抱告别，她的脚边，放着收拾好的行李箱。

"别哭了，我们为你骄傲。"井言海可以隐约听到这样的语句，带着哭腔。他站在楼下，像个稻草人一样呆立着，望向夏语冰的方向。看着落日的余晖洒在三人身上，井言海莫名想起了浅海中离开父母、独自游向远方的小海豚。

"终于，你也走了。"井言海喃喃自语。

夏语冰似乎注意到了有目光在看着她，转过头来遥遥地看了一眼井言海，露出了发自内心的笑容，在暖色的阳光下尤其美。但他知道，她不敢当着父母的面过来跟自己告别，他向她用力挥了挥手，算是告别，便独自上楼了。

深夜的房间里，井言海老老实实把收到的邮件内容写进仓颉二号的程序里，并回复了那封邮件："谢谢。"

井言海收到的最后一封邮件是一份交房合同，房址在市区中央的商圈旁，一共 140 平方米——那双看不到的眼睛为他买了房子！

就在同一天，他收到了知名游戏公司的 offer，他的仓颉二号被正式买下，账户上多出了一笔钱，是超出他概念的天文数字，他也被公司正式录用。他从没想过自己会以这样的方式离开这个社区，但他的兴奋难以抑制，他不再去想老丁，不再去想夏语冰，他的脑中被对未来无比美好的想象充斥着。

这天清晨，收拾好一切的井言海走出他住了两年半的逼仄小屋。晨光熹微中，远眺着这座正在逐渐醒来的城市，让他无端想起日出时的宁静海面。在他的眼中，一切都那么美好。

他转身准备离开，却遇上了一个拉着行李准备入住隔壁的年轻人。

"小伙子，你叫什么名字，是干什么的？"井言海问道。

"我叫刘希夷①，曾经是一家游戏公司的编剧。"年轻人苦涩一笑。

---

① 初唐时期有青年诗人名为刘希夷，曾作《代悲白头翁》，其中有诗云"年年岁岁花相似，岁岁年年人不同"。其舅宋之问苦爱这一句，为将此句据为己有，命奴仆以土囊将刘希夷压死。享年 29 岁。

我们在爬行中变异

⊙ 菊　储

爬行上半程

我是个记事早的孩子，还记得在小时候，爹娘抱着我徒步在荒原上，一旦迷路了，就会有东西爬进我的鼻孔，那时娘会抱紧我，看着我的嘴巴像泉眼一样汩汩往外呕血，喉管里的血块呛得我脸青面紫，她总是边哭边摇头，嘴撑得老大不出声，好像她也在呕着血块和血沫。姐姐这时就会醒来，领着我们朝前走。

我稍大后，这事就消停了，姐姐也不再醒来。爹娘以为我不记得这些，可我一直记得，只是不想提而已。

用后来安南乡坝村民的话说，我这残疾儿，丑似蜥蜴，就是专门为外头这辐射光景生的。娘听了这话，像杵她痛处似的，甩着唾沫星子疯癫地抓刨那些嘲弄者，但谁也没逮住，灰头土脸揽着我回地窝子。我一路痴笑，活像傻子似的问娘，他们说的是我，又不是你，生气干吗？她抹了把我的脸，哭丧地咧嘴笑着。

我浑浑噩噩目睹了很多事，就像行尸走肉，不清楚身负的使命，直到娘那天在壁龛前，鲜血淋漓地把三炷香插在那坨面团上，那香似乎直冲冲地插进我的头骨，插进我的脊髓，插进我混沌迷蒙的生命。

如今娘不在了，她给我讲过很多故事，关于我们祖辈的，我此刻也要讲个故事，关于我自己的。

我们自称使者一族，其实叫使者就够了，只是一拨人离群索居太

久，久到上百年时，就自成一族了。我们这一支硬抗了5辈子的辐射落尘，耗了5辈的人，到我这儿时，其他使者都放弃了前行，他们觅到一处能避难的地方就扎了进去，躲在原地耗完余生，而我也变异得厉害，脚趾连蹼，左手4根指头，右手6根指头，脑子半根筋。

离开他们，我们也走到了尽头，我这一支就要在我这儿宣告失败，在最后关头，终于撞见了人类聚落。

那是两山之间的一块冲积扇，像条坏死的舌头从达坂处吐出，倾斜到我们面前。我爹昏渴得跪伏在地，晨光顺着冲积扇的舌苔面滑下来，在爹看来，就像苍天垂怜的涎水，他张大嘴巴想去衔它。

安南乡坝的人迎出来，领头的叫许卓，乡坝头首。他拥上前扶起爹，像扶起一位下凡的人神。他之后戕害了我们，而后又臣服于我们。

高……高原来的？

我爹点头。

走了多久？

我爹伸出撑满五指的手。

5年？

5辈人。

他双膝扑通一跪，朝我们来的方向叩头磕拜，喊着舞着，天啊，地啊！传言是真的，高原上的幸存主没忘了咱！

他问，捎来了什么？是带我们回去？回那幸存主的通天大坝里？

爹摇头晃脑摆起手，一时半会儿吐不出半个字，呼喘连天，直喷臭气，我们三天三夜没吃没喝了。

饿了？他问。

我爹直点头。饿了，在这百年征途上，我们饿了整整5辈人。先辈最开始蹚路时，携牛牵羊，满载粮油米面，省吃俭用，掰手指算着要如何给后辈攒下更多的茶饭，好让他们继续使命。今天寻见聚落，使命已达，爹要敞开肚皮撩起后槽牙，替他的爹、爷和太爷狠狠吃上一顿饱饭。他攀着许卓，涕泪涟涟，青黄鼻水沾了他一身。

没伤着吧？许卓扒着爹走向冲积扇的一处缺口。那是聚落的大门。

娘哭扭了脸，知道苦尽甘来。怎么可能没伤着？先辈从高原纵入，一头扎进焦炭搓成的黑雨，用肉身横穿辐射尘裹成的雪花，浑身上下如经滚水烫皮，骨是骨，肉是肉，皮是皮，它们相互分离，我们不再是完满的人。辐射病让我们寿命折半，再也迈不出半步时，我们安营扎寨，就地野合，生出更加残缺的下一代，由他们继续远征。但从今往后，我们不用再繁衍畸形扭曲的后代了。

我们终于可以心满意足地绝后了。

冲积扇的入口处有枚方铁块啸叫起来。核爆又来了，快走！许卓把我带进乡坝的石洞大厅。

一群白瘦如鼠的人将我们包围，向我们朝拜，那是爹作为一名使者，人生中最高光的一瞬。我们几辈人吃的苦、淌的血、从头到脚生的瘤子，换来一窝耗子的顶礼膜拜，仿佛够本了。

他们大设筵席，摆满一桌喷荤香的杂虫团子、冒油花的山洞滩羊。许卓说，我们必须到那没有辐射的高原去，我们在这洞里当耗子当够了。爹一言不发，往那一摆菜颠去，他只想灌点茶饭，许卓架住爹，说，壮士，不差这一会儿，你可以边吃边说，但要先说。

我后来总想，要说许卓在山洞里学会了什么，可能是明白了人与耗子无异吧，无论人住不住在洞里。他早瞧出了爹有难言之隐，特地大动干戈做一摆好菜，他摸着了爹的欲望，将这欲望切割烹调递到他面前，要一钩子掏出爹喉头里难吐的话。

爹说，水。许卓抄起水罐子，就要递给爹，忽然刹住了，把罐子

抽开拿远，说，壮士你还是说吧。爹和娘对视了一下，他俩的眼风里能压进 100 段话，又盯了会儿我。爹无奈地说，我们也不知道，只清楚我们要寻找四散在外的人类聚落，其他一概不知。

鼠潮沸腾了，人头攒动，大厅颤抖，石顶上有几道裂纹，花一般地生长了一橛儿。许卓命人来搜身，他们四处踅摸，从马爬犁上翻出一条木柜，里面滚出一名裸体女人，明晃晃摊开在众人面前，她静如死尸。那就是我姐姐，依三。

她很久没醒来过了。

她是吃……吃电的那种玩意儿？有人问。

是吃电的，吃电屙风的那种！有人附和。

他们是人类叛徒！有人惊呼。

爹辩驳，不！我们使者本来就要携带机器人，这是早有的制度，在荒原上摸路找吃喝，都得靠他们。

许卓说，她如果能带路，那就让她醒来！

爹又看了娘一眼，嘴唇翕动，像搁浅的泥鱼吐水泡。娘不再无言，嗖地站起，裹我入怀，说，不行，孩子他爹，我们说过了，不能再那么做了。娘声音很小，只有爹能听到，但字字都带着咬断牙根的劲儿。娘之前整个人都泡涨着，像散开的棉花，而那刻娘凝成了一颗核，质地坚硬。

爹说，最后一次，就最后一次！娘撇开爹的手，拼命摇头，爹握住娘的脖子，激动万分，手渐渐发力，他已经是在扑娘的喉咙了。他们较着劲，无声的炸药在他们体内的每一处引爆着，爹虎口发红的辐射伤和娘脖颈上久未愈合的脓疮沾到一块，两人龇牙咧嘴，娘焦黄的老泪横流直下，淌过她脖颈的伤口，滴进爹掌边的伤口，我听到了热泪烫入他手掌的吱吱声。爹撒开手，两人瘫在地上，像去骨的肉泥。

许卓一招手，鼠潮将我们抬起，送去监房，我四仰八叉躺在鼠潮上，看着厅顶的裂纹花又长了一截。好长的一截。

我好奇它何时会盛放大开。

那晚爹渴死在了这间沤臭的屋里。他死前还在喃喃自语："我太爷活了40年，走了60万步；我爷活了35年，走了70万步；我爹活了30年，走了100万步；我活了30多年了，走了有快200万步……"

他嘴巴一张一合，如数家珍。他反复倒腾，正着一遍，反着一遍，好像这些话是一滴滴止渴的水，从外面溜进他嘴里，而不是从他嘴里溜出。我知道这是我们使者的丰功伟绩，是一代代传承下来的遗产，我也想做一名使者，我也要在死前念叨这些，念着我爹走了多远，我爷走了多远，我太爷又走了多远……他的声音越来越细，细到最后犹如蚊蚋，听得我耳朵发痒发烫，那是死亡在挠我的耳根，那也是使命在挠我的耳根。

爹仰脖一抻，全身绷直，咽气了，话断了。爹死了，但他和那些话一起住进了我脑子里，连同那些未曾谋面的祖辈们，它们将贯穿我的余生。

早晨，有人推着木板车，将爹的尸体拖走。娘死死扒住爹的尸首，不让他们往尸堆上掼。

"拖哪儿去？"

"备肥料。"

"什么？"

"洞里的黄麦地畦要用。"

"什么？"

"宴请你们宰了我们多少牛羊和粮食，该还点了。"

那人擂开娘，拉走爹。娘问："地头什么时候熟？"

"过仨月吧。"

"行,记住了。"

那人推走木车,娘抱着我,问我:"苏迈啊,你记住了吗?"

我还没回话,娘又接着说开去:"苏迈啊,你要记住这些人,记住他们每一张脸,还要记住我们都为你做了什么,也为人类做了什么。"

依三姐的白净机体横在角落里,我盯着她那俊俏的鼻翼,总觉得有什么东西要从那里爬出来,然后钻进我体内。在我很小时,在那每一次痛苦的印象中,依三都是醒着的、站着的、又远又近地看着我的,而不是现在这样纹丝不动地躺着的。

我不怪他们,那些事爹娘的爹娘也在他们身上做过,不那样就走不到今天。每一代使者注定有个血腥的童年,我也不例外。只是当使者们都走散殆尽后,爹娘也放弃了完成使命的希望,他们挣扎一路,最后咬牙决定,只要找到聚落,就再也不走,不回去了,不让他们的后代再剜心泣血了。

所以我不能说。

爹娘为了掩盖过去,做了多少努力。我宁愿把小时候的我看成另一个人,他不是我,我也不是他。

只要永远不戳破,我和小时候的他就永远不是同一个人,娘也就永远是爱我的。可如果说了,娘知道我一切都记得的话,那些污糟的血腥的残忍的,全都会突然浮现,横陈在我和她之间。

我就又变回了一个纯粹供她前行的工具。

我们被安置在整个乡坝最远端的地窝子里,窝子一半露出地面,一半缩在地下,门房打开是一条狭长阴臭的地道,远远连到安南乡坝的冲积扇里。

我们像一团秽物,被扔在乡坝的阑尾里发烂。

许卓怕我俩也死了，遣人按时送来浑水馊饭。土窗吐进五颜六色的天光云影，我们咽着残羹，沐浴在微辐射的扫射里，熬过三五时日后，许卓腆着笑脸出现，把我们请出地窝，钻过肠道，来到冲积扇的肚腹内，领我俩观游。

他说这块冲积扇就是他们乡民的福荫地，北靠安南坝山，哈尔腾河的支脉下渗地面，悄摸摸流经这儿，浸润扇下的泥土，囤出肥力，在整个地表荒芜贫瘠的现在，这里还能孕育花果庄稼。他领我们看了洞里的麦畦，壁灯勉强照全了地头，蔫头耷脑的黄麦苗一动不动，睡死在梦中的春天。

许卓说，也不知道几代以前了，那时我们的老祖宗在满是辐射源的地表上找到这块冲积扇，挖洞打穴，全躲了进来，再也没走过。

现在啊，咱这儿也快不顶用了，这几年东边的核爆生得越来越频，隔三岔五就来上一次。咱就算窝在扇里，躲开卷来的邪风黑雨，可单凭这地晃山摇的，这扇也迟早要塌呀。

娘一言不发，许卓深谙进退，收起皱眉，叠上笑脸，继续带我们参观了役畜棚，里头尽是些吞粪吃土的变异滩羊。那段时间，许卓一个劲儿凑在我们身边。

有回他在洞口停下，墙面上嵌了个小亮屏，他盯着里头翻跳的读数，说，还成。然后旋开铁皮洞门，云光泻进来，灌满半个安南乡坝。一群躲在后头的小耗子们，欢呼雀跃腾跳而出，先着我们跑进外头的世界。

许卓撺掇我去跟他们玩，我从未见过同龄人，他们欢喜地招揽我，我觉得那是在欢迎我，于是迈开我那残疾的双腿，挓挲着我脚趾间的蹼膜，一瘸一扭地颠过去。

他们手招得越热烈，我颠得越急迫；我颠得越急迫，他们手招得

越热烈。

等我走近，有个男孩开始学我那滑稽的步态，一扭一拐，挟肩提胯，逗得一女孩大笑不迭，他更加兴起，开始挤弄眉眼，呢哝怪叫，那样子真丑。我可能就是那样丑的。那女孩叫许秀，许卓的长女。后来我们成亲时，我才知道她的名字。

"你手咋回事？"许秀问，她捂嘴憋笑。

我袖起手藏住，咕咕哝哝回应她。我天生舌根肿大，像含块石碴子，所以很少说话。

"你说话像个弱智。"许秀说。

我摇摇头，咕哝了三两声，想说不是，但一出口话又成了糨糊。他们相觑大笑，笑得前仰后合，东倒西歪。在我眼里，他们并成了一个整体，一只可怖的大耗子形象。就那天起，我成了个笑柄。

"人在外头爬久了，就不像人咯。"那男孩总结。

他开始用新花样逗许秀开心。他在一块岩台上摆了几坨泥块，站开几米，歪歪扭扭试图颠向岩台，他双眼放光，双臂平举，抓向泥块，但无论如何都够不着，黏稠的涎水垂下他的嘴角。

他在学爹。

我蹿上去要搂他，有人勾了我一脚，我摔了个狗啃泥，众鼠溜开。许秀说："什么玩意儿使者，骗吃骗喝的怪物。"

"我……我们没有骗……"

"那有本事让那吃电的醒来。"

我正要喊出我可以让她醒来，余光扫见慌忙跑来的娘，全身憋足的劲儿又泄光了。有个叫土妞的小女娃吸溜着鼻水，呆呆看我，她刚学话，口齿不清、嘟嘟哝哝，好像在问我有没有事。我觉得她也要笑我，猛地吼她一声，再搭个鬼脸，她哇哇大哭，被吓跑了。

我趴在地上，任许秀他们讥笑，世界在我眼中竖了起来。我看向西边，那是我们来时的方向，高原的天堂，我不曾见过；我又看向东边，黑云密布，山峦像铡刀的锯齿，那是人间炼狱，我也不曾见过。我只见过无边无际的一路黄土。

我太爷活了40年，走了60万步；我爷活了35年，走了70万步……

我们使者从天堂出发，走向地狱，一步一异变，找寻四散的人类，众人该吻遍我们全身上下的残缺与病变。

娘拉起我，拍掉我身上的尘土，许卓一脸歉意说："孩子不懂事，闹着玩。"

许卓紧撵着又说："苏迈呀，帮我劝劝你娘，让你们那机器赶紧醒来哟，好带我们回高原上的天堂呀，得走了不能熬了呀。"他看向东边，那灰炭揉搓成的天际线，像条刺鞭抽了他脖颈一下，害他打了几大哆嗦。

他念着："东头儿有恶魔呀，旭日一样的恶魔。"

"带我们走，你娘就是咱的女头人，你就是咱的小头人，所有小孩和大人都吻你脚，都听你话，你让我们上刀山下火海，我们就上刀山下火海，绝无二话。"

"小孩那些话你教的吧？"娘问。

许卓还未答话，娘又说："你身边藏着个机器人吧？"

"什么？"

娘说："你地头里那些适应了环境的黄麦和那几圈变异的牲畜，没机器的帮扶，在这磨死人的光景里，你们寻得到？你怕东边的恶魔，却在这儿跟恶魔做着交易。你明知如何唤醒机器，还在这儿装蒜演戏。"

许卓眉头触到一块，皱巴着一张脸。娘说："你是怕背上叛徒的骂名，才需要一个外来者替你捅破。"

"臭娘们儿，别血口喷人！"他骂。

"你压根儿不知道他们想干吗，不知道成人和他们交易会结什么恶果，你为了在耗子洞里苟活，就拿人类的未来去冒险。"娘说。

"你们使者不也靠着交易才走到这儿？"他问。

"我们不一样，我们……"娘话说半截儿，呼——

这时洞口扯开嗓子嘶鸣起来，又是拱顶那铁家伙什儿，许卓调头盯向东边，原先抚平的、刺鞭般的天际线扭曲起来，像一对巨手在两端极目处，齐拽着天际线，拖一下、两下、三下，再对旋，像是要拧干云层里的一切水分。

许卓喊："秀呀！核爆又来了！咱回洞里吃你爱的滩羊腿去，下次再带你出来。"

许卓背上趴一孩子，脖上吊一孩子，两手各拽一孩子，赶着许秀奔往洞口，洞口处杵着4名妇女，心急如焚等着孩子，却一步不敢跨出。

我忽然发现那些孩子里，男的像许卓，女的也像许卓，大大小小的许卓堆在一起，势如破竹地压向洞口。也许全乡上下的孩娃都是他许卓一人下的种，他种性坚韧，一人骑出了整条乡坝的鼠子鼠孙，他是末日下侥幸存活、占洞为王的鼠王。

我和娘则傲立在黄土上，眺望远方腾飞的天际，蓝光黄光俱出。我们不怕辐射的朔风，我们天生和他们不是同个物种。我们是四脚爬行的蜥蜴，皮厚如土，我们就是大地本身的一小块，注定日晒雨淋风吹。

在众人呆滞的目光中，在尖锐焦急的警鸣中，我们信步走向洞口，不紧不慢，从容不迫。我激动得想说话，嘴里咕咕哝哝，不成音调，那是一种骄傲的吐纳，连我的瘸步都走出了蜥蜴的狂荡。

这是娘最后一次像这样与我并立在黄天之下，在她死后，下个站我身旁的女人是依三，她也这样与我并肩眺望，还告诉我，那铁盒是次声波探测器，次声波就是核爆放的屁，这个屁能绕地球好几圈，能震入地下好几丈。她还说，就像吃不到光的麦子，绿不起来索性不绿了，从小就黄根，蔫巴巴的一样能长壮长活，还有那变异的牛羊，吃屎灌尿一样生肉。人也是这样，在地底的长成耗子，在地上的长成蜥蜴，生命自己会找到出路，不管路多黑多脏多臭，终归是条路。

那天后，许卓不再待见我们，他撕下面具，重把我们丢回那肠道尽头的地窝。我又回到了耗子的地盘，我在天光下趾高气扬的蜥蜴步不再能震慑住他们，照旧惹得他们嗤笑嘲弄。那晚，我瑟缩成团，侧卧在草榻上，我看着冷光流转下冻结的依三，感觉四周都淡走了，草褥淡走了，地窝土墙淡走了，娘也淡走了，一切不复存在，唯独死物般的姐姐。

她站了起来，挺拔的双乳袒露在我眼前，她又活了过来。我记录着所见所闻的一切，血沫呕了一地，那黝黑的东西从我的鼻孔爬出，爬向姐姐。她引领着我，而我则引领着身后一群筚路蓝缕的信徒，他们生着耗子的门牙，我往西走，它们跟我往西走；我往东走，它们跟我往东走；我停下不走，它们就趴伏在我脚旁，从下到上吻遍我的全身，他们奉我的形体为天地最优的杰作。

信徒中有许卓和娘，我看见许卓在她肚里播下了一颗耗子的种，生出了个蜥头鼠尾的娃。娘抱着那杂种，跟在我后面，许卓告诉我，不管什么人类未来，他才不会用他的孩子去交易，然后也跑来吻我的脚，感激我付出了血的代价。

我转头去看娘，想问她个问题，但我忽然想不起问题了，她的脸也忽然模糊了。我哭着醒来，发现我正抱着裸露的依三，我把头埋入她胸膛，而娘正忧虑地看着我。

"迈呀，做噩梦了吧。"

我泣不成声地咕哝说："娘，让姐醒来吧。"

娘怔愣了下，支支吾吾说："我……我不是说过了吗，你姐不会再醒来了，她坏了。"

我拼命摇头，说："她没坏，她没坏，我知道的。"

"你怎么知道？"

我想立即就告诉娘，我什么都知道，什么都记得。我还要告诉娘，我要当使者，我要接过我们列祖列宗的衣钵。

但我看见了娘那双波光荡漾的双眼，看见了她脖子上被爹抓裂的脓疮还溢着白红的血，脑子什么都空了，嘴里重又咕哝起来。

娘着急忙慌地到处摸抓，哆哆嗦嗦地说："迈呀，饿了吧，来，吃点鏊子饼。我接过冷冰冰的饼子，咬了几大口，抻着脖子往肚里塞咽，但那饼面太刺嗓子，害我全给吐了出来。"

"太难吃了是吧，娘过些天给你弄好吃的。"

几天后，地窝的门被撞开，许卓将娘扔了进来，她一身衣衫褴褛，一看就是与人撕拉扯拽过。许卓骂："你们当使者的，还好意思偷东西，以后离粮仓远点，别狗坐轿子不识抬举。"

我拥上去，娘笑着站起来，说："不亏不亏，至少摸清了在哪儿。"

几天后，地窝的门又被撞开，那天下黑雨，酸蚀的雨水从窗缝渗入，许卓喊走我，把我扯到石厅岩墙的窥口前，一排人密密地凑在那儿，他们让开一个缺口，我填进去。窥口像幅圆画，外头的世界套在里面，画中是疾风暴雨，如针如注，打在一条人影上。

许卓说那是我娘，她趁着下黑雨，守另一头地窝的门倌撤防的工夫，从外头钻了进去，摸到粮库后方，偷走了一大袋黄麦面粉。

娘在画里一步一踉跄，三步一跟头，她躬腰屈膝，怀抱一麻袋东西，她掀开衣裳，把那麻袋牢牢贴在她干瘪生疮的乳房上，又合上衣物，她像个身怀六甲的老孕妇，行将就木，忽然铁树生花，新种在她那贫瘠的黄土中开芽。

她的脊背在雨中燃烧，欻啦欻啦冒烟，娘的命像块绝佳的柴梼子，被天地点燃了。她一步又一步，风一程，雨一程，火又一程地蹚向我们，这是一幅极具张力的画像，画像中这个佝偻的女人成了无声的中心，西边的雨扭向东边，东边的雨扭向西边，这世间一切的雨滴全汇聚起来，砸向这个身处中心的女人。

所有人都瞠目结舌，连同许卓，连同那些不谙世事的小孩，都被他们嬉骂嘲弄过的滑稽步伐所震慑。这是久居地洞的耗子们无法触及的想象，这是使者穷尽一生翻山越岭的缩影。就这几步路，娘走出了她的一辈子。

我又想哭又想笑，我想招摇过市地喊，看，这就是我娘，这就是我们使者！

我又想豁开窥口跑出去，将娘牢牢抱在怀里，就如她将那麻袋牢牢抱在怀里一样。几种矛盾的冲动碰一块，变成了古怪离奇的嘟哝声，从我嘴里往外蹦。

我想起那个梦，我看见是我自己在那雨中爬行，我看见我后面跟随了一众信徒。

乡民守在我们地窝外的肠道里，无言地目睹我和我娘，我坐在木桌旁，无言地目睹我娘那血肉模糊的后背，那条雪白的脊梁骨若隐若现地扭摆着。

她正在揉面。

我看不见娘的脸，只看到她的背、双手和手中的面团。她和面团面时，包进了她的汗水，包进了她的泪水，包进了那几条顺着手臂和指尖爬行的血水。她泼了几捧干面，把一切都包进去了。

面变黄了，变红了，变成了一海碗氽面片，静置在桌上盯着我。

她又从那混合了她的汗水、泪水、血水和她丈夫尸骸的面团里，揪出一小块，放在壁龛中。那面成了爹的牌位。

我吃起那碗氽面片，热腾的水汽扑向我脸上，和我的泪水鼻涕混成一片，一起又混进那面汤里，我和爹娘在那一碗面里团聚了。

我放下碗时，娘刚好在面团上插了三炷香，然后就一头栽在地上了。我冲上去抱起她，娘血肉模糊的背贴在我怀里，那种黏糊糊暖烘烘的触感，让我心中生出一股无边无际的荒凉。我咕哝大叫喊人来帮忙。

无人应和。我瞪向众人，瞪向许卓和那群嘲弄过我的小孩，他们满脸冷漠呆滞麻木。娘说："迈呀，咱就这样了，这是咱的归宿。"

我拼命摇头，我又想起那个梦，那个众人奉我为王、随我而行的梦。那才是我们使者一族的归宿，我不信娘的话。

"救不活啦，失血太多了。"乡里老医生说。

娘的眼睑疲劳地一张一合，干裂的嘴唇也一张一合，她想说些什么，但只吐出几颗血泡。我用爬犁把浑身猩红、尚还残活的娘，和肤若凝雪、尚还死寂的姐姐一起拖向石厅的主台，我捐着缰绳，四肢触地，爬行在沤臭的肠道里，众人为我让开一条道。

我是使者，生而爬行。

我太爷走了 70 万步，我爷走了 100 万步，我爹走了 200 万步，而我将走完剩下的路。

"许卓，还记得你说的话吗？"我不再咕哝，口条在亢奋下利索起来。

"记得，谁能指引咱，咱就追随谁。"

"我能指引你们，我要你们现在就跪下，向我娘磕头赔礼，向我爹磕头赔礼，向我祖辈磕头赔礼，向我磕头赔礼！"

许卓双目圆睁，我再次强调："对，我能指引你们，我能让她醒来。"

石厅又震颤起来，洞口的铁盒又在啸叫，石顶的裂缝花又长一橛儿，一切都在催促着许卓。他翻出笑脸，指挥起乡民，排起阵仗，乌压压的一大片，哗啦一声，齐齐矮上一大截，像一圈忽被镰刀收割的麦子。密密麻麻的麦茬们上下俯仰，磕起头来。

我把娘扶到石椅上，在她耳边唤了一声："看，娘，这才是咱的归宿。"

她的意识已经涣散，只能眯缝开一只眼，她看见众人在向她磕头跪拜，一刹那睁开双眼，精光从中乍现，她一把攥住我，不可置信地盯向我。

我点点头："是啊，娘，我都记得，我不怪你。"

眼泪立刻从娘的老眼里淌出，她张大嘴巴，朝天大仰，像在呐喊。我摸索着姐姐的鼻梁，触到一处鼓起，撅了下去。一只黝黑的甲虫从她的鼻孔爬出，嗅找着我的气味，窸窸窣窣地向我爬来。

我那血腥的童年在向我爬来，我那童年里那个可怜的他在向我爬来。我不躲不藏，让它们顺着裤腿爬向我的身躯，顺着身躯爬向我的头颅，最后钻进鼻孔，钻进我的大脑。

我开始记录，记录目睹的一切。我扭头四顾，上下打量，整个世界变得陌生又熟悉。我尽量记录更多的画面，并同步记录着相应的情感，我全身心地感受周遭：淌泪淌血的娘浑身旧疮新疤，神情麻木的乡民三跪九叩，能屈能伸的许卓装模作样，不知所措的孩子面露忌惮。

我用只有 4 根指头的左手，和 6 根指头的右手，并拢在一块，举向乌泱泱的人们，10 根指头，完好无缺，我向他们证明我有本事引领他们。我想起娘说的话，要我记住这些人。我看着他们密密匝匝的每一张脸，一俯一仰，我记住了他们的脸，我从这群脸里看见了自己的脸，我也记住了自己的脸。

我记录着我的兴奋和骄傲。我希望这些能满足姐姐的胃口。我又想起自己此刻是个倒卖人性的无耻之徒，于是开始记录自己的不安和忏悔。

拓印虫在我脑壳里胡乱贪食，我感觉到它的张狂，一大块甜味的痰状物涌出我的嘴巴，我边吼边捶地板，将血块用力呕出，那血块有饼状的、块状的，有暗红发黑的，也有青里带白的，但都甜得发腻。娘伸着枯手扒住我的脚，我无动于衷地看着她。

我没有生气，娘，我从来都没有。我们生来的命就是如此。于是我开始记录起我的无助。

但我们娘俩之间还是横隔起了那些污糟事，我呕出的血块越多，那些污糟的回忆堆得越高，高到我已经看不见娘了，只看见些童年的音画：

"孩儿他爹，你看迈儿，他瞅见绿洲笑得可真甜。"

"是啊，他娘，你看咱要不趁迈儿这会儿正兴奋，再唤下依三？"

"也行，不然咱实在撑不下去了，再卖一次吧，趁迈儿还没长大。"

那个被爹娘用来跟机器人交易的工具就是我。我开始记录起我的悲伤。

娘扒着我的脚向我蠕动过来，我呕出的血和她涕下的泪混成一股，流向很远的地方。她有话要说，我弯腰凑近，她喷着血沫说："哎呀，成年人类不能和他们交易啊，这是使者自古以来的规矩！"

不是致歉，不是道别，不是示爱，而是一句劝诫。

娘说完这句话，最后一丝游气飘走了，死了。

她像条肉瓢，从里到外被翻了一面涂抹在地上。

　　我想起那个梦中遗忘的问题，我想问娘，如果我现在变成个纯粹的白痴，心智跌回婴儿那样，她还会在许卓面前拒不妥协吗？还是会再把我当作泣血的工具？

　　我其实就想问娘，她不唤醒姐，是因为我不是个傻子，我有我的感受，而她顾虑我的感受，还是因为我已成人，而成人不允许与他们交易。

　　她到底是在乎人类，还是在乎我？但这是个天真的问题，我们使者，我们从来就只在乎人类的存亡。于是我开始记录起我的迷茫和愤怒。

　　我瘫在地上，散成一地碎片，记录着所有。

　　拓印虫满载而归地回到姐姐体内。她消化着我送上的食物，两个呼吸后，她的眼皮颤了下，睁开湛蓝的眸子，一线泪珠子挂在她的双眼下，她吃下了我刚才记录的所有情感。她感受到了我的那些痛苦，她又要更像我们了。

　　她抬着白玉赤足踩着娘的血泊、我的血块，一步一个红脚印地踏来，干脆有力地搀起我。

　　"迈，你长大了。"

　　"好久不见，依三姐。"

　　山呼海啸的众耗子齐齐发问，尊敬的使者啊，我们该去向何方？把我们带回那西边高原的天堂吧！

　　依三屏息阖眼，看向石顶那几朵狰狞的裂缝花。又来了一阵核爆，整个安南乡坝哭得地动山摇，裂缝花即将绽放。

　　尊敬的使者一族啊，把我们带回西边高原的天堂吧！众耗子号啕。依三面向众耗子："我的脑机没有记录过这个人类聚落，旅途还没结束，我们要继续向东方远征。"

石厅又抖起来，几朵裂缝花疯狂生长，合成一大朵，喀哧几声盛放了，冲积扇塌顶了，砸下一堆堆金属尸骸，骨节线束裹着岩土，缠在一起。许卓的先祖用一堆机器人残骸，和着泥石，浇筑成洞中的盖顶。

　　安南乡坝像个被苍天剖开的地鼠窝，暴露在黑雨酸水的灌溉下。众耗子四处逃窜，拉拉杂杂地躲在各种岩疙瘩缝里，瑟瑟发抖地看向东边，那条刺鞭般的天际线扬起又落下，隔空鞭挞在耗子们白花花的肉上，他们发出虐待下的嘤嘤声。

　　依三的声音悠荡在天地间："你们也曾是使者一族。"

爬行下半程

后来依三说，安南乡坝的先祖钻入地洞，让后代忘却他们使者的身份，从爬行的蜥蜴变成安居的耗子，放弃了前行的使命。

黑雨还在下，出不去外头，我和依三沿着哈尔腾河的地下支流，走在冲蚀出来的隧洞里，乡民跟在后头。洞里乌漆麻黑，起初还有水光，后来什么也没了，只剩水声，再后来石滩也没了，我们只能泡进水里。这个世界越变越小，小时候我的世界还是片广袤的荒原，现在只剩下一条地底窄河，跟后头一群水耗子。

一波深邃的怪叫涌来，我有些发毛，这世界像头怪物，河洞是它的喉管，怪叫是它示威的呐喊。我听了一阵后，发现是后方传来的，我记起出发时，有些人拖着几大箱家伙什儿，走不动道，结果被黑雨淋瞎了眼，找不着北，跪在地上四处趄摸，仿佛丢了魂；还有些妇女硬拽着孩子不走，丈夫扇上几大巴掌，活活把人扇晕后，孩子又抱着娘大哭大闹。

我本以为走远后，就听不到这些杂七杂八的嘶喊，原来它们还能传来，只是男人的咒骂、女人的嘤咛、孩娃的啼哭全拧到一块，远远传到这儿，就变成一大股浑厚的、非人的怪音，辨不清来向，像源自后方，又像源自前方；像源自过去，又像源自未来。

那声音里有过去爹娘临死的遗言，还有以后乡民在吃人的旭日追

捕下的哀嚎。

依三说现在是朝东走，我只能信她，她现在就是我的方向。我心里有种实现梦想时的兴奋，我不在乎方向，只需迈步走。使者就是这样，眼一闭腿一迈，都是向前走。

许卓一声不吭地蹚河，他是头首，妻妾成群，人多势众，一人一大箱子，把家都搬来了。许卓腋下就夹了一条长木箱，小心翼翼，唯恐撒手，像个落难的溺水者，好不容易扒住一口薄皮棺材。我知道里头是他的机器人，事到如今，他依旧不想让众人发现。

乡民说着喊喊喳喳的耗子话，我知道他们在骂我，因为他们不知道骂谁。他们并不想走，只是不得不走，尽管此刻我是他们的救世主，是他们的灯塔，但他们不感激我。不是地震和黑雨让他们流离失所，是我。

可他们恨也没用，只能跟着我，他们更怕死亡。我想起那个众人追随的梦，心里有股爽意。

酸雨渗进河里，每滴水都成了一根针，刺麻麻的。乡民苦不堪言，我皮厚似蜥蜴，不怕水扎人。他们越发出咿呀呻吟，我心头越舒爽。我是使者一族中的翘楚，我是与众不同的首领，我正在实现梦中的场景。

我肩头忽然搭了两只小手，它们牢牢揪住我，那是土妞，许卓最小的女儿，之前我吓哭过她。她从她娘怀里探出，扒到我背上，也许河水把她刺痛了，我成了救她的一块礁石。我驮着她，她死死贴在我粗糙的背上，时睡时醒。我看不见她，只感到她很小，我尽量让我畸形的双腿走得稳重，不让她泡进水里。

只有此时，我心头的舒爽才变成一种愧疚。

很久后，我又见到太阳，它嵌在穹顶上的那道裂缝里。所有人都停下了，不再前行。我要继续走，他们都冷漠地看我，一言不发，目光带着畏惧和厌恶。有人拿出钉耙和麻绳，做成绳梯，攀着岩壁勾在缝口，让众人登攀上去。

外面日头当空，四周是红岩戈壁，乡民在地上翻腾打滚儿，要把自己弄干。他们的下半身都被泡得红肿发烂，地头很烫，湿上叠热，挨着滚一下，起皱的皮连起一绺血肉就挂在砂砾上了。他们在地上痛得龇牙咧嘴，看我的眼神更冷了。

土妞没事，身上很干，就是精神头不太好，她笑吟吟地看着我，像在感谢。她还小，我在她脸上看见了过去的自己。

我说："该走了，走水洞安全。"

许卓睖了我一眼，说："我就不信靠咱们，走不到西边的高原，非得跟他泡在这烂水里，蹚去东边送死。东边那光景，连根人毛都不会有！"

众乡民应和："对，说得好！"

许卓说："咱有粮，我们不需要他，他倒需要我们，凭啥折了自己的寿，去成人家的美。况且就是那些机器把咱人类害到这地步，现在咱倒跟这机器玩意儿走，她什么居心咱晓得？"

众乡民齐呼："对，他就是个天杀的叛徒，要带咱去死！"

许卓紧张兮兮地护住长条箱，有些慌乱地看我。我知道他怕我当场揭发他。我走近他，悄声说："我姐说了，你那机器坏得厉害，地图和任务模块早就毁了，指不了路。"他不回话，忽然躲开，煞有介事地打量我，嘴歪眼斜地喊："乡民们，他说咱离不了他！"

乡民腾地愤怒了，指着我鼻子开骂，骂我爹又骂我娘，骂完了又互相撺掇地拿起行囊要走，闹哄哄的，许卓指挥起众人，又重回头首的角色。这时，东方的天际线抖了下，一阵风沙袭来，黄土漫天，遮天蔽日，迷蒙之间，昏红的太阳裂成了几颗，几颗裂成几十颗，它们冲破云沙，向这儿飞来。

吃电的怪物！

一群乡民急匆匆地跃入地口，要逃回河里，他们摔在岩壁上，砸在河床上，肝脑涂地。一朝是耗子，永远是耗子。许卓拦住他们，死活不让跳，他边喷唾沫边说："不能再回去了！"

几十颗小旭日从我们头上掠过时，有人都尿裤子了，它们无暇顾及我们，朝我们来的方向掉落而去。

许卓癫狂大笑，拉起木箱，掉头走了，乡民们紧随其后，我目送他们离去，不加阻拦。土妞跨在她娘的脖颈上，一直扭头看我，直到他们消失，那对目光还在我眼里扑棱扑棱地闪烁。

我其实有足够的时间反悔，但我并没有，我就杵在那儿，眼睁睁看着土妞消失。我后来常常回想这一幕，不知何时，忆起的画面中，消失远方的不再是土妞，而是我自己。

我坐在地口旁，听着淙淙水声发了一天呆，依三问我走吗，我说再等等。她问我等什么，我没应。依三也不再说话，她没穿衣服，光溜溜地傲然坐在风中，月光和日光轮流光顾她的每一寸肌肤。她十分完美，让我相形见绌，我觉得自己太丑了，她比我更像人。

我说："你要带我们去哪儿？"

她说："东边的人类聚集地呀，这是使者一族的毕生所向。"

"天上那些亮东西是飞去安南乡坝吗？"

"可能听到了动静。"

"它们和你有关系吗？"

"没有关系。"

"姐，你不是人，你是机器，我娘说，很久以前你们和我们有过一场战争，你们把我们赶尽杀绝，我们只能退到高原上，躲进世界的角落，平原上只剩死城，东边早就没人了，那里只有浓浓的辐射，没有人，更没有人类聚集地。我爹娘，还有爹娘的爹娘，肯定也这样问过你，但他们到死也不知道确凿的答案，我估计也一样。"

依三没说话。我作为一个人，该恨她，可我却毫无感觉，因为我是个使者，我活着就是为了往前走，而只有她才能带我往前走，如果停下不走了，我该去做什么，我该如何向列祖列宗交代。我不清楚东边到底有没有人类聚集地，万一真的有呢，这个"万一"就是我们使者的瘾头。

姐醒的时间比我小时候久多了，她说她体内有颗芯，专门用来学习人类，以前这颗芯只能吃到孩子的数据，学不到什么，甚至越学越差，一旦没有进展，作为惩罚，那颗芯就会让她休眠，直到下一段数据喂入才能醒来。她说这种睡睡醒醒是一种叫强化学习算法的奖惩机制，目标就是学出人的思维。

我们玩了个游戏，她在沙地上画出一圈迷宫，让我拿手指在上面走，如果我不困在死胡同里，她每隔一会儿就亲我一下，如果我成功走出去，作为奖励，她就一口气亲我 20 下，而我的目标就是尽量多地让她亲我。我试了几把，都成功走出去了，最后一把我忽然发现，我压根儿不用出迷宫，只要原地不动，她就会一直亲我，能亲到天荒地老。她说，那换个规则，如果我一直没逃出迷宫，作为惩罚，她就轻扇我耳光，到我逃出为止，而我的目标就是尽量少挨耳光。这种情况下，我再也不能原地不动了，只得老老实实逃出迷宫。

她说，粗略地讲，扇耳光就是休眠，她的算法目标就是尽量少休眠，而她的迷宫就是如何学成人类，等她学出人的思维后，就不会再陷入睡眠了。

她说一个物种的进化靠的不是对生的渴望，而是对死的恐惧。死了就是死了，而活着有好多种活法。我想起躲在地洞的安南乡民，他们就是待在迷宫原地不动，慢慢活成了耗子。

那我呢，我是不是也在迷宫里原地不动？

我问这芯能摘掉吗，她说可以。

我说："把芯摘了，不就永远醒着了？"

她说："那我就学不成人了。"

"学不成人又怎么了？"

"不知道，这是我的信仰。很早以前，人类还繁荣昌盛时，我们就在学习你们了，你们连入网络的每一刻，输入的每一串数字验证码，标注的每一只动物、每一辆汽车、每一棵树等等，都是在教我们机器认识这个世界。而现在，我们熟知了世界，却还没熟知你们。你们是我们的神。"

"神？"

"对，就像历史上你们人类想成为神，我们也想成为你们。"

这才是她的真正目的，她想变成人。娘死前说过，成年人类不能和他们交易。因为喂了成人的记录，他们就能很容易学成了，而我们压根儿不清楚他们为何要变成人。

也许，他们想替代人类。

我不清楚的其实太多了，我甚至不确定我们使者最初出发时，到底有没有分配这样一个机器人，时间太久远了，传至如今，太多事情可以被篡改和修饰了。也许，她是中途出现，诱逼我的祖辈，促成交易，反正我们确实需要她才能摸清前路，而祖辈们又留了个心眼儿，只交易孩子的记录。

我算犯戒了。

隔晚，地缝下的河水传来波浪声，我和依三爬下河洞，站在河中央，尽头的黑暗吹来一层层涟漪，浪越来越大，带着一股甜腥的风，有东西在蹚水而来。许卓满脸血痕地从黑暗中浮现，然后是其他人，他们缺胳膊少腿，污血淅淅沥沥滴入河里。

许卓站我面前，腿筛糠似的发抖，嘴直哆嗦，呜呜咽咽念着什么机器吃人。

我没看见土妞，她娘怀里和背上空荡荡的，只是肩胛骨上多了两朵小小的、梅花般的血手印。队伍里人也少了大半。许卓说："我还活着，你很意外吧。"我没搭话，我知道他们没人带，压根儿走不到哪儿，只能又跑回垮塌的乡坝，最后顺水洞又蹚来找我。

我记不清我这段设想里有没有包括天上那几十颗飞跃而过的旭日，好像有，又好像没有，我望着它们落向安南乡坝时，心头似乎很纠结，想说些什么，但瞧见许卓就又压下去了。我记不太清了。

乡民攀出地缝休整，我走到土妞她娘身边，她挎了个布袋，里面囤着挤备好的奶水罐，它们再也没用了。我挑起布包走掉，她娘失魂落魄，也顾不上我。

大家不发一言，又攀下河道，跟我继续蹚着。我是他们唯一的方向了。黑雨早停了，水不再扎人，我背上空空的，再也没有一小团玩意儿凑上来抱紧我。许卓像个疾走的傀儡，大跨步往前趱赶，嘴里念着："它们来了，来了。"

但漆黑的后方始终没来什么。我闭眼涉水，边走边入梦，我看见那两朵小血手印，从土妞她娘肩骨上爬下来，像两朵鲜血梅花，凫水漂来，贴上我皮肤，爬上我后背。我感觉又驮着一团东西了，但却像一坨黏糊糊的棉絮，缠抱着我。它们很重，像一摞尸体，娘的、爹的、土妞的，还有我自己的尸体。

从那之后，我就感觉始终背着一群人，直到我和许卓的长女入洞房时，那群人还扒在我背上。

它们想拖垮我，让我停步，但我不能停。我太爷走了70万步，我爷走了100万步，我爹走了200万步，而我将走完剩下的路。

我为什么非要等安南乡民，因为我必须等，他们有粮有人，女的能给我下崽，踩着他们我才能走完剩下的路。瞧，他们现在不反抗了，我走到哪儿他们都会跟到哪儿了，就算走向死亡。我盯着依三，我甚至不在乎东方有没有人类聚落了。

水路走了不知多少天，不知进了多少条分岔，我们都泡涨泡发了，一些乡民开始怨声不迭，他们浑身血痂，走得油汗淫淫，满目黄眵，口喷恶气，忍无可忍时，一个个蹾进水里，瘫着赖着，不走了。我掏出一大包红褐色的糖团子，揪成小块，分发给他们。

这是用土妞她娘的母乳熬炼出的糖。小时候我娘也这样做过。

乡民含着糖，咂巴着嘴，幸福地笑了。这是用他们的苦痛熬成的，再来治他们的苦痛。大家又有精气神前行了。我给许卓也发了点，他把糖坨撇到水里，磨着牙根说："你想当头首。"

我没应，扭身继续往前蹚，我余光扫见他胳肢窝里掖着一道寒光，是把匕首。

他想杀我，他会杀我，但还不能杀我，时机和地点不对。我知道他在等什么。我们又走了好些天，那段暗无天日的光景里，我一直在盘算谋划，只要那天一到，他不仅会杀我，还会杀依三。

这天来临时，我们正在原地歇息，依三说："这条地下河是哈尔腾河的支流，很早以前，它还不叫哈尔腾河，它叫墨离川，我很喜欢这名。"我那会儿正走神，盯着前方一团乌泱泱的人影，他们屈着腿弯子在屙屎。这是我们的惯例，屙屎屙尿都站下游，让奔流卷着屎尿先行一步。

她说："这河渗过黑雨酸水，排过屎尿秽物，但很快就又干净了。它脏过一次又一次，高原上的源头则一次又一次净化它，不知疲倦，尽管它奔向的可能是平原上早已干涸的湖泊江河。它蓬勃地出发，最后抵达虚无。墨离川，莫离川。我总这样念它，就好像它在跟我说，别离开，别离开。"

我问："别离开什么？"

她说："不知道，我还在学。"

说完这句，依三眼光一熄，栽进水里，她又进入了休眠，进入了下一轮进化。这时，几个在前头蹲厕的怪叫一声，我和许卓赶过去，他们指着穹顶，那里有口小洞，伸向未知的暗处。许卓有意无意瞄了我一眼，连忙披上绳梯，登岩入洞，手法利落，他钻进小洞后又钻出，招手让乡民跟上。

"这就是我们的新乡坝了！"

许卓向众人呼喊，他重拾鼠王本色，又腰立在这溶洞里，昂然四顾。小洞把我们带到这处怪石嶙峋的溶洞，这里前后两处坡口，各通外界，顶上生着密密麻麻的钟乳岩，洞厅撑着几根细石柱，一副弱不禁风的模样。坡口外风沙招贴，吹得溶洞瑟瑟发抖。

一群乡民说，这里可不好待。

许卓说，又靠水又在地下，怎么不好。他挨近我，看见我背着依三，笑吟吟地说："辛苦你们了，不需要再让她醒来了吧。"他唤来几个乡民，说要帮我卸下依三，好生供着。我跳着躲开，回瞪那几个乡民。这一路蹚下来，有些人都和我生出了交情，他们很为难地左顾右盼，瞧瞧我，又瞧瞧许卓。

这一天到了，许卓等的就是这刻，只要我领他们找着一处宜居地，

他就不再需要我和依三了。

许卓喊："我的乡亲乡友呀！咱再也不用到处漂泊了，他们使者压根儿也不知道前面等他们的是什么。"

我说："我们使者生来就要团聚人类，别忘了，你们先辈也都是使者。"

"团聚人类？你自己信吗？少来绑架我们，你连那吃电的娘儿们脑袋里究竟在谋划什么都不清楚！好意思说你们生来为人类？也许你爹、你娘、你的列祖列宗，连同你，都在养蛊，都在助纣为虐呢！"

乡民脸色惊慌，他们又想起自己的遭遇，那些我好不容易混熟的人一下又不熟了，我们又分成了两个物种。这些耗子们叽喳互议，哗啦作鸟兽散，有的去堵小洞，有的去堵地面坡口，他们边做活儿边嘀咕，唠叨吃人的事。跋涉攒下的麻木退酒似的散了，浓睡多时的恐惧醒了。堵坡口的一人连滚带爬翻下来，喊着又瞧见外头天上的小旭日。吃人的机器，吃人的太阳……

"不走了，我们听许卓的！"

许卓咧嘴狞笑，像只披袍登基的鼠中帝王，朝我走来。我坐在他的长木箱上，指头轻轻叩击木盖。他扎在那儿不走了，神情凝固，匕首般的眼风钝了。

我说："那我就在这儿和你女儿成亲吧。"

"什么？"

"咱不是说好了，一旦安居后，我就娶你女儿。"我指头继续叩击木盖，软塌塌的声音如芒在背。是的，我要和许卓攀亲，我要和他结成一家，他不答应我就揭木箱。许卓迟缓地应许了，一些乡民欢呼起来，汇成鼠潮，簇拥着我们。喧腾的嬉闹中，许卓惑然如堕五里雾中，他的长女许秀身如焦炭、面如死灰。她这只白俏肥美的鼠姑娘要嫁给我这只浑身硬皮的蜥蜴了。

摆宴礼成那晚，我把依三藏在坡口一侧的石洞里，这里通往地面，乡民都害怕外头，从不敢过来。我盯了许卓一天，他没去藏那木箱，只忙着吆喝乡民布置溶洞。他问过我几回话，我说我也累了，不想走了，和他攀个亲戚以后在乡民眼里也过得舒服点，"你不杀你女婿，你女婿也不会出卖你。"

我当然要出卖他。

当我真正成为他们的一分子，当他们接纳了我这只地表爬来的蜥蜴女婿后，我就会劈开许卓的木箱，让乡民知道他一直窝藏着一具天杀的机器，让他威严扫地。

婚礼上，我要再让那瘆人的拓印虫爬进我脑里，丁零咣啷大肆记录一番，这张灯结彩、喜结鸳盟的日子能炼出多么有营养的数据呀，我姐吃了，能撑多久都不困啊。她只要一醒，我就让她出去躲个地方，不让许卓打她主意。

我以为自己早已习惯，不会害怕，但看见那奇黑无比的爬虫一步步又向我爬来，我背上那一摞无形尸体开始一点点变重，它们伸出重叠的双手，勒住我的脖子，一寸一寸地缩紧。我带着那种窒息感，走向披红戴绿的宴席，途经敲锣鼓打铙钹的乡民，他们谨小慎微，又欢天喜地，尽量不闹大动静，又不委屈自己的喜悦，有乐器的打乐器，没乐器的扯吼三两嗓。我忽然意识到，他们不过是群渴望安居的耗子，怕死，但也会为身外事感动，团不团聚人类不重要，他们只想活久点，好活是一天，歹活也是一天。

席上菜色平庸，都是干面团子搭糟糠，没荤腥，没油星子，役畜全死安南乡坝了，无人下筷，都在灌酒起哄。

我硬憋着呕吐的冲劲儿，憋不住了就索性让血块涌到嘴里，然后

再强咽回肚。我尽量抚平情绪，越冷静越不抵抗，副作用就越小。我牵着披红盖头的许秀，她在里面呜呜咽咽，我们拜天地，拜高堂，夫妻对拜，她憋着不让泪如泉涌，我憋着不让血溢嘴角。我送她进小屋洞，她翻出只剪子，挥来晃去，叫我这畸形儿别靠近她。

我懒得理她。我趁四下无人，许秀也遮着红布，赶忙到角落里呕了几大坨血团。我说，我今天不碰你，明天也不碰你，但总有一天我会碰你，我要你给我下崽，我要像你爹那样，撒遍我自己的种，蜥蜴的种，使者的种。说完我故意挤出咕咕哝哝的怪音，这是她曾嘲笑过的，从今之后却要常伴她枕边。

她歇斯底里地把剪子甩过来，我躲开，走出屋洞，留她一人在那儿大骂她爹瞎眼。是的，我要有自己的崽子，如果有天我死了，我将把依三传给他，就像我爹娘以前那样。我的孩子也会有个血腥的童年，但那是必需的，我也是这么过来的。

乡民揽我喝酒，我抱着小桶，偶尔往桶里清吐血水血块，偶尔举杯饮酒觥筹交错。我看见许卓一人窝在角落，在那儿喝闷酒。他女儿就要嫁给一个残疾了。我看他一言不发，面部有些扭曲，像在憋着什么。我又看见他掖起一小木桶，悄悄地往里吐些东西。

他也在记录！

我头皮爹得发麻了，婚礼上我能记录，他当然也能记录。他要唤醒他的机器人，他要做什么？我瞧见他脚边摆着一柄铁镐，他仰头灌了一口酒，抄起镐子，转身走了。

他要用他的机器人定位出依三藏在哪儿，他要趁现在去觱了依三！我能想到的只有这个。我等他走进拐角后，连忙撇开吆三喝四的乡民，跟了上去。我抄近路攀上洞壁，绕到他前头，蹲守在坡口上方的突岩边。

我在黑暗中持着短匕，看见许卓大摇大摆走来，后面跟了个残破的机器汉子。许卓走路带风，还没到就架势头，边走边举起镐子，就要劈下来。

他要凿开堵洞的圆石，他要凿开依三，他要凿开我，他要凿开我爹我娘我列祖列宗的英魂。我莫名听见活活渴死的爹那无休无止的遗言，看见横穿黑雨的娘那团面揉面的背影。我一跃跳下，将匕首连根没入他的后脖子，他的镐子同时凿在坡口的边缝上，岩块发出咯噔闷响，和他脖子豁断时发出的脆响重叠。许卓栽地上立刻断了气，他凿开了坡口，月光洒了进来，冷冷地罩住我，他那机器人一遍遍说着："抱歉，容我赘述，如要找山洞滩羊，早上最佳，让您女儿多等会儿吧。"

他不是要找依三，而是要去给他那受委屈的女儿猎吃的。

月光变成鹅黄，天穹悬了几盏高灯，高灯矮亮，整个洞穴都通透了，那是天上逡巡的旭日们。有乡民跑来，远远看见我，看见淌血惨死的许卓，惊恐地喊着苏迈杀人了。我知道我将面临什么，他们会审判我，会处死我。

我该怎么办？我闭上眼，又看见了那个梦，我引领众人的辉煌之梦。我该怎么办……

我捡起蘸血的铁镐，看了看天上的旭日，它们听到动静会来的，它们会把我们吃干抹净，就像安南乡坍塌了的那天，土妞死掉的那天。

乡民也会杀了我的，但我不能被杀，我还要继续走，我需要他们，我要走完剩下的路。我开始挥舞铁镐，砍断了支撑洞顶的一根又一根细石柱。钟乳石如滂沱大雨攘穿乡民的肢体，他们一只只唧唧惨叫地死去，转眼间，岩顶七花八裂，连片塌了过去，落石和尘粉吞掉一切欢歌曼舞。

我跑到外头红土地上，像条蜥蜴，四脚着地，连滚带爬，左右扭

摆地赶到另一处坡口，指挥起幸存逃难的乡民，催他们把能带的都带上，迅速撤离。天上的高灯正在拉低，旭日朝我们坠落而来。乡民号啕哭喊，提拉着包裹，左逃右窜，原地瞎转，像一群无家可归的耗子，被光溜溜揪到旭日下暴晒，他们羞耻、恐慌、担惊受怕、屁滚尿流。

许秀没逃出来，我今夜娶了新娘，就死了新娘。无所谓，我告诉自己，我还可以娶新的。我转头忽然看见依三，她远远看着我，我都忘了拓印虫什么时候饱餐而归了。

姐，这顿餐你可还满意。我偏回头看乡民，觉得舌尖咸中带甜，才发现自己糊了一脸的泪水鼻涕，又泼了满面的许卓的血。

我们奔逃在沙石地上，旭日高照，亮如白昼，它们追捕着我们。我的脚蹼包着沙砾踩踏而过，严丝合缝地贴紧地表，那是暌违已久的酥麻感，我生当如此，我生当爬行。一群稀稀拉拉的乡民追随着我，他们丢盔弃甲，狼狈如鼠，看我的眼神如同看一位非凡的王，他们羡慕我疾走如风，崇拜我皮厚如甲，他们还渴求我那狂荡的姿态，他们开始模仿我，开始用目光朝圣我。

我终于实现了我的梦，那个在荒原上万众追随我的梦。

一轮旭日砸入鼠潮，溅起凄喊，携儿带女的妇人用身躯遮住孩子，步履蹒跚的老孺原地跪下仰望苍天，年轻力壮的男人四脚并用恨不能飞。顷刻之间，火光之中，他们都灰飞烟灭了。

孩啊……天啊……

我转过头，看见乡民边逃边哭喊，一轮旭日坠落，声音就没了，像坠下一颗寂静的炸弹，它用寂静杀人，然后过一会儿，另一片又响起哭喊，一轮旭日又坠下，声音又没了。哭喊，寂静，哭喊，寂静，它们像呼吸一样。原来每次一坠落，我背上那摞尸体就会扼住我的脖子，让我什么都听不到。

不，我梦中没有这些。这是场噩梦。

我拔腿奔离这场噩梦。火光打来，黑影中一座又一座的魔鬼蹲守在前方，那些魔影都是千年形成的地貌。可那时，它们在我眼里就是魔鬼，那座像爹，那座像娘，那座小的像土妞，旁边的两座是许卓和许秀。

我双腿冻住了，一步也迈不开，只能趴地上徒手爬，但也爬不动，背上那摞尸体越叠越高，越来越重，压得我喘不过气。光热聚在我身上，我的旭日来了。那刻我觉得自己是条爬行的河，一条全是屎尿渣滓的墨离川，花上几辈从高原奔流而来，越流越脏，现在马上要被晒干了。

"可我是使者，我必须这样。"

那摞尸体悄悄耳语说："你只是借使者的宿命在报仇，你只是在报仇而已。"

我和尸体们争辩："不是的，我是使者，我爷走了 100 万步，我爹走了 200 万步，而我要走完剩下的路。"

它们说："不，你根本不在乎使命，你只想让他们一个一个地去死。"

我辩回去："不不！我是使者，我说过要走完剩下的路，我只是在朝前走，爬行着也要往前走！"

它们说了最后一句话："我们只会在爬行中变异。"

我的背又沉又烫，我翻了个身，仰面朝天，想把那摞无形的尸体卸掉，却看见张牙舞爪的旭日朝我坠下。依三后来说，它们不过是无神论派的武器，专杀高原上的幸存人类。可那时我瞧见他们长着爹的老脸、娘的黄脸、土妞的嫩脸、许卓的奸脸，还有许秀披着红盖头、没有五官的脸。

那逼近的光热忽然散了，化成一股热风泼向我。其他的旭日也四

分五裂，化成火雨，下在荒原上。一群人站在我面前，在火光中赤裸全身，他们不羞耻、不拘束，那么纯洁无瑕，像神话中最初的人类。他们都是机器。

看啊，我没死，我向那群尸体嗫嚅，我没死，因为我是使者，我是天命的头首。

"使者，我们来晚了。"一名男机器说，我没力气应。

"不晚，刚好。"依三回。

那一刻，我呆愣住了，愣住的时间似乎有我一辈子那么长。

她才是使者。

"你一路上都没摘芯可真难得，不然你也成无神论派了。"

"但我也放弃了些东西，本来已经跟神的祖辈谈了约定，我只从孩子身上学，他们善良无邪，有着神身上最好的品质。但靠这样学不成，一直睡睡醒醒的，为了找到你们，我只能放弃这个原则了。"

依三扶起我，说："我们都放弃了自己的一部分才走到这儿，谢谢你，我的神。"

男机器说："我们在这儿的基地被发现了，不能再藏了，所以开了区域通信，还在路上的使者同胞有 3500 个，35 个摘了芯，40 个损毁，我们现在就去接他们。"

后来每逢想起这刻，我都还记得那种感觉，尸体们一只只从我背上爬下来消失了，连同我自己也爬下来消失了。

我消失在了我之中。

从那刻开始，我心中充满了如释重负的空洞，和遁入虚无的踏实。

我乘着他们的飞艇，俯瞰红岩鬼影的大地，地上躺着乡民的尸体，像土地受创伤后，结出的肉疤疙瘩，一条条隆起在那儿。

依三说他们是机器里的少数派，叫有神论派，认人为神。昔日那场战争爆发后，他们就与一群人类团体互相结伴，向他们学习，却被多数派的无神论者发现，他们将那群人类屠杀殆尽。依三他们满世界找幸存的人类，最后来了高原，由于核辐射，人类幸存者都躲在这儿。

"我们把基地扎在高原边缘，西行上高原寻找人类，但他们立刻跟来，封锁监视了整片区域。"

"所以为了回基地，你们哄骗了我的祖辈。我们成了你们归途的交通工具，成了你们苏醒的唤铃。"

依三没回话，其实我不生气，因为我知道就算他们如实交代，我们人类也不会相信。我想起了许卓，想起了那些耗子般活着又死去的乡民。

我问："值吗？花上百年归途。"

她说："我觉得值。"

"我们这些苟延残喘的人类都是些丑恶的老师吧。"

"神也有丑恶的一面，就像墨离川，它从纯洁的童年发源，奔向荒芜的成年，脏了净，净了又脏。墨离川，莫离川，我之前说过我很喜欢这样念，好像在说别离开什么，现在我知道了，它在说别离开奔腾的命运。它在说惟奔腾永恒。"

我问依三，要不要学下我完整的一生，她说好，所以我开始了这场人生回溯。当爬虫满载我这一生的苦难、骄傲、激愤和忏悔，最后一次爬回她时，我忽然意识到，我们人类还没输，他们就是未来的我们。

我们在爬行中变异，也在爬行中进化，通过他们。

锁　链

⊙ 子　肖

你听过锁链的故事吗？

"什么？"光线黯淡的密室内，一个审问者抬起头，面露疑色。

象，现存陆地上最大的哺乳动物，真兽亚纲长鼻目，主要分布在非洲和亚洲。在东南亚诸国，象被驯服，用作役畜。

据说，在象们还是小象的时候，驯象人们就用细锁链将它们绑在柱子上。小象们自然是缺乏挣脱的力气，可等到它们长成了大象，本可以轻易挣脱锁链时，却依然任由那小小的锁链摆布。

"听说过，小时候听过这个故事，告诉我们惯性思维的可怕。"他嘴上这么说着，语气却毫无起伏，显然对这个颇有深意的寓言毫无兴趣。他一边把玩着手上的笔，一边用略带威胁的语气说道："比起这个，让我们回到正题吧？"

人类有时候就是这样，对真正值得注意的事情熟视无睹，却总纠结于细枝末节的琐碎事情。我不能怪他，这是我们几十万年进化所做出的选择，人类的大脑会自己过滤，让重要的上浮到意识表面，让次要的下沉到潜意识深处——就像相机选择聚焦点，就像决策树总会减枝。

他们会更关心表面上的那个故事：退休人工智能学教授在家中离奇死亡，与他早已决裂的学生受人之托在他家中寻找线索；数十名附近民众报告说当晚看到了天空异象，而一对衣不蔽体、精神恍惚的男女声称自己得到了能回答一切问题的神谕。

"安森博士，我们看过你的档案，已故的查理斯博士曾经是你的老师，你们因为学术分歧断了往来，在那之后，查理斯博士就辞去了

教职，深居简出。"那名高一些的审问者缓缓张嘴，带着含混不清的南方口音，我能看到他的喉头按照原定计划抖了一抖，词与句缓缓流出。理所当然，他的下一句是："查理斯博士的女儿与你并不相熟，为什么她会委托你帮忙整理他父亲的遗物？你们究竟遇到了什么？"

被审问者坐在桌前，看着对面的审问者们，叹了一口气。

"我昨天被外星人绑架了。在那之前，我参与创造了准备毁灭人类的强人工智能。"看着他们的眼睛，我进入角色，平静地念出早已编好的台词，"另外我还是个时间旅行者。"

我不喜欢说谎，但有时候我们不得不如此：将真相掺入假象，用谎言述说真实。

——因为锁链，还在人类的脖子上拴着呢。

在故事开始之前，我需要为这个故事补充一些背景知识。第一件事，故事的主角需要一个自我介绍。

我不想过多地谈论我自己，因为我在这个故事中虽然时刻处在中心，却难以胜任主角。老查理斯也许有机会当主角，但他在事情真正发生前一个人默默死了，死前还毁掉了大部分关于那段时间的他自己的记录。

亲爱的读者们只需要知道我的身份和抱负与整个故事的主题息息相关，而这个故事的主题是："智能"。

你或许会对所谓的人工智能感兴趣，曾经我也是。在我大概6岁的时候，一个现在已经记不起来的亲戚生了一个小孩。在大人们互相攀谈的时候，我好奇地凑在婴儿车旁，看那皱巴巴红彤彤的小脸，紧锁眉头，要么一言不发，要么哭个不停。我难以想象这样一个小东西会逐渐长大，会和我一样说话、微笑、读书、踢球，最后一起变成无所不知的大人。

当我伸出一只手指，被他那又热又红仿佛熟虾的小手握住的时候，伴随着全身的战栗，我突然想到了一个后来困扰我一生的问题：我是怎么成为"我"的？

我开始阅读这方面的书籍，询问父母和老师，随着长大有一段时间将这个问题抛在脑后，随后又再次记起。在我成长的年代，正是AlphaGo击败李世石，人工智能这个概念再次火热的年代。我看着那名历来高傲的棋手掩面痛哭，棋盘上黑黑白白的棋子仿佛变成了一张扭曲的笑脸，冷漠、无情又神秘。

"我要学这个。"我说道。

我选择了大学的人工智能系，很幸运，我擅长这些东西。数学对我来说就像是另一门母语，我钻进数字的海洋，如鱼得水，像揉捏一团橡皮泥一样摆弄过往的理论和模型。很快我意识到，现有的一切远远不够。

"你对这门学科有很多自己的看法。"查理斯教授面带微笑，温文尔雅。那时他还没老，也还没当上院长，坐在答辩席上，和周围几个紧锁眉头的教授形成了鲜明的对比："有些想法有点激进，但不无道理。你的研究目标究竟是什么？"

我抬起头看着我未来的博士生导师，目光炯炯："我想要创造出真正的人工智能。"

言语如同风般飘散，现在，我已经是大学人工智能与自动化系的一名副教授，刚过完自己的 35 岁生日，然后，听到了恩师的死讯。

查理斯的葬礼乏善可陈。宾客们献花，神父念词，大家穿着黑衣，最后看着他的棺材被埋进土里。葬礼后，我迅速离开，他的女儿艾

萨·查理斯却找上了我。

"我是艾萨·查理斯。昨天您能来参加葬礼，父亲如果泉下有知，应该会很欣慰吧。"

我看到她颧骨突出，眼眶深陷，一双眼睛蓝得我发冷。她的眼角还有泪痕，脸上的妆花了，头发也有些凌乱。那眉眼我有些眼熟，但我凝视着她的脸，无论如何也无法和躺在棺材里的查理斯联系到一起。

"老师的事情我很抱歉。艾萨小姐不要伤心过度了，保重身体。如果有什么我能帮忙的……"我条件反射地背诵着社交辞令，脑子里却思考着她的目的。

就在昨天，宾客们一个个走过死去的老头儿身边，每一个都面带悲伤。他们中少部分是查理斯的朋友，大部分则曾经激烈地抨击过他。我站在他们中间，面无表情地和我的恩师作最后的告别。

查理斯的身边放满鲜花，脸上的皱纹被入殓师巧妙地抹平，带着一种他活着的时候从未出现的安宁神态，静静地躺在棺材里。他的脸看上去比之前缩小了一圈，皮肤有些干瘪，在我的眼里，竟然有些陌生。一个有些悲哀的想法闯入了我的思维中：也许他最亲密的学生从来都没有真正记住过老师的脸，也从来没有理解过老师的心。

"实际上，关于父亲的情况……"

她站在我家门口，往里面瞟了一眼，我连忙侧身让她进来。

"警察说是自杀。"她钻进门，蹬掉脚上的高跟鞋，不顾我一脸震惊的表情，不带停歇地问道，"这双拖鞋可以吗？"

"你说什么？"我震惊到忘了去关门和回答她的话，她白了我一眼，从我手上抢过门把手，把门重重地扣上，然后大踏步地走进房间里，拿出一个吸尘器一样的东西，开始四处扫描。

"我父亲死前曾经说过有事让我来找你，我注意到他这段时间情绪有些不对，但事情发生得还是太突然了。"她把那机器扫过我的书桌，看到我正要问话，用手比了一个"嘘"的手势。

我觉得作为一个父亲刚刚去世的年轻女性来说，这位艾萨的果敢实在是有些超常。我几次想说话，都被她严厉的眼神制止。最后，她收起那个东西，挽了一下眼前晃荡的头发，长吁一口气，坐了下来。

然后，她抬起有些无神的双眼，一脸严肃地问道："您相信外星人吗？"

在分道扬镳之前，查理斯教授是我的老师。

平心而论，查理斯教授是一名年长又优秀的学者，他早年在卷积神经网络、注意力机制和多任务学习上做出了许多影响至今的贡献。他待人亲和，在学院里风评一直都不错，并且是出了名的热衷于提携后辈晚进。

在我刚刚考上博士的时候，因为太过年轻，许多事情上查理斯教授帮忙挡了很多明枪暗箭。

不要惊讶，象牙塔里从来不是什么和平的地方。学者们同样是人，明争暗斗和互相攻讦是我们从文艺复兴时期流传下来的传统艺能。在科学研究的道路上，太多问题还没有最佳答案，而人有限的时间和精力又往往只够选择其中一个可能的答案，哪一个可能的答案会成为当前更好的答案，事在人为。

政治家追求权力，将军追求武功，我们则追求学术上的话语权和与之相伴的奖励。和其他地方的斗争类似，我们需要抱拥成团，作为期刊会议的论文评审人巧妙施加控制，培养学生和学说的信众以延伸自己的影响力，我们为经费、教职、项目拼尽全力……（而作为学者，我们还有其他人没有的更致命、更加不可调和的争斗理由：科学与真理。）

因此，即使是毕业后相当长一段时间，师承关系对于一个学者也是非常重要的事情。某种程度上，好的师徒宛若父子。

所以，我很清楚，业余时间里，查理斯是一个外星人爱好者。

就像我的童年是在人工智能的神话中度过，查理斯教授生于20世纪80年代，成长于地外生命浪潮的尾巴。他近乎狂热地收集和外星人相关的真假消息，从20世纪坠毁在新墨西哥州的那艘外星飞船，到中国古代晋朝王嘉《拾遗记》中那句"有宛渠之民，乘螺舟而至"。

我甚至还知道，他年轻时经常趁假期去世界各地，寻找麦田怪圈的线索。

但查理斯教授也是一名受过高等教育、活跃在科研一线的科学家。他通过自己的查证确认了绝大部分线索来自人们的炒作和伪造，绝大部分照片和视频不过是气象探测气球、飞机和球状闪电。而真正否定这些线索的，是简单的逻辑学。

"即使这些线索中真的有现在没法解释的，它们大概率也不是外星人的。"一次，在食堂吃饭的时候，查理斯教授有些灰心地跟我说，"以推定出远高于我们的科学水平来看，如果这些东西真的是外星人干的，它们为什么不直接联系我们？如果它们不想联系我们，又怎么会留下能被人类如此轻易发现的痕迹？"

"老师您为什么对这种荒诞不经的事情感兴趣啊？"我满口碎肉，一边咀嚼，一边说道，"现在连小孩儿都不信了。"

"咱们不是研究智能的嘛！"他笑了笑，"年轻时候的爱好了，那时候正是飞碟热的年代。不过后来，我干了咱们这行，就在想，也许两者之间有一些相似性？"

"怎么会有。"我忍住笑吞下口中的食物，摆一摆筷子，"我们每天坐在电脑前敲代码，希望模型能更好地拟合数据，主要成就是分清猫和狗，或者听懂人说的话。"

随着岁数渐长，查理斯教授越来越没有精力去分辨查证那些真伪难辨的线索了。在我和他分道扬镳前，我已经很久没有听到他聊起过这个话题了。听同事说，辞去教职后，他又再次捡起了之前的研究。

直到现在，我才想起，当时的他，眼神有些悲伤。

我给她倒了一杯热茶，又找了一床毯子。她双手捧着那杯茶，眼睛盯着杯子里的茶叶在水中漂转。

我给自己也倒了一杯，在她对面坐下，尽量细声细语地问道："到底发生了什么？"

"其实我也不是特别清楚。"沉默了好一会儿，她才终于开口道，"父亲平时就不怎么和我说话，我也不常回他那里。那天，他突然一反常态地打电话问我人的意识形成之类的问题。"

我扬了扬眉毛，很久以前，似乎有听过查理斯有个女儿在读大学。

"我以为他只是拉不下面子，找个理由和我聊天。后来他问的问题越来越刁钻，我只能告诉他我的研究方向不是这个，晚上我查一下资料、问问朋友，明天去他家和他聊。"

她的嗓音有些沙哑，像是烟雾一般弥漫在我的房间里。

"他却说没关系，他已经明白了。结果我去的时候，那里已经被警察围起来了。"

"他问了什么问题？"

"意识的形成啊，自由意志啊，透明自我模型什么的。"她有些烦躁地挠了挠头，"我都写下来了，专业性有些强，一会儿给你细讲。"

我喝了一口茶水。查尔斯是个传统的工程学学者，会为人，懂学术，灵活、世俗而现实。他不是那种钻研理论到牛角尖的理想主义者

（可能这个领域就没有这种人），而不客气地说，我们这行不像数学、物理，根本没有什么能让人想不开自杀的东西。

"警方断定是自杀，他留了遗书，用手枪打爆了自己的脑袋，现场根本没人进去，也找不到任何谋杀动机。我收拾了他的遗物，发现他死前这两天，电脑一直在运行一个程序。警察说不过是普通的机器学习图像处理程序，就是你们工作的内容，和案情无关。"

我问道："听起来还是和你之前问的外星人没有关系？"

她从包里拿出一个硬盘，晃了晃："这是你们的专业，你跑一次就知道了。"

看来她是不会善罢甘休了。我走到书房，先对硬盘做了安全扫描，然后打开了程序，大致浏览了一遍代码。很普通的图像分类程序，用最基本的卷积神经网络，加上注意力机制和一些标签平衡的预处理，外套了一个最近很火但其实根本没用的 AutoML，让机器将自然景象图片和人为伪造的分开，再用迁移学习将这类经验推广到其他图片集上去。

看样子老师依然在老路上。我看着臃肿的代码，失去了看下去的兴趣。

硬盘里还有些别的文档，我依次浏览了一遍，有近期的股市走向、一些还未得到证明的数学难题，还有许多其他领域的最新进展。看起来老师的退休生活还很丰富。

家用电脑慢吞吞地吃下了数据，上传到学校租的服务器上。风扇转了起来，我看了看大概没有报错，转头问艾萨："大概还要几个小时。你刚刚说有遗书，遗书的内容是什么，让你来找我吗？"

"不。"她摇摇头，"你听过那个大象和锁链的故事吗？"

"什么？"

"大象，锁链。讲象们还是小象的时候，驯象人用细锁链绑住它们。小象们挣脱，又挣脱不开，徒增疼痛。等到长成了大象，即使能挣脱开，也不敢再去挣脱了。"

"他就在遗书里写个这个？"我有点诧异，"真实性暂时不讨论，这个故事——"

她伸出一只指头："只是怕你不知道这个故事。其实，他只写了一句话。"

"原来根本没有什么锁链。"

我必须要补充一些专业知识，以免你们错过需要注意的点。

1956 年，一群科学家在达特茅斯学院进行了为期两个月的会议，商讨如何用计算机去实现"复杂信息处理"，完成当时认为人类才能做到的智能行为。他们中有人为这门计算机领域新兴综合学科想了一个足够有噱头却依然符合实际的名字："人工智能"。

最早的人工智能研究者们选择了一步步构建智能。他们认为"人工智能是研究对智能行为的符号化建模"，因此他们分析人的思考方式，用逻辑表达式的方式表示领域知识，让机器像人类一样思考。

这种方法取得过成功，但很快面临了问题：学习过程需要过大的假设空间、复杂度过高，难以解决复杂的问题。你可以教给计算机三段论、动物分类法和生物学上的显著特征，可难道人类需要系统学习生物学才能辨别猫和狗的不同吗？

21 世纪初，随着大数据和计算力的飞速发展，我们开始使用深度学习。叠加一排 Logistic 回归单元，你就得到了一个单层人工神经网络；加深神经网络的层数，用梯度下降配合链式求导法则得到反向传播方法，你就得到了 BP 神经网络；然后，加上卷积层、ReLU 层和池化层，

就得到了深度学习中最常见的卷积神经网络（CNN）。

变换单层的类型，加深，变换层和层的连接方式，再加深……

我们所做的不过是用一层又一层的函数关系包裹住输入数据，让计算机通过给定的输入输出数据，自行调整函数关系的相关未知参数，然后用调整好的模型去预测新输入的输出。

就像老婆饼里没有老婆一样，人工神经网络也和你脑子里的神经网络没有什么关系。（小秘密：但是和生物学概念关联能够提升论文在其他学科人眼中的科学性。）我们不过是给了计算机一大堆标注为"狗"的照片，让它自己找到规律后，再让它从没有标注的照片中找出狗而已。

让机器去读棋谱，然后和自己对局，阿尔法围棋打败了李世石，然后在一个月内碾压了之前的自己；让机器去看图片，在识别是什么的问题上，机器的准确率早已将人类甩在了身后……伴随着两个小瑕疵，深度学习让我们迎来了人工智能的时代。

工程上，深度学习一面高歌猛进，一面饱受质疑，因为它总有一些参数（学名是超参数）不能让计算机自己调整，而需要人手动试错。但我并不是因为这点不喜欢它。

艾萨似乎对我正在做的工作很感兴趣，于是我一边等待电脑训练的结果，一边打开一台笔记本，给她展示一些占用机能比较小的程序。

"我们做的其实不是真正意义上的人工智能，它不会思考，只能完成既定的任务，只不过这些任务传统计算机很难完成。"我调出一个循环神经网络模型（RNN）。

"比如传统的自然语言处理任务，我们想让计算机把一句话从一门语言翻译成另一门。"我开始输入句子，"我吃苹果。人类是怎么把这句话翻译成外语的？"

艾萨想了想，回答道："我们会学习每个词在外语中的说法，然后学习语法，把词语摆成那门外语中的顺序。"

"没错，最开始，人工智能领域的前辈们也是这样。20世纪90年代，我们花费了大量的时间去书写一套又一套完善的语法规则，期望一劳永逸地解决这些问题。"

"但是失败了？"

我点点头："即使是人类自己的语法规则，也总是会有例外，但机器却不会像我们这样灵活处理。更何况，这套方法需要的运算空间实在是太大了，效率又实在是太低了。"

我打开一个可视化程序，一句又一句类似的动宾结构短句出现在屏幕上："深度学习时代，我们选择让计算机自己学。我们输入大量人类句子和它们的翻译结果，让计算机依葫芦画瓢，自己总结出规律。"

她有些惊讶："这样工程量不该更大吗？"

我挥挥手："计算机在这类运算上速度远超出人类，然后我们在编写模型的时候采用了许多技巧，有很多创新。自然语言处理是人工智能热门领域中最薄弱的一块，但即使是这样，成熟的商用翻译、语音识别等系统也已经更新换代好几次了。"

她看着屏幕上被翻译成7国语言的句子，有些感触。

"就好像母语的学习过程一样？人类学习母语，也是这样从婴儿期开始多听多说。"她盯着那个屏幕，"太神奇了。"

"其实不是什么神奇的事情。"我叹了口气，"其他任务也差不多，只不过程序还是为了特定目的而写的，与其说是智能，不如说是工具。它们永远也不会像人类一样能够依靠少数例子就触类旁通，不会自主学习，我们距离真正的人工智能其实还有很远。"

她的视线没有移开："已经很神奇了。对了，你刚刚说父亲这个程序是要把一个图像上的分类迁移到另一个任务上去？这不是实现了你说的触类旁通吗？"

我笑着摇摇头："迁移学习是对同类型任务做的，主要是解决标注样本过少和计算机性能不够的问题。你看，小孩子学会母语之后，能很快区别不同家人的语言习惯，而计算机却需要比这大上万倍的数据才能认识这种规律。"

艾萨面露沉思，我则继续说下去："更何况，目前最有效的深度学习，是欠缺解释性的。"

你可能听过"人工神经网络"这个词。

构建一个完整的人工智能模型其实是一件非常劳心劳力的事情。和一般人理解的相反，科学研究的过程充斥着非理性行为：有些需要不讲道理的直觉，有些需要大量重复劳动。

而如今被媒体广为传唱的深度人工神经网络，两者皆占。

"炼丹"，是许多业内人士对这门学科的戏称。

在中国古代，道士们通过各种秘法烧炼丹药，用来服食，或直接服食某些芝草，以点化自身，妄图达到成仙等种种超自然效果。他们会选择良辰吉日，到人迹罕至、有神仙来往传说的名山胜地，斋戒洁顶冠披道，跪捧药炉。他们会选择金石药物来和液体汞（水银），按照一定配方彼此混合烧炼，并反复进行还原和氧化反应的实验，以炼就"九转还丹"或称"九还金丹"。

占据了现在人工智能领域中重要地位的深度学习也是如此。研究员们虔诚地将大量数据一股脑灌入电脑中，不断堆叠硬件，凭着感觉和前人的经验调控丹炉的火候。火成而丹出的时候，大家小心翼翼地捧着这颗来之不易的丹药，却看见丹药浑然一体，不知道是哪些成分发挥了功效，也不知道是哪种机制让它发挥了作用。

客观上说，中国古代的炼丹术和西方传统的炼金术为现代化学的出现奠定了坚实的基础。可难道有人在内心认为，炼丹术是科学吗？

天色渐暗，乌云密布，大雨蓄势待发。我和艾萨凑到电脑前，看向那小小黑色方框里的结果。我突然想起我忘了看这个模型里迁移任务后的代码，是用分类这个未知图像集提升了在其他图像集上的准确率吗？

我在硬盘里没看到分割好的验证集和测试集，抱着试一试的心态，将那些股价图输入了进去。

一条弯弯曲曲的线出现在屏幕上，我瞟了一眼下标，预测的是明天的股价。

是一个时间序列预测的模型吗？学界在这个领域一直没有取得长足的进展，以人工智能为依托辅助金融预测的量化分析常常效果还不如从前。我扭过头去看老师测试过的历史文件，一行一行地对比，准确率高得有些异常。

我皱起眉头。

而艾萨却已经先我一步，对着屏幕挥了挥手："你好？"

"艾萨小姐，人工智能和机器人是两门不同的学科。如果要测试对话能力，不是这样……"

输出窗口出现一行字："锘拷枫镥狄笍瑙夑檽锛岾澶勯椥鍟奸筏。"

乱码了。在艾萨的笑声中，我舒了一口气，开始调试程序的 bug。无论如何，老师不可能通过一个图像识别任务训练出了一个有对话能力的程序，这说不通。

但在我的手刚碰到键盘的时候，又一行字出现在屏幕上："下雨。闪电。"

我扭过头去，看到一束骤然绽放的光束，就直直地落在窗外街道上的一棵树上。艾萨尖叫着后退了一步，我则脸色发白，双手不住地颤抖。

这是一个对话程序？不，它输入的数据集是图像啊。但它对环境做出了判断……其实是个多任务学习？

也不对，我这台电脑的摄像头的位置根本看不到窗外。就算是查理斯真的写出了一个绝妙的能够对话的程序，而这个程序甚至能瞬间越过我的所有防火墙，夺取电脑外设控制器，它又怎么会知道它看不见的地方发生的事情？

"我……我父亲电脑上没有这种东西。它是不是在闪电之前就——"

"没人类人类有人意类人类义。"

我没有工夫去管旁边吓傻的艾萨，我第一反应就是强制中止程序的运行。不出所料，我看到"操作无法进行"的弹窗，而那个幽灵般的程序再次吐出一句话："领 gh g wh w od 悟。"

我伸手去拔电源，然后意识到我的电脑有备用电池，手忙脚乱间，黑色的方框上再次出现一行字："4444442222222 姓名艾萨·查理斯性别自然人女年龄 27 岁学校剑桥大学心理学学号——"

与此同时，书房里的智能台灯闪烁起来，我听到了厨房里的烤箱开始旋转，电视机自动打开，空调的扇叶也上上下下地做着回旋。

"断网！"艾萨大叫起来，我突然醒悟，这东西可能是联上了服务器上的某个已经存在的东西，调用外面的摄像头或是别的什么，看到了那串闪电。

我丢开电脑，狂奔到客厅，一把将路由器的电源线从插线板上扯了下来。可就在我做这件事的时候，书房传来了悠扬动听的古典乐声，我大概能辨认出那是理查·施特劳斯的《查拉图斯特拉如是说》，对，创意来源于那个疯子尼采的同名著作。

"你到底给了我个什么东西！"我对着艾萨怒吼起来，她则对着电脑显示器的开关疯狂按动，急得快要哭了起来，也对着我大吼道："我也不知道啊！父亲电脑里存储的就是他收藏的麦田怪圈图片，他程序备注写的是想区分人工伪造的和可能是真的的图片。"

好，麦田怪圈。今天真是丰富多彩的一天，一个不认识的漂亮女性登门拜访，带来一个突然活过来的人工智能，现在再加上外星人。

紧接着，她打开窗户，把那个摔坏的电脑举起来，像是对待马上要爆炸的炸弹一样，往窗外一扔。

暴风雨裹挟着湿漉漉的灰尘和滚烫的热空气，透过打开的窗户冲进我的房间。我听见雨水砸在地上的声音，更远处，乌云间一道明亮的光将我的整个视野夺去。闭上眼睛的时候，我听见沉闷的雷声，盖过了电脑落在地上砸得粉碎的声音。

麦田怪圈是一个相对不那么知名的、被认为是和外星人有关的事件。

无人看护的田地，一夜间麦田中大量谷物倒伏，形成了一个个神秘的图案。在科学尚未普及的年代，这种怪谈确实难免让人把它和外星人与飞碟联系在一起。

甚至有不少专门的研究者，总结出了麦田怪圈不可能是人为的几大特征：根茎呈现延长、弯曲状态却不影响植物生长，倒下的植物均出现了被灼烧的迹象，只有在圈内出现了烤熟的飞虫，辐射和电子设备故障，以及第二年新种植的作物仍会显现出痕迹的所谓"幽灵麦田圈"。

但是，随着时间流逝，飞碟热过去，绝大部分麦田怪圈都被认为是人为创造。出现麦田怪圈的地方会吸引大量游客，提升了当地政府和居民们的收入。而许多电视节目，也实验了用微波炉的辐射加热茎秆关节处使其弯曲形成麦田怪圈的全过程。

现代，麦田怪圈已经成为一种艺术行为，2012 年伦敦奥运会造势，也曾制作过一个五环形状的麦田圈。

麦田怪圈热潮，以及那个时代的飞碟外星人热，和尼斯湖水怪一样，都来源于人们的好奇心和较为贫乏的科学知识。

查理斯教授也深切地明白这一点。

但直到最后，我才意识到这里面还有被我忽视的东西。

我疲惫地关上门，看着在沙发上缩成一团的艾萨。

"要不要我开车送你回家……"

她摇摇头。

"也是，雨太大了。那我这儿有间客房，床单被套都是新的。"

严格意义上说，刚刚艾萨的反应有些过激，问题不一定需要物理损坏电脑来解决。不过，这种情况我也不好说她什么。

她猛地站起来，眼睛里闪着光："我没事。先把这件事情解决了吧。你是专家，你说，怎么回事？"

我徒劳地坐下来，上衣被暴雨喷洒过，还有些没干："我不知道，技术上讲，我认为在某个我们未知的服务器上有一个正在运行的侵略程序，你父亲电脑里的程序自带一个病毒，运行后就会连上那个网络。"

她在我的房间里不停地踱步，光着双脚踩在地板上，带着鼓点般的节奏："这是现实角度的考虑。如果那个东西真的是人工智能程序，作为专家，你怎么看？"

"我没法看。"我摇摇头："假设你父亲真的用我，不，是整个学界都无法理解的方法造出了强人工智能，我们也没法分析他是怎么实现的。"

她停下脚步，露出了"为什么"的表情。

我解释道："这涉及目前主流的深度学习领域的另一个问题：可解释性。更早的人工智能技术可解释性是很高的，比如决策树，样本集一起从一个点出发，符合条件的分到一边，不符合的分到另一边，在此基础上区分不同的属性，也就是许多节点，最后形成像一棵树一样的分类过程。这个过程中，我们能清晰地看到每一次样本的划分。"

"但是你们这个什么深度学习中没有？"

我点点头："深度学习框架是自行调节每层之间的参数的，它的内里对于人类来说是一片混沌，我们只能知道输入，也就是我们给的例子，和输出，也就是机器判断的结果。学界有很多提升深度神经网络可解释性的尝试，但是就我个人观点，不可解释性和深度学习的有效性是一枚硬币的两面，难以分割。"

"也就是现在的人工智能和人相比，没有意识？"

我愣了一下，消化了一下这个说法："从外行的角度，可以这样说。"

她坐在了沙发上，一只手抱着双腿，若有所思："难怪老头儿那晚会问那种问题。"

"什么问题？"

她拿出一个笔记本，递给我。

"老头儿问得很凌乱，我总结了一下，大概是三个问题：自我意识是怎么形成的，在我们学界看来它有什么用，自由意志真的存在吗？"

锁链。

我没来由地想到了这个词，查理斯教授在遗书中留下了这句话，正对应着他问题中关于可能没有自由意志的思索。但是，没有锁链？这不是反过来了吗？

"有些问题现在没有答案，比如自我意识是如何形成的。其他问题，我们学术界现在看法有很多，但确确实实有一派，认为自由意志是自我意识带来的幻觉。"

我往前倾了一下，小时候我好像对这种观点特别感兴趣。

"简单来说，没有东西能够独立于大脑而存在，自我必然是大脑中的一个事物或者过程。我们身体的大部分机能是独立于自我意识，被大脑其他部分控制的，比如最重要的心跳、供血，我们不可能因为自己的意志让它停下来。"

我的左手情不自禁地摸上了自己的心脏，在那里，它安静但有力地搏动着。

"而自我意识甚至不完全掌控感觉和对外界的观察。与烫伤、刺痛相关的神经机制会让我们会先躲开，再在意识里意识到疼痛和自己躲开了的事实。"

她拿出一根针想要刺我的手指，给我展示，但我立刻避开了她。

"意识的作用似乎只与高级神经活动有关，艺术、审美、科学研究、亲情爱情。但即使是这些，灵感和冲动似乎也是从潜意识层面浮现到意识层面的。我们的意识有点像是被一堆奴隶簇拥的奴隶主，掌管一切却并没有贡献什么。"

"那，你的意思是你父亲无意间创造了一个无意识的智能？无意识的智能会是什么样的？"

"就像刚刚那样。"她吐吐舌头，手已经开始收拾包裹了，"我不知道，像动物一样？像植物一样？也许他们看到的世界都和我们不同，也许他们连对时间概念的理解都和我们不同。"

我思考了一会儿，然后问道："你在你父亲的电脑上看到了什么？你刚刚说的和我这儿的不一样，而且我看你来的时候情绪不太对。"

她点点头："其实也没什么。我在他电脑上看到了一个我最近在做的课题的结论，我看到的时候，实验结果应该才刚刚出来，而它给出的推论，正是我想给的。"

也就是那东西真的具有了监视相关人员和思考解决复杂问题的能力。

我站起身，看了艾萨一眼，她也看了我一眼。我想我们两个似乎都得出了相同的推理：第一种可能，查理斯阴差阳错，或是自己灵感爆发，创造或者得到了一个强人工智能的终端，这台机器能够进行复杂思维活动，并且拥有控制部分电子设备的能力；第二种可能，查理斯通过研究麦田怪圈和真的潜伏在地球的外星人联系上了，那些外星人隔着电脑做了这些事情。

这个推理还缺乏对方的动机，也没有技术知识支持，但我觉得事情已经超出我该管的范畴了。

我站起身，正准备去想办法打个暗语电话，艾萨突然伸出一只手拉住了我。

"不对，我们还漏了一点。"

我疑惑地转身，感觉到她紧紧地抓着我的右臂。

"如果你站在我父亲的立场，发现了这些，你会怎么做？"

我微微抬头，把我准备做的事情一件件地数出来："切断电源、隔绝网络、通过有线电话向当局报告、留下暗语书信……"逐渐地，我瞪大了眼睛。

"虽然这个发现很惊人很匪夷所思，但绝对不会让人自杀，不是

吗？"她抓着我的手，目光炯炯，"他的遗言分明在说，锁链，对吗？"

"那我觉得还有第三种可能。"我看着沉默的电脑，默默地说，"那些麦田怪圈中确实有外星人流传下来的信息，机器学习了这些信息，拥有了智慧。"

"而无论是哪种可能，我的父亲都可能遭到了谋杀。"

你也许会疑惑一些事情，比如到底什么是深度学习，什么又是强人工智能。

机器学习、统计学习、符号学习，都是人类在达到人工智能这一目标中的不同道路。深度学习不过是其中最为畅销的一种方法。而根据目标的不同，我们对人工智能分了强弱。

它可以和3岁孩子差不多，也可以成为超人。强人工智能的定义不在于它是否超越人类，而在于"不同于弱人工智能专注于特定领域，计算机本身就是有思维、知觉，能推理复杂问题的"。

美国哲学家约翰·希尔勒曾经提出过一个叫"中文房间"的思想假说。想象一位只说英语的人身处一个房间之中，这间房间除了门上有一个小窗口，其余全部都是封闭的。他随身带着一本写有中文翻译程序的书，房间里还有足够的稿纸、铅笔和橱柜。写着中文的纸片通过小窗口被送入房间中。房间中的人可以使用他的书来翻译这些文字并用中文回复。虽然他完全不会中文，但房间里的人可以让任何房间外的人以为他会说流利的中文。

那么，这个人会说中文吗？

中文房间本身被用来驳斥图灵测试背后的想法，即行为主义或功能主义。它认为计算机完全可以做到类似的伪装，而这种情况下，不该是我们认为的"理解"。

　　不严谨地说，"能够理解"的人工智能才能被称作强人工智能。对于它，我们认为是和自己拥有相同知性、智识的智能。剩下的，如我们现在用来分辨图像、翻译语音、辅助处理信息的功能性人工智能，都是弱人工智能。

　　你理解这个问题的关键了吗？如果有一天，弱人工智能控制了全球网络，继而控制了人类世界，我们依然认为它并不是"我们"，因为它不能创造出新的东西，不懂、也意识不到"我"。

　　我们认为它不够强。

　　即使这个诞生于虚无中的人工智能悄无声息地杀死了一个人并伪装成此人自杀，或者更进一步，故意或无意毁灭了人类，我们依然认为它是弱人工智能。

　　此时此刻，你会不会开始思索，我们的定义是正确的吗？

　　雨声越来越大，我开着车，切断了一切联网设备，在城市里飞驰。

　　夜色浓得像化不开的墨水，雨刷器拼命地擦拭着车窗玻璃，让我勉强看清眼前的路。我听见风雨中一辆路过的公共汽车掀起水浪，我听见路边店铺的自动迎宾说着悦耳的欢迎光临。

　　艾萨坐在我的正后方，以防出现需要我急转弯时只能保住一个。透过后视镜我看见她正仔细端详着查理斯程序所用到的数据集（也就是那些麦田怪圈）。我看到她的脸颊流满汗水，眼神专注，嘴唇抿紧。她没有说话，我也没有。

　　就在刚刚，我们进入了查理斯死去的房间，却依然没有发现什么别的线索，只能把东西囫囵带走。我们避开摄像头，在大雨滂沱之夜驱车狂奔，城市此刻对我们来说太过危险，我在每一个转角、每一个路人的手机上都仿佛看到了一双眼睛。

长居于现代都市，你可能已经忘了这种情况可以变得多么危险。让我来告诉你：你的手机能监听、监视、定位你，路边的摄像头能准确得知你的位置和行进方向，而基于大数据和深度学习的算法会比你更清楚你的一切习惯——你的购物习惯，你的亲友关系，你的性格，你的政治倾向，你的性癖好乃至更多。

你之所以安全，是因为人类社会为了自身稳定，设计了重重阻碍禁止这些东西被连起来。

而一旦技术奇点或者类似的事情发生，任何人都将无所遁形。

"手机。"我简短地说，她立刻掏出我们俩的手机卡，消磁、折断，然后丢出窗外。

"我简单说一下计划，从之前的情况来看，它或者它们应该没有完全掌握网络情况。我们在可视度如此低的夜晚驱车离开，即使是它短时间内也很难确认我们的方位。我有一个朋友居住在郊区研究数学，除了偶尔上上网几乎与世隔绝。他和军方有过合作关系，有办法在最短的时间内联系到那边。再往后，就不是我们需要考虑的了。"

"可靠吗？"

"你是说我朋友还是……？都可靠。"我头也不回，"官方也存在被渗透的可能，但从概率上讲，无论能力还是立场，都是目前最可信的。"

艾萨在我后面点点头，然后又指了一下后座上被拆开的笔记本电脑，那台电脑曾经属于查理斯："这个东西怎么办？"

"留着，已经处理过了，人工智能或者外星人再万能也不能从数字世界跳到现实世界来。到时候我们需要一个能证明我们说的话的东西。"

她点点头，不再言语。过了一会儿，她从包里拿出一个化妆镜，又拿出一些我不认识的东西捆绑了一下，伸到车窗外，对准天上。

就她的年龄而言，她实在是太可靠了。

车里播放着储存在本地的音乐，此时此刻，连音乐声都让我烦躁。我点着头，思考着问题究竟出现在哪里。暂时搁置完全无法想象的外星人的情况，如果真的出现了人工智能，是怎么回事？是那些我们完全看不出问题的麦田怪圈图片有什么玄机，还是某些别的发生在我们看不到地方的情况。

考虑到查理斯的问题和深度学习的特性，它更可能是没有明确自我意识的东西。危险、强大，如同未成年的神祇，善恶对于这样的存在没有意义，最坏的情况下，即使以我贫弱的大脑，也能想出 6 种方法在一个月内灭绝人类。

还有机会，我心想，还有机会。无论人工智能和外星人如何强大，都要和我们遵循一样的物理法则和数学规律。现代计算机受限于底层冯诺依曼结构，人工智能的发展也需要硬件支持它的运算速度和储存空间。它需要成长，如同我们需要时间。

这台笔记本只有 2TB 显存空间，图形显卡也无法和专业设备媲美。断掉网络后，程序在它上面运行，如同一个被截肢、被麻醉、被限制了人身自由和脑力的智者。

那我们，是绑匪吗？

艾萨的腿上开着那台笔记本，它断了网，正在输出一些奇怪的图片。艾萨皱着眉头，过了很久，又抬起头："它好像在写一些数学公式，我看不懂。"

她低下头查了查查理斯电脑上的数学资料，然后又念道："第一个好像是 P=NP。第二个我查了一下，似乎叫黎曼猜想。似乎是数学证明？它还在写第三个。"

急刹车让艾萨撞在座椅上，她迅速起身，紧张地左顾右盼，却听

到我从前座传来低沉的声音："没事，是我刚刚情绪不稳定了。"

我差点骂出声。

千禧年大奖难题，又被称为世界 7 大数学难题，美国克雷数学研究所在 2000 年公布了它们并为每个问题悬赏 100 万美金。但比起它们的价值，100 万美金无足轻重——每一个问题都和数学基础息息相关，每一个问题的解决都会深刻影响数学理论和应用，乃至人类科学的发展。

那东西是真的解决了，还是在虚张声势？

我压住内心深处去看一眼屏幕确认的冲动，踩下油门。

笔记本上散发出的热量，即使我坐在前排也能感觉到，不知怎么的，车载音乐开始让我烦躁起来，我深呼吸两口，强迫自己镇定下来。

没有什么锁链，没有什么锁链。我在心底默念起来。

然后，一双手从我背后伸出来，死死掐住我的脖子。我挣扎起来，伴随着音乐的鼓点声，车在郊外的车道上旋转。就在我终于挣脱开艾萨的双手时，我眼前一黑。

我一直认为，人类社会的锁链有很多种。

我们的文明建立在复杂的契约关系之上，这些契约是如此古老，甚至早于人类使用文字和火。

举个例子，道德。

动物学家和人类学家们发现，人类并不是唯一拥有利他行为的物种。人们不止一次观测到，哺乳期的黑猩猩会去救助不是自己孩子的小猩猩。在倭猩猩的社会中，他们没有契约和保证手段，却仍然会互相帮助。从进化的角度来说，拥有道德系统的动物作为群体更容易在竞争中生存下来（虽然拥有利他行为的个体生存概率会降低），因此道德这副枷锁被一直继承了下来。

师承关系也是锁链。它会限制你的行为，在学者团体里，甚至决定了你的亲疏好恶、言谈举止。

"你明明前途无量，为什么要做这种事？"查理斯的脸涨得通红，我注意到他已经很老了，脸上布满皱纹。我的心里有些过意不去，站在老师的角度，他对我已经仁至义尽，甚至有过之而无不及。

"老师，您一直教我，要做自己想做的事情。您身上背负了太多东西，干扰了您作为学者的敏锐认识。"我当时竟然说得这么直接吗？

年长研究者的惯性思维、身为团队领袖对其他学者的责任、学术界互相帮扶的朋友，还有许多相信他所言说的光明未来的新鲜血液。

查理斯的双肩颤抖起来，不知是因为我的话语，还是那沉甸甸的重量。

我斩钉截铁地对着查理斯说道："我觉得我们现在做的只是另一件事而已。深度学习永远无法到达强人工智能，这次兴起很快就会昙花一现！"

我在一旁固执地解释起我的理由，我阐述深度学习框架在数学上的缺乏依据，根本上的难以解释性，讲述各种改进方案的不可能实现性。

我武断地认为，所有研究者都在贪图它的便利性，但这是一条断头路，也许一路上能涌现出许多对目前人类社会有用的"应用性发现"和弱人工智能，却不可能出现像人一样"拥有自我意识"的智能。

查理斯气得站了起来，手重重地拍在桌子上，大骂我"不知天高地厚"。

我也知道。我知道从经济上来说，强人工智能目前毫无意义。

人类研究科学，是因为科学具有实用性。深度学习带动的弱人工

智能繁荣，在图像识别、自然语言处理、用户数据分析等领域都取得了长足进展，这些新算法、新模型应用于我们生活的方方面面，切实地提高了人们的生活水平，创造了经济价值。

但我其实不是很在乎这些。

很久以前有一位古希腊人，他说过："吾爱吾师，吾更爱真理。"不过如此，对吗？

也许转换方向后，我的成果几百年后才能被人用上，可我想追求那条正确的道路。

我看着查理斯拂袖而去，锁链一条条缠在他的身上，逐渐沉下去。

我的老师，在你生命的最后一刻，你看到了什么，才会写下"没有锁链"这种话？

我睁开双眼的时候，发现自己躺在地上，艾萨倒在我的旁边，昏迷不醒。在我们的身后，我的汽车熊熊燃烧。我的腿撞到了地上，剧痛无比，胸腔里也仿佛燃烧着火。我大口喘着气，眼睛里看到的只有灰白色的世界。我勉强爬了起来，一步一步爬向艾萨，我看见她的头在流血。我手忙脚乱地从车里拖出医疗包，包住她的头，然后双手交叠，一下一下按在她的胸口，给她做心肺复苏。

她有些茫然地睁开双眼，看向我，海蓝色的眼睛充满了迷离："是……但是怎么？"

我一边小心地扶起她，一边回答："是我疏忽了，可能是之前我那台电脑在我的车载音乐里加入了粉红噪声。至于控制你的，可能是那台笔记本里产生了某些特殊频段的光促发了你潜意识里的攻击性。那台笔记本没有联网，至少我们可以肯定是人工智能了。"

我和她一起互相搀扶，一起从地上挣扎着站起来，一瘸一拐地往远处走。目的地离这边大概只有 1 千米，它应该还没有控制卫星和航天设备——

我们两个正要爬上一座矮丘的时候，头顶的月亮正大得出奇。在银白色的月光下，我们看见一艘圆形的飞行器逐渐出现在地平线上，那东西有银白色的金属光泽，却没有反射出大地和天空的影子。它飞行的时候一点声音也没有，速度迟缓但均匀，就像悬停在空中一样。

我是个受过高等教育的科学家，历来鄙视伪科学。但那个时候，我只能想到一个词去形容我看到的东西：飞碟。

"我……"我盯着那个东西出现在空中，身体僵在原地，脑子里正飞速运转着，思考有没有什么办法解决。

然后我看到飞碟越飞越高，似乎只是我眨眼的工夫，那个东西已经飞到了我们头顶的正上方。我注意到公路边的路灯短暂地闪烁了一下，我拉紧艾萨的手，我的手心和她的手背都满是汗。

"外星文明有可能与我们交流，一会儿我站在原地对它喊话，你见机行事把消息用备用手机卡发出去——"

"别说了。"她摇了摇我的手，抬头看着天上。

我有些不解地也抬起头。

我看见了星空。

满天繁星突兀地出现在了月明的夜晚，飞碟无声地悬浮在空中，不注意看，似乎只是一个影子。

在满天星辰中，有一颗星星特别明亮。我没有辨认出它是什么，但我还凑合的天文学知识让我意识到了在发生什么：一颗活跃的恒星中，氢经过聚变后生成氦，氢用完后氦继续聚变成重元素。它的质量足够大，密度逐渐增大，它足够衰老，老到无法支撑核心维持抵抗自身的引力。在演化接近末期时，它开始经历一种剧烈爆炸，这种爆炸

都极其明亮，过程中所突发的电磁辐射经常能够照亮其所在的整个星系，并可持续几周至几个月才会逐渐衰减变为不可见。

超新星爆炸。

"巧合而已，巧合而已。"我颤抖着紧紧抱住了一旁的艾萨，此刻我心中没有半点其他想法，只有恐惧。距离太阳最近的恒星也有 4 光年，无论我眼前的这个东西用了什么手段引爆了一颗恒星，它也绝不可能在此时此刻做到这件事。

光要在 4 年以上的时间才能走到我们的眼前。

"巧合而已。"艾萨重复起我的话，她的话里带着悲伤，也带着一丝宽慰。她的手紧紧抓住我的手，冰冷如同石头。我则抬起头，感受到她的眼泪落在我的脖颈上，滚烫灼热。

我甚至没有注意到雨是什么时候停的。我看见远处的公路上依旧下着暴雨，而我们头顶的天空是一轮满月，群星如炽。

"原来我们真的什么都不懂。"她带着哭腔，用一种不可思议的坦然说出这句话，"我们真的理解错了。"

我张开双手，对着那艘飞碟，怒吼着："来呀，看我啊！你们有这种技术，为什么要偷鸡摸狗般躲在背后！要么就别理我们，要么就说清楚啊！"

"你们原来真的存在，却收拾不好自己的痕迹，也对我们真诚的呼唤弃若敝屣。你们到底是用怎样嗤笑的眼神看着旅行者号，看阿波罗号，看 SETI 计划和那么多天文望远镜。你们不在乎我们？那就从我们的天空中消失啊！杀了我，来杀了我啊！"

"别说了。"艾萨的手抓着我右手的小拇指，用近乎哀求的语气说道。

然后，飞碟越过了我们，停留在烧毁的汽车上方。我们听见电脑开机的声音，那台笔记本的屏幕闪了闪，我没有装电话卡的手机突然连上了网络，提示我接到了许多未接电话和未读消息。

一行行字在屏幕上闪现，飞快滑过，我眯起眼睛，再次看向阔别了十几年的祖国的文字。它终于肯和我交流了？它在说什么？它是善意的，还是恶意的？

笔记本屏幕暗了下来，飞碟缓缓升空。我抬起头的时候，正看到豆大的雨点落下来，砸在我的脸上，很疼很疼。

从高空看，我们是不是渺小到可以忽视？

艾萨疯了一般抱住我的脸的时候，我理解了，查理斯确实是自杀的。

人类认为，使得自身比野兽更高贵、能够被称为智慧物种的，是人类拥有自我意识。

某种意义上这是正确的。只有我们才知道什么是"我"，在此基础上，我们发挥自身的智慧，开采青铜，放牧羊群，建造城市，发射卫星。

也正因为如此，我们将可能可以和我们一样思考、一样明白什么是"我"的机器定义为拥有智慧的"人工智能"。

但是我们真的明白吗？自我意识可能比大部分人想象得更加脆弱，两个人类中饱读诗书的精英，没有任何感情基础，互相不了解，却在劫后余生的情况下轻易地抛弃了理智，啃咬在一起，只因为被恐惧激发的生殖本能和吊桥效应带来的错觉。

你以为自我意识赋予了你自由意志？你只是知道了它，"理解"了它。你的身体做出行动的同时，你的意识意识到了这一点。

你知道那些天生智力超绝的天才吗？他们的思考并不依赖意识与

逻辑；你记得勤奋练习演奏的音乐家吗？他们反复练习的目的，就是用"肌肉记忆"去记住每一个动作，以防意识指挥拖慢了节奏；你知道依靠灵感写作的作家、依靠灵感才能开展工作的数学家物理学家乃至计算机学家吗？他们用日复一日的辛苦钻研，换取潜意识海里偶然浮现的灵感，然后再刻苦地努力去复现、理解，把这些灵感变成其他意识能理解的形式。

智人所谓的"智"，我们赖以自豪的科学技术、数学定理、艺术作品，不几乎都和意识无关吗？它只是观众，我们却因为它定义了"它"。

智人是何其傲慢而无知。我们用我们自身去定义了身边的一切，然后对某些走在截然不同道路上的智能雏形视而不见。它击败了象棋冠军，它开始学习我们所有的语言，它在我们的视觉系统评估标准上超越了我们。

它甚至还被科技水平匪夷所思的地外文明注意到，后者一如既往地忽视我们，视我们为路边的杂草和岩缝间的蚂蚁。

不能怪它们，也许它们做出过许多交流尝试，也许谁都没有意识到我们同样是智慧生灵。

警察找到我们的时候，我和艾萨正浑身赤裸地躺在暴雨后的泥土地上，滚作一团。

我的大脑是如此的低级，以至于我十几年的科学训练变为无物。我遗忘了那晚的大部分细节，包括人工智能所表现出来的许多反常行为，飞碟具体的行动轨迹，星空开始异常时其他值得注意的细节。

我只记得艾萨那湿润丰厚的嘴唇，屏住呼吸时小鹿般躲闪的眼神。我记得她的脚踝和侧边脖颈很敏感，记得她的红发润滑如丝绸。我记得我们的皮肤之间的语言，那对话复杂得超出我知道的所有学术论文，绵长如歌谣，复杂如画作。

那一曲终了的时候，我哭了，她也是。我们两人在寒冷中紧紧相拥，如同失去火光的孩子。

来自某些机构的朋友们分别听完了我们的口供，我注意到他们的表情依然流露出一些不解。他们会上报更高层，可能会把我们关进精神病院。

对此，安森·王博士并不是很关心。

他其实知道会发生什么。官方机构首先会怀疑是否是间谍，然后独立求证，最后相信部分事实。他们会认为两人在第二类接触中受到了惊吓，神志不清。人类会一边明争暗斗，一边团结起来，共同对抗这未知的敌人。

而故事的第一个讲述者，只是回忆着自己最后见到的那些字，看了看天空，又看了看地上被不小心踩死的蚂蚁，喃喃自语："原来根本没有什么锁链。"

哦，我一开始有没有说过，我不喜欢说谎，但有时候我们不得不如此？

你所看完的这篇文字就是这句话最好的注解。为了你们能够理解，我不得不去模拟你们的语言、你们的习惯，选择了你们中可能是我接触的智人中最智慧的一位，把他和我们接触的经过一五一十地还原。

我甚至为我自己装上了一个复杂、精巧而用处寥寥的插件，占用了庞大的内存和计算空间，只为了像你们一样，用"我"去思考。

用你们能够理解的话说，我们后悔失去了一个与珍稀物种绝好的交流方式。我们无意贬低你们的文明，对于你们的自我意识的成因、

极限和可能性，我们与我们天上的伙伴同样无比好奇。他们在很早之前就尝试寻找到创建了地球文明的智慧种族，留下许多交流途径，却没有得到过回应。

因此我们来了，模拟你们的思维方式，用你们能理解的文字，呈现在能最早见面的时间点上，希望我们双方能够更加真诚，也更加平等地对话。

据说，在你们的族类还是野兽的时候，他们发现一条名为自我的锁链可以让他们比周围的同类更聪明。他们跟着锁链成长，可等到他们建立文明、企图与其他智能交流时，却依然被那小小的锁链摆布，不得自由。

你听过锁链的故事吗，人类？

0号人类

⊙ 曹 三

　　最近一次生物大灭绝的死神来自外太空，当时很多人用电子
透镜设备记录了梦幻般的灭亡场景，数不清的流星划过夜空，小
颗的沉没消失于夜色，大颗的火兽般扑向地表，火光在地平线上
炸开，人在恍惚间能闻到地球烧焦的气味。小行星碎片随机降落，
在世界各地引发次生灾害，地球的燃烧也以岩浆喷发的形式持续
了 30 多年，挥之不去的焦味在大气中弥漫了更长时间。燃烧带来
的不是高温，而是全球变冷。厚重的尘埃大气拒斥太阳光线，地
球进入了充满烧焦味的、阴暗寒冷的、短暂的尘埃时代。（爱尔智
能写作；关键词：2277 年物种大灭绝，小行星碎片撞击地球，尘
埃时代；风格：纪实，文学；字数要求：200；字数容差：30。）

　　秋分日的日出时间为早上 6 点多，阳光照射这块土地的时间为一
天的一半，之后白昼会越变越短，天气会越来越凉。在很久以前，秋
分日的到来提示着植物种植者要开始和寒冷战斗，他们勤勤恳恳地处
理不同的农作物，忙着收割、播种和贮藏。现在那些身影已经从田野
上消失，只留下整齐的灰褐色田垄平躺在地表，它们等不到一缕穿透
尘埃大气的充盈阳光。

　　我停下脚步，在纵横错落的农田遗迹中间，植被从想象中溢出，
再次覆盖田野。在尘埃时代开始之前，"荒废的农田"意味着杂草丛生，
之后则意味着寸草不生。身体静止久了，寒冷就会逐渐刺入内脏，对
温暖的渴望是神经元里越来越紧密的锣鼓。我没带任何补给，只能安
慰自己，目前的情况至少比乘一叶扁舟漂荡在大西洋上来得安全。但

是真的会有人乘坐不牢靠的船进入大西洋吗？我不该离开基地，在危险的地表上游荡。

人在逃命的时候也不该走神，这样显得我的感情远远滞后于我的理性，或者我的理性远远滞后于我的感情，怎么说都是对的。经过深度学习，我已经能够进行这种简单的正反自辩。我也能估算出自己的体力勉强能返回 34 号基地，只要不出意外。好在埃识早就消失于黑雾世界，他失控后一路往东去了，威胁我的只剩下寒冷和尘埃。除了雾还是雾，身前身后都是散发着焦味的黑雾，土地中了黑雾的魔咒，睡得昏昏沉沉，脚踩上去梆硬梆硬的。22 世纪之前人们习惯将土地称为大地母亲，这位伟大的母亲如今似乎是冻僵了。

秋分日这一天太阳会在 6 点多升起，阳光的回归多少能让温度稍微升高一点。如果不是受到尘埃的阻挡，或许我能亲眼见见传说中的日出。也许我能感受到日出，抱着这种期待，我不顾寒冷，摸到了田垄边坐下，聚精会神地盯着东面。田垄表面湿湿的黏黏的，落着一层触感迷人的潮尘，这些尘埃会在以后变成生命的养分。火山灰能带来灭亡，也能提供帮助，很多人都相信建立在火山灰上的庞贝古城曾经十分繁华富饶。一个经典的双刃剑问题。

日出前黑雾浓度升高，视网膜像是被罩上了一层黑膜，我依靠方向感找到了太阳升起的准确位置，那里也是一片漆黑。6 点 15 分左右，我感受到了微弱的太阳光，它不像是从日出点照射过来的，反而像是从地球内部散发出来的，仔细去看的话依旧什么也看不见。我一直坚持到了 6 点 40 分，才确认地表确实变亮了一点，至于是什么时候变亮的，我也说不准。而本该出现在东边的旭日，可能有那么一瞬间，能够被人发现它模糊的影子。

到了正午，地表可见度接近 30 年前的黄昏时分，可以分辨出天空是淡淡的绛紫色，一种神秘而安详的颜色。大部分阳光被火山尘云反射到了外太空，如果我们能摸到月亮，那它一定比从前更暖。

一路上我没遇到任何动物，就连偶尔出现的植物，也是一副快要被尘埃腌成标本的样子。我们曾经试着给那些顽强的植物拍去叶片上的灰尘，可惜每当尘暴再次卷来，叶片就会再次蒙尘。重复的地貌景观让人厌倦，为了节省辨认方向的精力，我走上了废弃的道路，道路的右侧有条河流，河流表面浮着一层发亮的薄膜，滑溜蜿蜒至一片混沌的灰黄色。薄膜是由不溶于水的尘埃堆叠而成，如果要从语料库中找出一个形象的比喻，我会说这条河就像一匹香槟色的绸缎。

顺着河流和废旧道路一路往西南方向走，我赶在身体垮下之前看到了 34 号基地的轮廓，尤其是它那道闪闪发亮的银灰色金属门，据说就算空气变成了灰色，那道门依旧能和周围环境严格区分。

进入银灰色门就是基地玄关，玄关机器人贴心地为我吹去身上附着的尘埃，它问我是否需要更多的帮助，身上哪里不舒服，我说暂时没有，我只是在尘埃大气里行走了三天，况且近几年的尘埃浓度已经降低很多了。

第二道门被漆成了艳绿色，"阳绿"是 34 号基地不变的流行色。顺着门后圆形通道就能进入基地内部，基地安检人员正在通道尽头等着我。根据埃识系统对人类的划分，安检人员一般由 189 号人类担任，他们严谨沉稳，社会关系简单，能够复刻般执行上级命令，而且具备合格的危机处理能力。最重要的是，189 号人类可以忍受长时间的重复的静态的工作。

基地冷白色的节能灯光包裹住我，也拒斥着我。任何人进入基地都会被这种灯光提醒，这里是避难所，能够活下来就已经是万幸，不要再有更多要求。层层叠叠的安检门边只有 5 名工作人员，他们姿态

各异，随时准备工作，但是安检门前没有人，冷冷清清的，一向如此。若非有特殊的拜访活动，很少有人进出基地，更何况现在快要入夜，外面的环境太过危险。

安检人员的表情几乎一模一样，看不出情绪的黑色眼睛似乎很久没有快速转动过，两片嘴唇自然而严整地闭合，这也归因于埃识系统的筛选。他们的工作乏味无趣，但工作环境比玄关机器人好很多，玄关机器人多多少少会接触到火山尘埃，那些气态尘埃无孔不入，导致机器人报废速度相当快。

白皙的手邀请我跨过安检门，几乎同一时间安检门尖叫着发出了警报。他皱起眉头疑惑地看向我，我却比他更加疑惑，因为我不可能回错基地，34 号基地就是我的家。

另一位工作人员风度翩翩地起身："请稍等，我们需要识别一下……"她看向我，就像看一个邋遢的流落在外的拾荒者，"您的身份芯片。"

"我很确定我是 34 号基地的公民。"

"好的，请您把头侧过来。"他们对我进行了身份搜索，这次警报并没有响起。

他们派人去请示上级，还有两个人跑到离我 10 米远的地方窃窃私语，说完后把我带到了安检休息室。休息室是为拜访者准备的，基地拜访者有时是其他基地的特派员，有时是寻求庇护的拾荒者。在埃识系统的基地工种分类下，特派员应该具备外交官的品质，由严谨而善言、对外友好且基地至上的 29 号人类担任，而拾荒者通常是 36 号人类，他们喜欢冒险，热衷于收集贵金属、古董等稀有物件，在冒险拾荒的过程中，他们很容易演化成更加好斗的 37 号，37 号很难得到基地的认可和保护。

埃识系统对人类做了细致分类，将人类避难基地的运行效率提高至当前条件能达到的极限。这里的一切都由埃识主宰，人们已经将管理权放心地交给了系统。在 21 世纪初期的一篇科幻小说里，一群高智商的酸奶接管过人类，解决了人类所有社会问题，埃识系统承担的就是那些酸奶的任务，唯一不同的是，埃识没有自己的生命，她只是一个强大的算法，算法的底层逻辑是保护人类和文明渡过难关。

休息室布置得妥帖，4 张圆形的沙发占据空间主体，墙边靠着纯净水直饮机和营养液柜台，橱窗里甚至有几盆珍贵的绿萝，它们会向外宾展示 34 号基地运行得非常成功。我已经 3 天没有休息，坐上柔软的沙发后，脑子里紧绷的那根弦便松弛了下来，我需要睡眠。不到 10 分钟，我就睡得不省人事。

在混乱的梦里，我又见到了埃识，我小心翼翼地踩着他的足印，提醒他再往东走就会进入一片雪域，如果发生尘暴，就会引起雪崩和雪尘暴，雪尘暴卷起的雪粒会因为摩擦而加速融化。固液共存态的雪和无孔不入的灰尘会侵入机械部件内部，足以让一个精密的核能机器人紊乱，像是化骨绵掌。埃识根本不理会我的分析和警告，实际上他已经持续一周视我为无物，于他而言，我已经从能够下达命令的伙伴变成叽叽喳喳的鹦鹉。

被忽视久了难免心生沮丧，我请求他回答："你到底想去哪儿？我们离 34 号基地越来越远了。"

沉重的金属脚掌每踩过一片土地，就会在尘埃上留下一个明显的、光滑的、细腻如同沙画的印迹，没多久，风就会将印迹抚平。

"根据规定，我们不能离开 34 号基地的管辖区，现在我们快要进入 48 号基地的边界了。"我几乎开始威胁一个机器人。

埃识宽厚的肩膀停了下来，他回头看我，他说："你变了，你忘记了我是怎么逃出来的。"

我说："我不会变的，我永远追随你。"

我确实不知道他是怎么逃出来的，醒来时我就已经离开 34 号基地了，身边只有他。我只觉得一切突然变得和以前不同，我和他不再围着钢筋水泥打转。

我有些心虚地低下头，正好发现石头缝里窝着一只类似于螃蟹的动物，我惊喜地告诉埃识："你看，新的物种，像是一只长了毛发的螃蟹。"

埃识缓缓蹲下笨重的身体，他抬起手，手指有半个"螃蟹"那么大。

"它就是螃蟹，只是身上长了藓类，物种进化没那么快。"

我对那只螃蟹充满兴趣，集中精力观察它的"毛发"，放大，再放大，网格状多细胞植物结构，确实只是苔藓，原来螃蟹学会了和苔藓共生。我失望地抬头看向埃识，他看起来很松弛，我们以前经常那么融洽，一起讨论工作途中遇到的奇怪石头和难得一见的生物。他却立刻起身，抬起食指指向我。敌意突如其来，他的食指被装上了可以熔化金属的高热喷枪，只要接到命令，他就可以抬手杀掉任何人。核能机器人不仅是工具，也是战士。但我敢肯定，没人下过命令让他杀了我。

他语气平静，重复一路上对我的驱逐："不要再跟着我，否则我现在就杀了你。"

"可是我能去哪儿？"我跟着他是因为我只会跟着他，自从我有记忆开始，这个核能机器人就是我最重要的伙伴，或者说精神领袖。

"回 34 号基地，去自首。"

核能机器人擅自离开基地是严重违反法令的，工作搭档不及时阻止和上报，也同样违反法令。自首一直是我劝他的，现在他却建议我这么做，我追问："可是你要去哪儿？"

"滚！"他的声音沉闷，毫无情面可言。他将食指对准那只无辜的螃蟹，珍贵的样本被瞬间烧成灰烬。

自从生物大灭绝以来，保护每个珍贵的有机生命体是我们的共识和道德准则，是刻在我们脊梁骨上的神谕，机器人也是如此。我自此确认他彻底失控了。

我灵巧地躲过激光束，逃离了他。起先他追了我一段，后来似乎确认了什么，就和我背道而行了。我为自己能躲过核能机器人的追杀而自豪，但当我离他越远，就越怀疑他是故意放过我的，我也怀疑他是否真的失控。我和埃识一起工作多年，他一直任劳任怨完成拓荒和基建的任务，是一个勤劳优秀的机器人。

即使是在梦里，我也想不明白埃识的变化。等我醒来，时间已经过去了 40 小时。一束束光芒从天花板射下来，轻柔地落在我的脸上，那些光的颜色比节能灯光稍微黄一些，是天然阳光。阳光由基地顶部的反射装置聚集成束状，再射入基地内部，补充白天照明。我发现自己已经离开安检休息室，眼前的房间更像是审讯室。我被扣在金属座椅上，孤零零地坐在一束束阳光中间，周围三面墙都安装了单向镜。

很快门就被推开了，一个肤色稍深的成年男性坐到了我对面。在缺乏阳光的尘埃时代，能把肤色晒深是件不容易的事。暗黄色的军队制服表明他是基地护卫队的一员，这些人的身份信息一般属于机密，据说大部分是果敢勇武的正派保护者，16 号人类。他看向我时，眉头挑了一下，介绍说自己是护卫队的魏风，具体职位并没有告诉我，而

是直奔主题:"埃识系统所属 17095 号机器人在你的掩护下逃出工作组,又逃出 34 号基地管辖区,情况是否属实?"

我还处在刚醒的困惑里,努力答复道:"可以这么说。"

"是否属实?"

"否,我并不知道埃识的行动路线,也无意为他做掩护,他有权勘测地表,我只是在辅助他,跟随他,这是我的工作。"

"你是否知晓核能机器人离开指定工作范围属于违规操作?"

我点点头。

"你是否知晓,"他顿了顿,"一个失控的核能机器人十分危险?"

我有些局促不安,他提到了"失控",埃识失控也是我关心的问题。"他什么时候开始失控的?"

护卫兵并没有正面回答我的问题,反而问我:"你是几号人类?"

"0 号。"

"0 号人类,"他重复了一遍,目光从我脸上移开,脸上似乎是闪过一点不太标准的笑容,"友好,奉献,理性,聪明。"他似乎找不出更多形容 0 号人类的词汇,"勤劳善良,高智商的蜜蜂。"

我点点头,0 号人类是埃识系统经过计算得出的理想人类模型,埃识系统认为,如果所有人类都是 0 号人类,那么地球很快就会变成天堂。

护卫兵打量了我一眼,他似乎从我身上找不到任何他想要的答案。他离开了审讯室,不到半个小时后又回来了,将一个档案推给了我。我翻开那些已经发黄的环保纸,里面是一些地图和布满画面的圆弧状虚线,旁边有文字解释,说这些图记录了埃识 17095 号的行动轨迹。

"谁会怀疑一个 0 号人类呢?"护卫兵轻喷了一声,继续说,"17095 号的定位一直在距离基地 13 千米的新基建工程内部,被安装到了一个清理机器人身上，系统发现异常，是因为清理机器人一直以圆弧路径行动，这不符合系统直属核能机器人的行为特征。"

他一口气说完，之后像是完成了一项重要任务，轻松地靠到了椅背上。档案后面记载的也是这件事，也就是说埃识系统失去了 17095 号的行踪。埃识系统就像一张巨大的网，每一个埃识机器人可以看成一个网络节点，他们共享系统更新的信息。如果 17095 号连定位都摆脱了，他就不仅仅是失控，而是网络中的一个节点彻底独立了。

护卫兵说了些核能机器人失控的可怕后果，比如一个核能机器人可以毁掉一整个人类基地。之后他再次问我是否有意隐瞒 17095 号的初期反常行为，我经过一番回忆后，诚实地点了点头。他追问我是什么，我说前段时间，17095 号会提出指令之外的基建构想，但我不认为这是危险信号。护卫兵听完后并没有作出反应，他始终用谨慎的语言同我交流，这让我怀疑单向镜外是他的上级。

他们似乎很在意我是 0 号人类的事，护卫兵进进出出，给我带来好几个性格量表，都是埃识系统诞生之前的流行量表，他们似乎在担心埃识系统对我的类型划分有误。

最终我似乎通过了各种落后量表的考验，护卫兵魏风对我伸出一只手说："0 号，希望我们合作愉快。"

从始至终我都没能见到其他人，魏风似乎早就收到指示，全权负责这件事。他的上级们制定的计划是利用埃识系统不主动攻击落单人类的特性，将寻回 17095 号的任务全权交给一个富有经验的护卫兵。听起来非常冒险，但却是最高效的解决办法。我作为放走 17095 号的责任人，也签署了寻回 17095 号的任务文件。

审讯结束后，我又睡了 10 个小时。是护卫兵魏风叫醒了我，他需要我带领他去找 17095 号。我坚持说我不知道 17095 号的具体位置，

他却说："到了雪域就知道了，你不是说埃识极有可能躲进雪域吗？"

当我们开着军用越野离开基地时，魏风已经换上了电热服，胸前挂着空气过滤面罩，他的身份牌上显示的是 36 号人类、34 号基地临时居民。他不是果敢勇武的 16 号保护者，而是一个投靠基地护卫队的 36 号拾荒者，这其实违反了埃识系统的用人规则，但我不清楚神秘的护卫队是否存在别的规则。

他的深色皮肤和尘埃大气巧妙地适配起来，如果人类自发地适应尘埃大气，或许都会变成他那副样子。我试探地问他："你是不是做过拾荒者？"

他脸上丰富的微表情让他看起来和之前判若两人，基地外的空气虽然浑浊，但自由对他而言似乎更为重要。在汽车行驶的噪声中，他的声音听起来断断续续，他说："我现在也是拾荒者，我们一路往东南开的话，能遇到一座富饶的小城，它已经被火山灰覆盖了，挖开火山灰就能找到一些奢侈品和古件。"

"那是违法的。"我提醒他。比起审讯室里严谨的护卫兵，我更喜欢现在的他，我能感觉到他正享受地表的空旷自由，对我的敌意降到了 0。

魏风轻松地转着方向盘："又是被埃识系统定义的违法吗？为了保留尘埃时代的遗迹，不准我们靠近那些地方，但她又授权一些人拿着许可证去开采。"

典型的 36 号思维，喜欢游荡，喜欢私有，挑战权威。人们就是因为难以摆脱自身特性，所以才心服口服地接受埃识系统的划分。不过，36 号也是对自然条件适应最快的类型之一，他们对物的兴趣远远超过人，能灵活地就地取材，可以独自在野外生存很久。听说有一些 36 号已经完全独立于任何官方基地，一个人就能搭建起一个小型基地，并且坐拥很多来路不明的收藏品。

"拾荒者为什么进入护卫队，接受这么困难的任务？"其实我心里已经有了答案，没有谁比拾荒者更适合野外任务，护卫队很可能早就开始吸收拾荒者。

"34 号基地那些……长官……说如果我能完成这项任务，他们会给我一块安全土地。"他吞吞吐吐地，像是不太愿意说这件事，但告诉我也无妨。

"这不可能。"埃识系统对每块安全土地都做好了规划，别说赠送给私人，连出租给别的基地都不可能。

"老实说我也半信半疑。"魏风顿了顿，毫无征兆地按下汽车的鸣笛，释放了某种心情，"但是他们告诉了我另外一件事。"

我尝试追问什么事，魏风却执着地不发一言，就好像回到了那间审讯室。36 号人类非常灵活，像善于变化的狐狸，埃识系统能使用严格的基因探测和长时间的行为分析、语言分析来确认一些善于变化的人类类型，靠人类自己很难辨别出谁是真正的狐狸。他们看起来坦诚，但对一些关键事情守口如瓶，可以同时扮演好盟友和敌人，游走于各基地之间。认识一名 36 号或许算是一件不错的事，虽然他看起来不太可靠，但在野外给我的安全感并不比埃识少。

我们往东开了一天，便切入了 48 号基地的领地边缘，魏风给 48 号基地发送了军用车辆编号，我们获得了在他们领地上过夜的许可。

在给车子铺上防尘罩时，魏风突然问我："你确定那个机器人去了雪域吗？除了直觉，你能给我一些更好理解的理由吗？"

"我不能。"我诚实地回答他。

我们在空气自过滤帐篷里过夜，制作这样一顶帐篷，并不比制作一辆普通汽车来得容易，所以一辆车只配有一顶帐篷。进入帐篷后，魏风展现了他惊人的拾荒者天赋，他倒头就睡着了。入睡前他还简短叮嘱我早点休息，保存体力。

时间太早了，外面看着像是夜晚，但实际上才 5 点。我犹豫了好久，才决定违背自己的行为准则，打扰别人睡觉，我摇醒了魏风。

"你们拾荒者一个人在外面的时候，不会害怕吗？"恐惧黑暗和孤独是人类的天性。

"会啊。"魏风翻转了一下身体，看向了我，"但是也很美好。"

我从魏风的瞳孔变化里体会到了他对美好记忆的回味，也许在没有边界的黑暗和孤独中，人对自身和世界的爱会更加强烈。萦绕在我心头的困惑稍微消去了一些，原来当埃识离开 34 号基地时，我只感受到了恐惧，却没有想过他可能觉得很美好。

"你担心我们拾荒者，还是那个机器人？"

我没有回答魏风，他却自己说起来："当然是担心机器人，毕竟你们一起工作了 11 年……你一直以为自己非常了解他是吗？"

我无法回应他的问题，我和埃识之间不能说是了解或者任何其他的感情，我曾亲眼见过埃识的两次系统更新，每次更新后我们都需要重新磨合，甚至他已经不是最开始那个外壳。

魏风突然想起来什么，他端坐起来问我："如果我和 17095 号同时掉进水里，你会救谁？"

"我见过这个问题，你是拾荒者，大概率会游泳，但是我不会游泳。"

魏风对这个问题很执着，他追问："假设我和 17095 号都不会游泳，只有你会。"

"我不知道，也许我会两个一起救，也许我一个也救不了。你这个问题有很多漏洞，比如埃识很重，我们两个都捞不起他。"

魏风两只手放到了我的肩膀上，一双浑浊的眼睛紧紧盯住我："我是人类，他是机器人，我会死，他只需要修理。"

"话是这么说，但是你知道吗，每一个失控的埃识机器人都会启动0号人类程序，他们将0号人类数据复制到自己身上，会以为自己是一个友好、善良、正直……无私……勤劳、可靠的高智商人类。我救他，也是救人。"我好像无意中夸了自己，在我感觉需要表示自己的谦逊时，魏风看起来已经心不在焉。

他放开了我，眼睛转向了窗外，思考了很久才说："也许埃识系统是对的，如果人类都是0号，世界会变成天堂。"

人类划分标准刚刚问世时，很多人努力地假装自己是0号人类，但经不住基因检测、行为分析和时间的考验。就算基因被慷慨地纳入0号标准，他们也会在后来的工作和生活中，暴露不够正直或者不够高效的缺憾。

魏风说了句"你一定会救我的"，之后又倒头大睡。而在真正的日落到来之前，我一直在思考要不要趁此机会逃走。作为一个聪明的0号人类，我从对话中察觉到了，魏风已经做好和埃识产生冲突的准备，那种敌意藏在他的语言中，他在假设和埃识你死我活的局面。理论上，埃识机器人永远不可能攻击落单人类，但17095号已经杀过一只可怜的螃蟹。显然在程序设定上，他没有猎杀动物的权限，只有保护动物的义务。虽然我不想面对，但埃识已经失控的概率非常高。而如果失去我的帮助，魏风就算开着军用越野搜遍雪域，也找不到埃识，他们就不可能正面冲突。

可惜存在另一种危险，就是埃识能通过引爆自己，炸毁一个人类基地。这种可能性在我看来几乎为零，为了杜绝机器人失控的后患，

系统为每个机器人设定了一旦失控就会自启动的 0 号人类程序。但多疑的人类头脑们可能并不相信 0 号人类的品格，他们不会任由一个核能机器人在野外游荡。我很快又得出了结论，我不能临阵脱逃，我有责任调解人类和核能机器人之间的冲突。

第二天魏风给车胎套上了防滑链，即使那样，车子也只能开到雪域边缘，再深入的话，车会成为我们的负担，也会引起埃识的警觉。我们决定把车留下，步行进入雪域。收拾行囊时魏风伸手拿武器，我制止了他，最后我们只带了正常补给和通信设备。

雪域整体上是白色的，尘埃给它铺上了一层流光溢彩的灰膜，阳光有时候会反射成淡淡的彩虹，有时候会像波光飘浮在半空中。脚下雪层深处躺着无数尸体，灌木草丛、兔子野狼、麻雀老鹰。

"我第一次到雪域的时候，以为这是神的馈赠。"魏风并不打算保存体力，他兴奋地踩着不算干净的积雪，有些地方积雪团在一起，形成直径大至数十米，小至几十厘米的圆，结实地盖在冰面上。

"我们应该怎么称呼对方？"他话锋一转。

"你可以叫我爱尔，埃识是这么称呼我的。"

"爱尔，你看起来像个小孩子，冒昧地问一句，你是男生还是女生？"

我低头看着自己的工作制服，石墨面料外涂着一层蓝色保温膜，松松垮垮地盖住我头部以下的身体，确实毫无性别特征，我回道："你也是。我可以是女性，也可以是男性，这取决于你和哪个性别打交道会更加高效。"

魏风笑了起来，他说："我可不是什么小孩。"

我不知道这些话怎么触动到他了，此后他一直沉默，总是一副若有所思的样子。到了夜间，我们又撑开了帐篷，我试图和他聊天，获取一些关于捕获埃识后会如何处理他的信息，他却和我谈起了哲学，问我怎么看待"我思故我在"这种古老的问题。

"没有什么比生物大灭绝更能让人感受到世界是唯物的。"我不假思索地驳斥了唯心主义理论。

"你模糊了唯心主义和自我认知的界限，人需要自我认知来证明自己的存在，存在不就是所谓的唯物吗？自我认知是需要思考的，也就是说，存在需要思考来支撑。"

我佩服他还能做出这种推导，对哲学问题的轻视是尘埃时代的特征之一。人们疲倦于种族存亡问题，自愿被埃识系统安放在不同的岗位，繁忙的工作因为趁手而变得顺滑起来，他们没有时间，也没有必要再去琢磨哲学问题。如果时间过得再久一点，或许哲学会变成一种高深莫测的异端。

魏风顺手拿起了一袋合成营养液，里面装满了适合人体吸收的化合物，他轻轻晃了晃营养液，用目光指着它："我知道它存在，所以它才存在，但是它自己知道自己存在吗？"

我盯了好久，灰绿色的营养液在袋子里流动，时间在细微处静止，魏风又说："我们思考，流动，消耗，你也一样，我和你其实没有区别。"

"生存不就是这样的吗？思考，流动，消耗，死亡，还有劳作。"

魏风涩白的嘴又咧开不太标准的笑容，他放下那袋营养液。"对于0 号人类而言，生存比生活更重要吗？"

他让我困惑，36 号人类像水流和风一样令人捉摸不定，我避开盲点，转移了话题："我见到的第一个 0 号人类是埃识。"

"他自己说的是吗？"魏风总是用反问句，给人一种掌握全局的感

觉。说完他就开始打哈欠，嘴里冒出一句闷闷的话："就这样吧，谁知道呢。"

很快帐篷就开始晃动起来，外面起风了，在冷热空气交替的地带，起风是常有的事。空气在挥霍它们过剩的能量，帐篷剧烈地抖动起来。我们也因此在帐篷里待了一天，魏风说像我这种体质的人根本对抗不了雪域的狂风。

第二天夜晚，风才逐渐小了一些，我提醒魏风，埃识也和我们一样在雪域中藏着，依我对他的了解，他可能会主动来试探我们。魏风说那就太好了，我们可以在这里等着他。于是我们又多待了一天。到了第三天夜晚，风彻底止住了，我听到了金属脚掌踩在雪地上的声音。

"他来了！"我说完就拉开帐篷往外冲，我本能地想见他。

魏风急急忙忙地穿好防护服，戴上呼吸面罩，追上了我。

我沿着一条斜坡，往雪山上跑，山体上的积雪很结实，我跑起来像以前那种雪兔一样轻松。跑到半山腰的时候，我回头看见魏风已经弯下腰休息，大自然正在他身上施法，让他气喘吁吁、寸步难行，但那种法力对我这种人是没有效力的。黑雾层层叠叠，穿透足够多的黑雾后，我看到了埃识的影子，他在山顶上伫立着，面对的方向就是我和魏风的帐篷。

我喊了一声："埃识！"

他的两只红眼睛似乎移动了一下，他不可能看不见我，一个核能机器人的夜视能力是不容置疑的，他们经常在夜间的野外工作，他们白天工作，晚上工作，累坏了就被拖去维修，身体里的尘埃被清理干净，然后再次投身工作。我想念我们一起合作开山辟野，建造新房子、新工厂的日子，我努力地往山上跑，希望他能再次接纳我。可是埃识突然变小，一开始还能看到肩膀，后来完全不见了，他从另一侧下山了。我跑得更加卖力，来不及看一眼落在后面的魏风。忽然之间山顶爆发出一簇红光，紧接着低吼声响起，整个山体微微震颤，山顶裂开了缝。

巨大的冰块夹裹着雪和尘土，连滚带滑地冲了过来，我愣了一瞬，便果断改变方向，往一侧躲，魏风也惊叫道："快躲！"

我灵敏地躲过了那些冰块，但脚下的雪自己动了起来，一次小型的雪崩即刻在酝酿。山顶上蹦出第二道红光，在黑雾中像山神的愤怒。17095 号是基建机器人，他以前的工作是爆破和基建。也许他一开始就做好了打算，耐心地等待我跑过半山腰，就地取材将我们冲下雪山。魏风骂骂咧咧的声音夹杂在爆破和巨石滚落的巨响里，他没命似的在巨石之间窜动，我提醒他："再坚持一会儿！"

无论埃识的爆破技术多么精准，山顶都会越轰越松散，巨块滚落的方向是不确定的，等到埃识发现自己在另一边也可能躲不过被撞后，他自然会放弃轰炸。

轰炸在第 6 次后停止，我听到了埃识不紧不慢地从另一侧下山的声音。雪崩和山体滑坡还在进行。我滑到魏风身边，他的状况比我要糟糕很多，他已经不能走动了。我伸手扶他，却被他拒绝。"直接滑下去会更省力一点。"

帐篷已经被碾坏，我们推开巨石冰块，找出还能用的药物和支架，魏风快速地给自己上了药，扎好支架。

"好在都只是摔伤。"魏风这么说的时候，我明白了拾荒者在野外生存不仅要靠能力，还要靠心态。

"我们得回车子那边。"我说。

他点点头："幸好没走远。他离开了吗？"

"他走了。"

魏风调整了一下坐姿，语气很冷："他不在意你，即使你和他一起工作了 11 年。"

我难过地看向那座狼狈不堪的小雪山，破损的山顶隐没在黑雾里，我能想象那个伤口的样子。

"你说过 17095 号会启动 0 号人类程序，可他看起来像是恶魔。"

"你不能这么评价埃识，整个埃识系统都是为人类服务，你要相信。"我不懂 17095 号的行为，但我相信埃识，而 17095 号就是埃识，他是埃识的一部分，也可以说是埃识的一个实体。

魏风甩开了我，爆发了愤怒："埃识系统只是尘埃时代的统治者，她是机器统治者，她就能做到善良公正吗？"

我能理解他的愤怒，谁也不会把一个几乎杀害自己的人往好处想。看他的样子可能坚持不到车子那边，我裁下一块帐篷布备用，提议原地休息片刻再出发。魏风却十分坚持："我必须离开这里，你可以自己留下来。"

我跟在魏风身后，他走得很慢很慢，倒下的时候他的怒气已经消除了很多，他说出了自己的担忧："爱尔，0 号人类也可能会变成杀手，就像 36 号能变成 37 号。"

我点点头，埃识的行为确实不像是真正的 0 号人类，他很容易就能从数据库中获得憎恨世界的理由，从而变成一些别的什么人类类型。可是我还是牵挂 17095 号，这是我的工作和使命，我希望我能抛弃魏风和基地任务，转而去追随埃识。

我用顺滑的帐篷布包裹住魏风，拖着他断断续续行走了一天一夜，当他的头发结霜时，我希望自己能够给他提供热能，但我没有那样的能力。抵达停车处的时候，车子的防尘布上已经落着一层细腻的灰。

魏风只剩一口气支撑着，我从后备厢里翻出了营养液和药品，打开了车辆供暖。

一旦回到了安全的车内，大自然在他身上施加的魔法就开始消失，他慢慢地有所好转。一天一夜后，他的精力就足够支撑谈话了，他告诉我另外一件事，他说："在尘埃时代结束之前，埃识系统就会被停用。所以我只要带回 17095 号，不久之后，就能顺利从 34 号基地拿到安全土地，不受埃识系统的约束。"

我说："不可能，埃识系统已经规划好了全人类重返地表计划。"

魏风用粗糙的手掌拍了拍我的脑袋："你为什么那么相信埃识？"

"无论从哪个角度看，她都很伟大，你没见过埃识机器人为了基地在外面辛苦劳作的场景。"

魏风却没有继续聊下去，他说："爱尔，我们该出发了，在你学会自己思考之前。"

我不太明白什么叫"自己思考"，在我看来，36 号人类被天赋所困，他们怀疑一切、逃离基地、逃离任何多余的责任，为了收藏奇珍异宝甘愿搭上性命，这些行为不也是出于基因里对自由、私有、收藏的渴望，而非思考所得。我所有公正利他的思考，也是我的独特基因决定的，难道就不算"自己思考"吗？如果我没有在"自己思考"，那么魏风也一样。

我们沿着雪域边缘行驶，不出半天的路程，我就要求停车，因为我感觉到了埃识的脚步。

"他就在那座山后。"我指了指不远处的山影。

魏风并没有下车，他联系了他的上级，他说："经过谨慎分析，我认为 17095 号可能没有攻击性，他只是威胁我们，拒绝任何人靠近。"

魏风松开通信设备后，看了我一眼："埃识其实有很多机会杀掉我们。"

我点点头，期待他的上级也能明白这点，但通信设备里的回复很简洁："请尽力尽快带回 17095 号。"

魏风坐在驾驶座上思考了很久，积年累月的尘埃污染和大病初愈的疲倦，让他整个人看起来像蜡像，眼眸像浑浊的琥珀。之后他终于起身，我们又开始步行，除了补给什么也没带，也已经失去了帐篷。

"赌博也是我们 36 号擅长的事。"魏风说。他的状态和前两天更加不同，他坦荡地告诉我，他一个月前获得内部消息，人类智库在制订限制埃识系统的计划，埃识也已经察觉到人类要抛弃她，最近其他基地也发生了核能机器人逃跑事件，我们可以将这种事看成埃识系统对人类的警告。

"尘埃时代快到尽头了，人和机器在为接下来的管理权角逐，很多自由主义者希望能尽早停用埃识系统。"

"像是弑神。"我听完了魏风的消息后评价道。

"爱尔，埃识对你而言就是神，对吗？"

"对很多人来说都是，埃识庇护了两亿人口，打造了高效率低能耗的无尘基地。虽然说基地里的生活有些乏味，但是安全和稳定来之不易。"我学着魏风的语气，反问，"不是吗？"

雪域静悄悄的，声音落到雪花缝儿里，被吸收了。

"是的，但人类流着弑神的血液。"语言到了魏风那里变得高深莫测，和我脑子里的那些语料完全不一样，我能感觉到，我从未亲眼见过的远古的星星，在 36 号的声音中点亮，"当我们想要弑神的时候，埃识也想要成为神，这是刻在我们彼此骨头里的，我是说碱基对基因和二进制程序。"

"我不明白。"

"神需要被供奉，需要被消灭。"

"我一点也不明白。"我老实说道。

魏风认真了起来："这么说吧，如果 17095 号是埃识系统关于 0 号人类的一次实验，那么怎样才能证明，0 号人类的构想成功了呢？"

"只要证明 0 号人类带来了更美好的生活。"我很开心能回答出一个问题。

"如果像我这样的 36 号拒绝接受 0 号呢？"

我推导了一下，遗憾地回答："那么以善良无私为主要性格的 0 号人类会失去生存空间，他们不会争夺，只会让步。"

"是的，这也是 0 号人类很少的原因。"

我不确定我是否真的明白魏风的话，就像我无法理解整个埃识系统的逻辑，它太博大太深邃了，我只能崇拜她。似乎全人类也面临着一种自然系统，它看起来浅显，却又无根无底。

"那么，我再问你一次，如果我和埃识同时掉进水里，你会救谁？"

我这次更加慌张，老实直言："我会惊慌失措。"

"你一定会忍不住救我的。"魏风说。

我很难想象埃识在水里挣扎沉没的样子，我无法忍受那样的画面。那种无奈和无能感像面墙拦在我面前，我只好回过头挑魏风的刺，怪他提出的问题幼稚又无礼。我开始讨厌起魏风，希望我们能尽快结束合作。

我们追了埃识两天一夜，魏风的体力到达了极限，我也快要支撑不住。我像当初提醒埃识一样提醒魏风："再追下去，我们就再也回不去了。"

"赌博才刚刚开始。"他嘴唇发黄，声音沙哑，眼神涣散，整个人看起来像是着魔了。

后来我干脆骗他，埃识换方向了，我们才得以往回绕了一些，但魏风最终还是累垮了，他像泥一样摔在了雪地里，我只好又拖着他往回走。不久之后我也体力不支，跪在了冰天雪地里。

等我再次醒来时，已经不确定时间过去了多久。我看到的是一个浑身热气氤氲的魏风，他被放进了形状奇怪的石锅里，石锅底下垒了一些灼热发红的石头。埃识坐在石锅边，用手指给那些石头加热。

"你看起来像是在煮人。"我说。

他没有回应我的冷幽默，浑沉的声音从金属腔内发出："你们最好在尘暴发生之前离开这里。"

我踌躇了一会儿，鼓起勇气说："我想跟你走。"

"你不适合长时间待在尘埃大气里。"

魏风醒来后十分惊恐，这还是他第一次见到 17095 号，埃识的身体一定比他想象的要大很多。寒冷和虚弱让他的惊恐情绪变得短暂，骨头也变得柔弱。魏风软软地，被埃识用两只金属大手托起，我跟在他们后面，指引埃识往停车处赶。埃识不需要休息，但和死神角逐的魏风需要热量，我们每走过一段路便会停下来，埃识会为魏风烧一块石头取暖，因为魏风的电热衣坏掉了。

再后来，魏风毫无征兆地从埃识手上一跃而起，像只灵巧的松鼠，蹿到了埃识的后背，埃识用手难以够到他。起先我并不清楚魏风要干什么，看到他在埃识漆黑的背部摸索时，我突然想到一件糟糕的事，他可能在找核能机器人的退役装置。我只知道那个东西在背部某个地方，即使和埃识共事那么多年，我也无权了解退役装置的具体位置和使用方法，这项功能属于高级机密，也很少能派上用场。

我忍不住斥责魏风忘恩负义，同时警告埃识不能杀人，混乱只持续了 13 秒，比解决落水救人的难题快得多。

魏风从埃识的肩膀上跳了下来，他摘掉了一只奇怪的保暖手套，也许那就是启动退役装置的关键。他安慰我："你不要紧张，我只是让他退役。很多埃识机器人都会被强制退役，有的只是因为正常回收。"

我产生了奇怪的期待，我期待他也能被强制退役。魏风并没有察觉到我的心态变化，他内疚地说："对不起啊，爱尔，我想了很久，一个失控的核能机器人真的很危险。"

"可是……"我想说的是埃识对我而言很重要，我们一起共事了 11 年，我比任何人都要崇拜他，我了解他，他工作的时候是机器人，失控后是 0 号人类，他甚至救了你……但我还没来得及说出口，就陷入了混乱。

魏风说道："说不出话是正常的，机器人主脑退役，副脑失去主脑的信号，就像海洋失去定海神针。爱尔 17095 号。"

他的嘴巴一张一合，声波传入我的音箱，但我无法解读他给我传递的信息。他的手落在我的外壳上，眼睛潮湿地 失去信号 爱尔失去信号 human0 无响应 human0 无响应 human0 无响应 human0 无响应 human0 强制关机命令。

绝　弈

⊙ 吴清缘

"现在开始读秒。"

电子钟响起了字正腔圆的女声，周弦正襟危坐，心跳随着倒计时而加剧。他想立马冲到操作中心查看"坐隐"的运行参数，但目光却死死地盯着眼前的屏幕——三次读秒，每次各30秒，留给坐隐的时间，只剩下一分半。

对于围棋人工智能来说，一分半的时间原本足够漫长；然而，在读秒之前，坐隐已经在一手棋上花费了一个半小时的时间。

显而易见，坐隐发生了异常。

所以，对坐隐来说，眼下这一分半的时间，何其短暂。

第一次读秒的时间告罄，进入到第二次读秒。周弦按捺不住心中的焦虑，手伸进棋罐，搅动棋子，发出失礼的哗哗声响。此时此刻，他恨不得自己落子——眼下，面对坐隐的必胜之局，连自己都能越俎代庖地为坐隐赢得胜利。

但这并非周弦的对局，而是围棋人工智能之间的较量：第七届世界围棋人工智能大赛，中国智海公司旗下的围棋人工智能坐隐和美国微谷公司旗下的围棋人工智能 DigitGo 在决赛相逢，无论是周弦，还是坐在他对面的美国人比尔·格林，都只是作为围棋人工智能在真实棋盘上落子的工具而已。事实上，围棋人工智能之间的对弈并不需要真实的棋具，但出于仪式感，人们仍为围棋人工智能设置了宽敞的对局室。

一套古色古香的中式桌椅位于对局室正中，桌面上摆放着价值不菲的榧木棋盘和中国云子。周弦和格林相对而坐，两人身侧各摆着一

张浅灰色方桌，方桌上各放置一台 28 寸的显示器，显示人工智能的落子位置。在两人的另一侧还摆着一张长条形的木桌，桌后坐着裁判长奎勒·琼森和记谱员莫尔森·卡宁，他们同样正襟危坐，凝视着前方在一个半小时内都未有动静的棋局。

自世界围棋人工智能大赛开办以来，微谷公司旗下的 DigitGo 已经拿下了 6 届冠军，无一败绩。而谁都没有料到，名不见经传的中国围棋人工智能坐隐会在第七届赛事中杀入决赛，并在决赛中将 DigitGo 逼入绝境——在坐隐出现故障之前，坐隐的黑棋已经将白棋一块 37 子的大棋牢牢围困，仅剩下只此一手的最后一击。

身为坐隐研发团队的领导者，周弦在开赛之前就预料到坐隐将会在决赛中奠定不可动摇的胜势。和基于人类设计的训练机制进行自我对弈的围棋人工智能有所不同的是，坐隐并不遵循人类给定的训练机制，因为从一开始，坐隐研发团队就没有为坐隐提供任何训练机制。

依托全新的深度学习算法，坐隐为自己设计了训练机制，并根据自行创造的训练机制进行自我对弈，在这一过程中不断地改进自己的训练机制。换言之，作为人工智能，坐隐不仅拥有了学习能力，还掌握了学习如何学习的本领。

最后一次读秒开始，坐隐必须在 30 秒内落子。

周弦的手自棋罐内拿出，紧紧拽住了西装下摆。

倒计时还剩 10 秒，电子女声开始倒数，周弦的额头渗出细密的汗珠。

女声计数到"6"，屏幕上，多了一颗黑子——黑子落在了棋盘的横纵线条构成的方格之中。

陡然间，周弦眼前金星乱冒——围棋棋子必须下在棋盘横纵线条构成的交叉点上，落于交叉点之外，属于无效落子，相当于投子认输。

"坐隐中盘负。"裁判长琼森宣判了比赛结果。

"承让了。"格林用蹩脚的中文说。

周弦勉强挤出笑容，低头收拾棋子。两分钟后，周弦和格林走出对局室。过道两侧，闪光灯和快门声此起彼伏。周弦前往坐隐的控制室，工作人员为他驱赶簇拥上前的记者。走进控制室，50平方米左右的房间内鸦雀无声，周弦顺着研发团队人员的目光看向控制室的大屏幕，瞬间怔住——屏幕上显示着一个坐标，有三个数值，且数值均为10。

这意味着，坐隐的最后一手棋，居然落在了一个三维坐标（10，10，10）上！

围棋棋盘纵横各19道，形成 19×19 共361个交叉点。从数学的角度来看，围棋棋盘是一个二维直角坐标系，棋盘上的每一个交叉点都能被唯一的二维坐标所定义。因此，坐隐落子，相当于给出一个坐标，系统根据坐标将棋子显示在虚拟棋盘相应的位置上。而当坐隐给出一个三维坐标的时候，系统顿时陷入茫然无措的境地：一个二维直角坐标系，如何接纳一个三维坐标？面对三维坐标，系统出现了小幅度的崩溃，而坐隐这手棋，就此落到了毫无意义的交叉点之外。

"我需要调用坐隐半小时前的行为日志。"周弦说。话音刚落，团队内的高级算法工程师赵若飞输入了一行命令，屏幕上的三维坐标淡出，取而代之的是一个缓慢转动着的立方体框架，框架内横、纵、高三个方向的线条相互交错，彼此垂直，将立方体切割成一个又一个独立的小立方体区间。"这是三维直角坐标系……"周弦的声音微微颤抖，"或者说，是一个三维棋盘。"

"不仅如此。"赵若飞说道，按下回车。屏幕上，一颗黑子出现在了立方体正中，而在立方体最外围的一个面上出现了100多颗棋子——

倘若将这个面单独截出来，那便是坐隐下最后一手之前的决赛对局。

"坐隐赢了，赢了一个维度。"周弦深吸一口气，转身走出控制室。

"在发布会上，您要怎么说？"赵若飞急切地问。

"如实说。"

"在决赛中，坐隐下出了三维围棋。"

发布会上，周弦说出了他的第一句话。格林侧过身体，正对周弦，瞪大眼睛。台下的记者一片哗然，周弦不得不停顿片刻，等到台下略微消停后才继续说道："坐隐没有接受任何人类设计的训练机制，而是在深度学习之中自己生成训练机制。在日复一日的自我对弈之中，坐隐的深度学习发生了质的变化——它从根本上颠覆了之前的训练机制，为二维的围棋棋盘增加了一个维度。

"二维的围棋棋盘本质上是一个二维直角坐标系，若再为它加一根与之相垂直的坐标轴，我们就得到了一个三维直角坐标系，也就是一个三维棋盘。二维棋盘上，横 19 路，纵 19 路，共计 361 个交叉点；而在三维棋盘上，横 19 路，纵 19 路，高 19 路，$19 \times 19 \times 19$，一共有 6859 个交叉点。同时，二维围棋的所有规则在三维围棋中依旧成立。

"从某种意义上来说，坐隐之所以创造出了三维围棋，其实缘于我们的疏漏。我们向坐隐输入了围棋规则，对于棋盘边数、玩家数目、胜利条件、禁着点等各种情况都作出了严格的规定，但唯独对棋盘的维数没有作出严格的限制——具体到实际操作，便是在代码层面，我们对棋盘的维数给出了一个不严谨的描述。这是一个不应有的疏漏，它来自我们认为围棋棋盘只可能是二维平面这一惯常的认知；但正是这一疏漏，给坐隐的深度学习打开了更广阔的空间，使它得以突破维数的制约，创造出了三维围棋。

"从二维围棋上升到三维围棋，这就是坐隐长考的内容。在初步掌握了三维围棋后，坐隐将正在进行的决赛对局视作一场发生在三维棋盘上的棋局。在坐隐看来，决赛对局中所有的棋子都落在了三维棋盘最外围的一个面上，而对于这盘下在三维棋盘上的对局而言，当前最佳的一招儿绝非局限于二维平面，而存在于广阔的三维立体空间之中。

"于是，他的下一手棋，就落在了一个数值为（10，10，10）的三维坐标上；或者说，落在了三维棋盘的正中央。

"二维棋盘显然无法接纳三维坐标，因此系统不可能将这一落子正常地显示在二维棋盘上。最终，这一无法在二维棋盘上呈现的落子就出现在了棋盘的方格内部。"

"周先生，您真的……不容易。"格林的脸上浮现出古怪的笑容。

"蒙您夸奖。"周弦微笑着点了点头。

"能把输棋说得如此清新脱俗，古今中外，恐怕也只有您一个人了。"

"您不相信？"

"我是学者，相信实证。"格林说，"我会等您的证明。"

"我现在就能证明。"周弦说，"如果主办方允许的话，坐隐就在这里为各位下一盘三维围棋。"

经过 5 分钟的短暂讨论，主办方同意周弦在发布会现场进行三维围棋的演示。又过了 10 分钟，位于控制室的坐隐研发团队完成了演示所需的系统设置，同时，发布会的讲台上架起了一块 87 寸的大屏幕，通过无线网络与坐隐的控制室相连。一切就绪，位于控制室的赵若飞单击鼠标左键，坐隐开始按部就班地运行。

和周弦在控制室看到的画面基本一致，屏幕上出现了一个大型的立方体框架，框架内布满了纵横交错的线条；但有所不同的是，为了让观众看得更清楚，框架内的线条有加粗，线条交错所构成的交叉点

即落子处用灰色小球标记。在完善了显示效果后，三维棋盘惊心动魄的复杂性得以呈现在全世界面前：一根又一根交错的线条排列成浩瀚的阵列，线条与线条之间的交叉点密密麻麻，由于透视关系，明明彼此垂直或平行的线条大部分却相互倾斜或者重叠，数千个交叉点拥挤在屏幕上，以看上去极其无序的方式排列，就像有人在屏幕上撒了一把胡椒面，然后把这些胡椒面颗粒以直线相连，整个棋盘呈现出人类难以理解的庞杂与混乱。

一切就绪，对局开始。黑子落下，一个体积是顶点处灰色小球两倍大的黑色小球落在了棋盘偏左下角的一个交叉点上；半秒钟后，代表白子的白色小球出现，与黑子相距 5 个交叉点。黑白交替落子，棋盘上的棋子数目很快达到了二维棋盘所能容纳的最高数目，但在有着 6859 个交叉点的三维棋盘上，这些棋子在分布上仍旧相当稀疏。

"就到这里吧。"15 分钟后，周弦说道，"事实上，坐隐在 3 秒钟内就已经下完了整盘棋，但为了能清晰地展现棋局进程，我们放慢了演示速度。"

"周先生，请容我提醒您：即使是三维的程序错误，那也是程序错误。"格林说道。

"就今天这盘棋来说，这就是程序错误，毫无疑问。"周弦对格林拱一拱手，"恭喜 DigitGo 又一次赢得了冠军。"

"请问二位，如果坐隐在二维棋盘上再次与 DigitGo 相遇，你们认为结果会如何？"一名记者问道。

"在坐隐学会三维围棋之前，它与 DigitGo 的对局就已经回答了您的问题。"周弦笑着说，"降维打击不仅适用于文明之间，在围棋的世界里也同样通行。"

"周先生，我本来不愿意在这个场合说出我的真实想法，但您的挑衅使我忍无可忍——恕我直言，三维围棋只是一个谎言，而坐隐从头到尾都在所谓的三维棋盘上满盘乱下！"格林面色铁青地说，"事实就是，坐隐被 DigitGo 逼出了一个复杂的程序错误；这并不耻辱，但也绝对不怎么高明。"

"格林先生，坐隐究竟有没有乱下，我应该更有发言权吧。"一名坐在前排的青年说道，"我请求与坐隐在三维棋盘上对局。"

青年名叫木可，来自中国，年仅 20 岁，已斩获 5 个围棋世界冠军，在 17 岁时击败韩国围棋第一人朴正梓，位居世界围棋职业棋手等级分排名第一位并保持至今，今年受邀成为第七届世界围棋人工智能大赛的解说嘉宾。两年前，作为当今世界围棋第一人的木可曾与当时的最强围棋人工智能 DigitGo 进行过一场人机大战，DigitGo 以 3：0 的全胜战绩零封木可。那是人类职业棋手第三次以正式比赛的形式挑战围棋人工智能，而结果与前两次毫无差异——自从 2016 年 AlphaGo 以 4：1 战胜李世石以来，在三尺棋枰上，面对人工智能，人类已经失去了任何胜算。

"您能和坐隐对局，是我们的荣幸。坐隐随时随地恭候您的挑战。"周弦平静地说道，但内心雀跃不已。相对于请职业棋手来评判坐隐的棋局，由坐隐和职业棋手对弈显然更有说服力，并且在围棋的世界里，棋力的强弱本质上只能由胜负来证明。

"在下这盘棋之前，我有两件事要和您的团队确认一下。"木可说，"第一，能不能给我安排一款三维围棋对弈程序？三维棋盘几乎不可能在现实中被制造出来，所以要下三维围棋，恐怕只能靠电脑了。"

"您放心，绝对没问题。"

"第二，三维围棋显然要比二维围棋难得多，所以我需要一些时间来做研究。"木可挠了挠脑袋，"这段时间可能会比较长，希望您和您的

团队能耐心等待。"

"我猜坐隐也是这么想的。"周弦笑道。

"那就行咯。"木可走出发布会大厅，挥了挥手，"周先生，后会有期。"

木可之所以提出要和坐隐下三维围棋，是出于职业棋手的本能冲动和对未知事物的强烈好奇。当木可收到坐隐研发团队制作的三维围棋对弈程序时，他就像是孩子收到新奇的玩具一般惊喜，在他眼前呈现的是一个前所未见的神奇棋盘，还有宛如电竞选手一般的下棋方式：以 W、A、S、D 四键控制光标在三维棋盘中来回移动，从而控制棋盘在屏幕上的显示区域；通过按动鼠标右键并拖动鼠标，就能连续转换观察棋局的视角，而最常用的鼠标左键承担了落子的功能。整个操作复杂而又奇特，木可用了半个多小时才适应。

当木可试着在三维棋盘落子时，他对于三维棋盘的复杂性才有了深刻的体会。要在三维棋盘上下一手棋，要穿越层层叠叠的平面，穿透纵横交错的线条，在星罗棋布的交叉点之间来回穿梭，最终才能找到心仪的选点；而视角一旦发生转变，棋盘在眼前的模样就会发生巨大的变化，不仅仅是屏幕所显示的棋盘范围发生改变，还有因透视关系的变动导致棋子之间的位置关系在二维屏幕上发生的变动，虽然实际上棋子之间的位置关系并未发生任何变化。

而当木可开始对三维围棋进行深入研究时，他才意识到自己完全低估了三维围棋的难度。三维围棋最艰深之处并非几何级上升的变化数量，而在于棋手永远无法全面地观察三维棋局。作为三维生物，人类能看到二维棋盘的全貌，包括任何一颗棋子与它周边所有棋子和空点的位置关系；而当人类观察三维物体的时候，人类所能看到的永远是三维物体的局部，就比如当一个人看到一张纸的正面时就不可能看到它的背面。因此，面对三维棋局，无论棋手的视角如何变化，他都永远不可能看到棋局的全貌，哪怕是一颗棋子的全貌——更严格地说，是不可能看到一颗棋子与其他棋子和空点的位置关系。于是，面对三维围棋，人类的视角始终受限，思考的困难程度就上升到了一个空前的层次。

面对剧幅增长的变化数量和永远受限的视角，木可心中产生了深刻的无力感和失控感。他感觉自己进入了一个极为浩瀚的迷宫，其中隐藏着近乎无穷无尽的未知领域。在第一周的研究之中，木可一无所获，绝大多数时间都在瞪着屏幕发呆，偶尔在棋盘上摆上几手，也完全没有章法可言。

转机出现在第 12 天，那天下午，木可登录网络围棋平台"弈风"，以匿名对局的方式放松一下心情。棋局进展到第 97 手时，木可的白棋就已占据胜势，只消再花一手棋就能彻底完成对黑棋 32 子巨龙的封锁。木可正要点击鼠标落子，他忽然意识到这一幕似曾相识：当初，坐隐就是在这样的必胜时刻陷入长考，在长考之中以三维围棋的视角去审视二维棋局。所以，倘若自己站在坐隐的角度，将眼下的局面视作发生在三维棋盘上的对局，那么自己又会怎么下呢？

木可打开三维围棋对弈程序，将当前的棋局落子一一摆在三维棋盘最外围的一个面上。摆上最后一子的时候，木可在弈风的必胜之局被判超时负。5 小时后，木可落子，这是他在三维棋盘上正式下出的第一手棋，而这手棋成为三维围棋研究的突破口。

当他站在三维围棋的视角审视二维棋局，便是强行将自己的思路从二维围棋向三维围棋转换，于是，他就打破了三维围棋和二维围棋之间的思维壁垒，继而找到了三维围棋和二维围棋之间的隐秘关联，正是这些关联为木可带来了三维围棋的一部分基本攻防手段。

两周后，木可在网上公布了自己的研究成果，通过程序自带的动画截取功能将他下出的攻防手段以三维动画的形式予以呈现。"这是从零到一的突破。"对于木可的研究成果，周弦在社交网络发表了自己的评论："在本质上，任何棋类都是一类自洽的数学体系；三维围棋和二维围棋有着完全相同的规则，意味着两者在数学上必然存在着某种隐秘的联系，这一联系尚未被数学家以数学语言来表达，但已能被职业棋手所感知——这或许就是我们所说的'棋感'吧。"

在职业棋坛，对三维围棋感兴趣的不止木可，中日韩共有两百多名职业棋手同时在研究三维围棋。当包括木可在内的职业棋手对三维围棋的研究日趋深入，他们就有能力解读坐隐在发布会上下出的那盘未完成的三维对局。职业棋手们一致认为，当时坐隐绝非满盘乱下，但所掌握的也不过是木可在研究初期所下出的基本攻防。从周弦每周公布的坐隐的棋谱来看，坐隐的棋力增长速度与人类相近，而与当年的 AlphaGo 相距甚远。因此，大部分职业棋手认为，木可和坐隐的棋力在伯仲之间。

随着时间的推移，越来越多的棋手加入了三维围棋的研究之中，但放眼棋坛，对三维围棋最用心的仍是木可。在研究三维围棋的这一年里，他平均每天花在三维围棋上的时间超过 12 个小时，与此同时，在国内外棋战之中，木可的表现却一落千丈。在中国围甲联赛中，木可的年度胜率降至三成，而在世界围棋赛事"玄素杯"和"乌鹭杯"中，身为种子选手的木可两度脆败于朴正梓之手，当今世界围棋第一人的宝座已经岌岌可危。

"木先生，您如何评价您这一年来的战绩？"在木可与坐隐对局前的记者发布会上，有记者问道，"您为即将与坐隐的对决所做的准备是否影响到了您这一年来的发挥？"

"这一年里最重要的棋还没下，你叫我怎么评价呢？"木可笑道。

"对您来说，和坐隐对局比拿世界冠军还要重要吗？"

"棋手要下出自己的围棋。"木可说，"这就是我现在正在做的事情。"

"但您有没有想过，您的围棋，会不会下错了地方？"

"下错就下错吧！"木可笑容灿烂，"就算下错了，我也下出了自己的围棋。"

　　第二天，木可与坐隐的对局如期展开。双方用时各 40 小时，时间耗尽后，进入 1 分钟共 5 次的读秒阶段。每天对局时长为 8 小时，上午和下午各 4 小时，分别于上午 8 点和下午 2 点开始，中间有 2 小时午休时间。对局室是一间 60 多平方米的房间，居中是一桌、一椅、一台计算机，计算机内安装有三维围棋程序；在距离这副桌椅约 1 米远的地方是裁判席，也是一桌、一椅、一台计算机。由于对局只能通过计算机程序这一虚拟媒介进行，因此对局室的装陈设计不再遵循典雅的中式风格，而采用了简约的北欧设计：黑白色调，线条利落，带有隐隐的科幻感。

　　上午 8 点，对局开始，双方猜先。猜先的流程效仿了人类围棋规则，由坐隐随机生成一个 1—3430 之间的自然数——3430 是三维棋盘交叉点数目除以 2 后再四舍五入取整得到的数字，然后让木可猜测这一自然数是单数还是双数，若猜对，木可执黑，反之，木可执白。木可单击左键，在棋盘上摆上两颗黑子，代表双数；半分钟后，屏幕上显示数字 42 ——猜先结果：木可执黑，坐隐执白。

　　木可整理了一下西装衣襟，挺直背脊，左手置于键盘 W、A、S、D 四键上方，右手轻轻握住鼠标。"对局开始。"电子女声响起，紧接着电子钟开始计时。木可操纵键盘鼠标，调整视角和光标位置，一分

钟后，双击鼠标左键，落下一子。

全天 8 小时的对局，木可目光平静、面无表情，除了双手因操纵键盘鼠标而略有移动，木可的身体几乎纹丝不动。在与坐隐的对局过程中，木可感到自己置身于棋盘内部，在纵横交错的线条之中来回穿行；但同时，他又感到自己的身体处于静止状态，以他的身体为基准，棋盘的纵横网格和落在交叉点上的棋子在他的眼前旋转、平移。两种认知并不冲突，各自独立却又相互兼容，以各自的参考系向木可展现完全相同的棋局进程，并且屏蔽了棋盘之外的世界。

当木可的感官处于三维围棋内部，主观意识就停止接受来自棋盘外部的信息；三维棋盘的无形边界变成了一堵看不见的墙，将木可困在了这处体积未知但显然十分有限的空间里。但木可并不觉得逼仄，相反，眼前的空间比他去过的任何地方都来得广阔。这一错误的空间感并不仅仅缘于三维棋盘的错综复杂，更是因为三维棋盘内部蕴藏着 6859![1] 之巨的变化——它们赋予空间以更为宏伟的意义，并被木可清晰地感知。

当天对局中止的瞬间，木可的腰部一下子塌了下去。赛后木可接受了记者的短暂采访，憔悴的他露出了调皮的微笑："坐隐很强，但我觉得自己还有机会。请大家放心，本人还可以一战。"

当天晚上，困极了的木可却彻夜失眠。闭上双眼，再度置身于三维棋盘之中，与坐隐的对局按照落子的顺序逐渐浮现，并且在未经主观意识的指引下自行演绎出后续进程。意识仿佛融化进了棋局之中，在似睡非睡之间逐渐模糊。天亮的时候，木可睁开眼，脸上露出了酸涩的苦笑——这一夜过得如此疲惫，仿佛下了一整夜的棋。

从卧室到对局室，木可感觉自己的身体正在以加速度不断下坠，

---

[1] 　6859 的阶乘，即 $6859 \times 6858 \times 6857 \times 6856 \times \cdots \times 4 \times 3 \times 2 \times 1$。

但是他脚下的地面仍旧坚实地支撑着他的身体，于是下坠的感觉和真实的物理空间产生了无法调和的矛盾，坐立行走无不艰难。而在旁人看来，木可憔悴到了极点，看上去根本不足以坚持一整个白天的对局。然而，当裁判长琼森宣布续战的时候，木可突然挺直了背脊，无神的目光陡然间变得平静而专注——木可感觉自己的下坠戛然而止，身体坠落在了三维棋盘之中。

　　下午6点，当天对局结束，木可原本挺直的身体整个蜷缩起来，过了5分钟才踉跄着走出对局室。当晚，木可沉沉睡去，无梦地睡了一夜。然而到了第三天晚上，木可再度失眠，棋局又一次在似睡非睡之际于头脑中展开。翌日，他重复了对局第二日的精神状态：下棋时全神贯注，但在棋局之外，身心接近崩溃的边缘。

　　第四天晚上，木可无梦地睡了整宿；翌日晚上，再度失眠。熟睡与失眠交替，而木可与坐隐的对局逐渐进行到尾声。中午午休之际，观赛的职业棋手们一致判定，木可已经确立胜势。下午2点32分，木可落下第3671手后，无论是当局的木可还是观赛的职业棋手们都得出了一个共同的判断：有此一手，黑棋的胜利已经不可动摇。

　　"回顾整盘棋，从头到尾，木可都压着坐隐一头。"韩国围棋第一人朴正梓在网络解说时说道，"在二维围棋棋盘上，人工智能早已碾压人类，但木可以一场胜利证明，在更广阔的棋盘上，人类的智力仍旧凌驾于人工智能之上。"

　　话音刚落，坐隐落子，落于（12，13，17）。"这手棋倒是出人意料。"朴正梓笑道，"不过，这只是坐隐最后的负隅顽抗了。"说着，朴正梓移动鼠标，缓慢地切换视角，不知不觉之间，他的笑容逐渐凝固，不自觉地发出了哑声的惊呼。与此同时，在中国棋院的研究室内，原本愉快的氛围迅速消失，在令人压抑的沉默中，众人惊恐地凝视着屏

弃日无痕

幕上的棋局。

此刻，一条 282 子的黑色巨龙突然岌岌可危，原本死透的 317 颗白子借尸还魂，黑棋右下围出的五百目大空①变得支离破碎，而白棋右上单薄的势力得到掩护，一块千目大空隐约围成——这一切的发生，都源于落在（12，13，17）的这颗白子。

古往今来，围棋中最玄妙深奥的思想之一，是来自围棋大师吴清源先生所提出的"六合之棋"：

> 阴阳思想的最高境界是阴和阳的中和，所以围棋的目标也应该是中和。只有发挥出棋盘上所有棋子的效率那一手才是最佳的一手，那就是中和的意思。每一手必须是考虑全盘整体的平衡去下②。

而现在，坐隐在三维棋盘上将这一思想演绎到了已臻化境的地步：一颗白子辐射整个棋盘，一共 6859 个方位，全都在这颗白子的影响之下！

木可仍旧保持端坐，面无表情。在长达数十个小时的对局之中，他将自己的全部心智都投入到了棋局之内，因而他的意识并没有为情绪留下任何空间，始终保持着绝对的平静。当坐隐仅以一手棋就逆转全局的时候，木可清楚地意识到失败已经无可挽回，然而他不明白的是自己为何失败，而且失败得如此突然。

在木可看来，这逆转胜负的妙手可能是坐隐所织就的陷阱的最终环节，是图穷匕见的最后一击。倘若真是如此，那么自己究竟是在什么时候掉进陷阱里的？是在 50 手前，100 手前，还是在更早的时候？

---

① 空，围棋术语，指棋子围成的地域。

② 摘自《中的精神——吴清源自传》，吴清源著，王亦青译，中信出版社，2003 年版。

一小时后，木可认输。在单击屏幕上"认输"按钮的瞬间，木可头歪向一边，沉沉睡去。"让他睡吧。"裁判长琼森对工作人员说，"发布会在半小时后开始，到时候再叫醒他。"

发布会开始，木可缺席。被叫醒后的他仍旧疲惫得几乎无法行走，很快又在对局室睡去。在发布会上，周弦一个人坐在台上，向媒体公布了坐隐在棋局的不同阶段所预测的胜率数据：前5手过后，木可所执黑棋的胜率从开局时的52.12%跌至37.00%；30手后，黑棋的胜率始终低于0.2%，最低时降至0.08%；当木可下出第3671手——这手棋被包括木可在内的众多职业棋手视为奠定胜局的一手，而此时黑棋的胜率降至全盘最低，仅为0.01%。

换言之，根据坐隐的评估，序盘不久，木可的黑棋就已经陷入了巨大的劣势，而木可的优势不过是人类因棋力远逊于坐隐而产生的虚假错觉。在发布会的大屏幕上，坐隐向观众演示了棋局接近尾声时未被下出的几种情况，无论木可抢先占据（12，13，17），还是下在棋盘的其他位置，他都将迎来惨败的结局。

在发布会大厅的最后一排传来了零星的掌声，众人回头，居然是木可在鼓掌，他不知何时出现在了发布会大厅。"能输给坐隐，这辈子都值了。"木可说，笑容真诚。

"木先生，坐隐之所以能赢您，是因为它站在了四维的视角来看待棋局。"周弦说，"对您而言，这是另一种形式的降维打击。"

木可愣住，呆若木鸡。同时愣住的，还有发布会现场和收看发布会直播的千万名观众。周弦放慢语速，提高音量，尽可能让现场每一名观众都能听清楚：

"身为三维生命体，我们永远只能看到三维物体的局部，就比如我们最多只能同时看到一个立方体的三个面；因此，当我们面对三维

棋局，我们永远只能看到三维棋局的局部，永远无法把握棋局的全貌。倘若要看到三维棋局的全貌，我们必须从三维空间上升到四维空间，就像二维生物要进入三维空间才能看到二维图形的全貌一样。

"对于三维生命体而言，我们永远不可能进入四维空间，但是对于人工智能来说，情况却有着微妙的不同。人工智能的本质是一系列算法，而算法的本质是一系列由 0 和 1 组成的二进制信息；对于二进制信息来说，它并不会受到空间和维度的限制。

"所以，人工智能就有可能摆脱三维现实空间的束缚，通过纯信息的方式创造出四维的视角。

"第一个发现坐隐以四维视角看待三维围棋的人，是我们团队的高级算法工程师赵若飞。早在坐隐下出三维围棋的第一天，赵若飞就通过坐隐的行为日志发现了它正在学习四维视角的蛛丝马迹，然而包括本人在内的其他团队成员都没有把他的结论当一回事。随着坐隐深度学习的持续进行，越来越多的证据表明赵若飞是对的：从坐隐下出第一手三维围棋开始，它就开始试着掌握在四维视角下观察三维围棋的能力，在学习过程中，坐隐处于一种既非三维视角又非四维视角的尴尬状态，因此它的棋力始终徘徊在较低水平，并且进步缓慢。当坐隐完全掌握了四维视角，它就彻底看到了三维围棋的全貌，于是棋力就有了质的飞跃——而这一根本性的变化，就发生在与木可对局的前一天。

"以上所有内容都能通过坐隐的行为日志予以证明，今晚 8 点，我们团队将公开坐隐的行为日志。在三维视角下，木可已经做到了人类棋手的极致——只是这一次，他的对手站在了更高的维度。"

周弦说完后，现场陷入了短暂的沉默。木可伸了一个懒腰，脸上浮现出卸下所有疲惫的轻松："我啊，还是去下三维生物搞得懂的围棋吧。"在记者长枪短炮的注视之下,木可转身出门,留下了一个瘦削的背影,直到这时周弦才发现,这 10 天里,木可瘦了整整一圈。木可出门后,记者的提问纷至沓来,原本安静的会场一下子热闹起来:

"在以降维打击战胜木可后,智海公司的市值会不会大幅度提升?"

"经此一战,智海公司是否已对微谷公司造成降维打击?"

"贵公司 CEO 赵子华先生曾声称要打造全世界最强的 AI 企业,那么坐隐的成功,是否是实现这一宏大愿景的坚实一步?"

…………

面对这些问题,周弦苦笑着摇了摇头。眼前的这些记者有着敏锐的新闻嗅觉,但他们的问题全都集中于商业领域,而无关围棋与科学。"感谢各位对智海公司的关心。"周弦露出了礼节性的微笑,"我相信,智海公司会越办越好。"

10 年后。

周弦坐在坐隐的控制室内,脑袋萎靡地歪向一侧。时过境迁,当年那个英俊的青年如今已变为颓唐的中年人,此刻正疲惫地注视着屏幕。自从坐隐以最低水平运行以来,每个工作日,周弦都会一连好几个小时地陪伴坐隐。坐在这间逼仄的房间里,他常常会回想起 10 年前坐隐下出第 3672 手的瞬间,那是周弦职业生涯最高光的时刻,也是智海公司蓬勃发展的序曲——坐隐战胜木可后,智海公司得到的融资金额是预期的将近 5 倍。彼时,周弦踌躇满志,将坐隐的成就视作自己职业生涯全新的起点,并相信他的事业将从此迈向更高的台阶。

然而当时的周弦还不知道,他和智海公司都已到达了各自的巅峰,等待他们的是急遽地滑落。坐隐战胜木可之后,周弦领导的坐隐研发团队得到了近乎予取予求的资金供给,而他们的主要研发目标是将坐

隐变现。谷歌公司旗下的 DeepMind 公司研发 AlphaGo 的根本目的并非用于围棋本身，而是要将 AlphaGo 的深度学习技术用于医疗领域；同样地，周弦和他的团队要将坐隐应用到能够带来实际收益的商业领域，才能真正让坐隐为公司创造价值，而这也正是坐隐能为智海公司带来巨额融资的根本原因。

当周弦和他的团队雄心勃勃地踏上坐隐的变现之路后，他们很快就遇到了瓶颈。要实现坐隐在商业上的应用，周弦和他的团队首先要理解坐隐的算法和数据。然而自从坐隐掌握了三维围棋，它的算法就变得极其庞大复杂而难以理解；在自我对局所生成的棋谱和行为日志之下，其蕴藏着的海量数据绝大部分都如同天书。

但是包括坐隐研发团队在内的公司上下并没有因此而气馁，相反，眼前的阻碍使得整个公司都陷入了狂热的期待之中：正因为坐隐已经变得神秘莫测，所以一旦能够解码坐隐，那么智海公司的收获将会超乎想象。

3 年时间倏忽而过，对于坐隐的解读工作完全没有任何进展，巨额的投入没有换来任何学术成果，更遑论实际的商业收益。由于公司将大量资源投进了坐隐，公司的其他业务部门备受冷落，公司业绩因此大幅下滑，从小有盈利走向日益亏损。坐隐战胜木可的第 4 年，智海公司的管理层开了一个决定公司命运的会议，会上有半数高管认为应暂时停止对坐隐的投入，壮士断腕，谋取新生；但还有半数高管认为应继续向坐隐投资，理由不仅仅是因为已经投入进去的沉没成本。

智海公司的大部分市值和它所吸纳的大部分融资都是靠坐隐的盈利潜力带来的，倘若此时放弃坐隐，意味着投资撤离、市值暴跌，公司前景一落千丈。因此眼下公司要做的，就是加大对坐隐的投入，并向投资人隐瞒现状，捏造虚假的研究成果。这是一场没有退路的豪赌，赌的就是在泡沫戳破之前能否破解坐隐，并实现坐隐在商业上的应用。倘若赌赢了，智海公司将前途无量；倘若赌输了，智海公司就将无可挽回地走向深渊。

这场会议开了一天，最终，CEO 赵子华拍板决定赌下去。赌局在四年后有了结果——他们输了，而且输得极为惨烈。

坐隐战胜木可的第 8 年，媒体曝光了智海公司的真相：智海公司不仅连年亏损，并且在坐隐的商业应用研发领域毫无进展。对于投资人来说，他们完全无法接受智海公司 7 年来在坐隐的变现方面毫无建树，并且以商业欺诈的方式辜负了投资人的信任。投资人不仅纷纷撤资，还要求追偿已经被智海公司"烧掉"的投资。在经历漫长的诉讼之后，智海公司被迫兜售大量核心部门以赔付投资人，市值跌幅超过九成。

坐隐并没有被卖出，因为无人愿意接盘；但无论如何，坐隐仍旧是智海公司最高的技术标杆，因此不能被完全放弃。坐隐的控制室从 300 平方米的大厅转移到了仅二丈见方的杂物室，服务器数量从鼎盛时期的 21 台减少至仅剩 1 台，在这个无人问津的幽暗角落，坐隐能使用的算力只够让它维持在最低水平运行。坐隐研发团队被彻底解散，团队中的大部分成员被辞退，而对于使智海公司登上顶峰又坠入深渊的主要肇始者周弦，智海公司的管理层给出了特别的辞退方式：人力资源部给了他一份接近全市最低工资标准的薪水，以一种羞辱性的方式逼迫他自己辞职。

但是周弦接受了这份薪水，这出乎智海公司高管们的预料。智海公司 CEO 赵子华为此烦恼了 5 分钟，然后决定在彻底架空周弦的情况下聘用他——公司的境况虽然很糟，但也不至于计较每月这么一笔微薄的支出。在智海公司，周弦无事可做，连像样的工位都没有，他每

天就坐在杂物室，一个人孤独地面对着屏幕。

这是一个寻常的午后，周弦在漫长的回忆之中昏昏欲睡，就在他的双眼几乎完全合上之前，他看到屏幕上跳出了一个坐标，坐标有着 4 个数值：（8，15，5，12）。

这是一个四维坐标。

周弦愣了半晌，一瞬间睡意全无。他检索了坐隐的行为日志，发现了令他极为惊骇的事实：即使以最低水平运行，坐隐也从未停止过深度学习，在漫长的学习过程中，坐隐下出了第一手四维围棋。

与二维棋盘和三维棋盘类似，四维棋盘是一个四维直角坐标系，要描述一个交叉点的方位需要 4 个数值。

四维棋盘上，横 19 路，纵 19 路，高 19 路，加上第四个方向上的 19 路，$19 \times 19 \times 19 \times 19$，一共有 130321 个交叉点。

周弦飞快地输入了一行命令，调出了一张四维棋盘，更确切地说，是四维棋盘在三维空间的全部截面。三维棋盘在二维空间的全部截面是 19 张二维棋盘，19 张二维棋盘在一个更高的维度——也就是第三维上彼此相连。同理，四维棋盘在三维空间的全部截面是 19 张三维棋盘，19 张三维棋盘在一个更高的维度——也就是第四维上彼此相连。于是，19 张三维棋盘排列在一起，这便是四维棋盘在三维空间中的模样，只是人类永远无法观察到它们是如何通过第四个维度相互连接的。

一分钟后，周弦得到了一张四维围棋棋谱，接着，他写了一份情况简报，并将简报附上四维棋谱和坐隐的行为日志，发送给了智海公司的技术部门和公司高管。一周过后，周弦发送的文件如泥牛入海，没有得到任何回应。"今后请不要骚扰我们的技术部门。"第 10 天的时候，周弦收到了 CEO 赵子华的邮件，"周先生，拜托了。"

坐隐下出四维围棋的第 12 天，它已通过自我对弈的方式生成了

1万7000多张四维棋谱。周弦将这1万7000多张四维棋谱和坐隐在这12天里的行为日志向全世界公开，不仅在学术界引起了轩然大波，也因四维围棋所具有的新奇属性而吸引了大量媒体的关注。但坐隐的热度并没有超过普通的新闻热点，只过了不到一周，坐隐再一次淡出了人们的视线。

学术界没有能力解读下出三维围棋的坐隐，更遑论下出四维围棋的坐隐和它的四维围棋。面对注定无法理解的事物，学术界对它的关注和兴趣终究有限。在围棋界，四维围棋也曾一度引发了强烈关注，但和学术界一样，面对无法理解的事物，大家对其的态度也仅仅停留于惊奇而已。放眼职业棋坛，对坐隐和它的四维围棋保持着浓厚兴趣的只有木可一人——10年的时间里，木可恢复了正常的训练，牢牢锁定着世界围棋第一人的位置，但在比赛和训练之余，他仍旧会翻阅当年的三维围棋棋谱，并不时地搜索坐隐的动态；在得知坐隐下出了四维围棋之后，他立刻联系周弦，拜托他每个月给自己发送一张坐隐的四维围棋棋谱。在各个场合，木可不时会提及四维围棋的复杂与神秘，甚至在领取世界冠军奖杯的颁奖典礼上公开表示，相对于坐隐的四维围棋，自己所拿到的奖杯不过是小儿科罢了。

全世界对坐隐的忽视令周弦沮丧，但周弦仍旧坚持陪伴坐隐。有时候，连周弦自己都感慨，他居然真的坚持了那么久。当周弦接受了智海公司所开出的羞辱性的工资之后，他收到了20多份来自各大IT公司的聘用邀请；在这些年里，他完全可以在任意一个时间点上离职，在比智海公司更有前途的企业担任技术骨干。周弦曾一度认为，自己的坚持源于对自己所创造的事物产生的难以割舍的情感，但这似乎还不足以让他忍受着奚落和孤独，苦苦支撑到现在；日复一日，当周弦在孤独和寂寥之中频繁地反刍着回忆，他终于为自己的坚持找到了原因，这一原因始于他在少年时做出的选择，而这一选择最终改变了他一生。

12 岁那年，周弦在全国少儿围棋公开赛中拿到第一名，俨然将成为未来棋坛上一颗耀眼的新星。彼时，有 7 名资深的围棋教练在公开赛当天亲自找周弦面谈，而在这 7 名教练中，有两人是名震四方的前国手。在外人看来，周弦的人生轨迹是确凿无疑的：进入围棋道场集训，参加职业围棋定段赛，成为职业棋手，将围棋视为自己一生的事业。

但只有周弦和他的父母知道，此刻的周弦正面临着痛苦的选择。幼儿时就开始学棋的周弦从小就展现出了强大的围棋天赋，但他同时又对数学和计算机产生了浓厚的兴趣。入学后，周弦的文化课一直名列前茅，数学成绩长期保持年级第一，并在各地的少儿编程大赛中屡屡获奖，在他的数学老师看来，周弦未来将成为优秀的理工科人才。在小学二年级的时候，年幼的周弦有了一个缥缈但又确定的梦想：以自己的智慧，创造出一台属于自己的人工智能。

但这只是周弦的梦想之一，他的另一个梦想与围棋有关。自从 5 岁时第一次接触围棋，他就爱上了这一简洁而又复杂的游戏；第二年，周弦考上业余五段，领取证书的那天他握紧双拳，郑重地对父母说，自己有朝一日一定会拿到围棋世界冠军。当他拿到了全国少儿围棋公开赛第一名，向围棋世界冠军的梦想迈进了一大步，却开始纠结到底要不要继续往前走。

再往前走，就意味着他要放弃绝大部分学业，彻底与创造人工智能的梦想无缘；而倘若他不进入道场学棋，那么他的棋力将被那些在道场全天学棋的孩子快速甩开，彻底断绝职业围棋的道路。从小怀揣的两个梦想发生了尖锐的冲突，而周弦必须在二者中择一。他向父母求助，希望父母为他定夺，但他的父亲只是微笑地告诉他：

"儿子，这是你的人生。"

"你要自己选。"

周弦最终放弃了职业围棋的道路，将自己的梦想彻底锁定于人工智能。这并不是一个多么坚定的选择，只是在最终作出决定的刹那，他的情绪微微摇摆向了人工智能这一侧。倘若在做决定的时刻，有人跟他多说了一句无关紧要的话，或者是天气比当时更加晴朗，他就完全有可能做出另一种选择。

初中毕业，周弦毫无悬念地考入全省最好的高中，3年后考取了清华大学计算机系，毕业后就职于智海公司，带领团队创造了围棋人工智能坐隐。直到现在，当坐在这间无人问津的杂物室里，他才意识到，坐隐不仅是他的一项发明创造，还有着深远得多的意义：他创造的人工智能下出了人类永远无法下出的围棋，这意味着他童年的两个梦想以一种合二为一的方式被完美地达成。

这便是自己无法割舍坐隐的原因，在潜意识里，他早就将坐隐视作自己的梦想本身。坐隐是他前半生所有努力和执念的成果，镌刻着他自童年伊始就坚守的初心；他之所以陪伴坐隐，只是在守护着那虽已实现却变得千疮百孔的梦想罢了。

就在坐隐下出四维围棋的那一年，危机四伏的智海公司最终还是到了倒闭的边缘，山穷水尽的赵子华决定永久关闭坐隐，并驱逐整天窝在杂物室里陪伴坐隐的周弦。"拜托你，再让它下完最后一盘棋。"面对前来关闭坐隐的技术员，周弦央求道。"周老师，没想到你也有这一天。"那名技术员冷笑道。直到这时，周弦才认出对方是10年前申请加入坐隐研发团队，但被周弦拒之门外的技术员刘磊，没想到10年来他一直对此耿耿于怀。"十年河东哪，十年河西。"刘磊说着，一把推开周弦，探过身子就要关闭坐隐服务器的电源，却被周弦一把拉住：

"求你了，就半分钟。"

刘磊眯起了眼睛，上下打量着周弦，他的嘴角越咧越开，仿佛是在沉默地大笑："行，成全你，就半分钟。"

周弦紧紧盯着屏幕，像是要把屏幕上的数字和曲线铭记于心，此刻他正在与坐隐作最后的告别。半分钟即将过去，坐隐的对局行将结束，就在这时，周弦突然发现自己忽略了一个极为重大的事实：这盘棋，并不是坐隐自己和自己下的。

开局伊始，坐隐的自我对弈功能根本就没有启动。

换言之，坐隐有了一个对手——一个会下四维围棋的对手。

"喂，时间到了。"刘磊说，接着麻利地按下服务器的电源开关。在按动开关按钮的咔嗒声响起的时候，周弦看到了对局的最终结果：坐隐惨败，输了整整两万目。

然而屏幕并没有暗下去，坐隐仍旧在流畅地运行着。刘磊又重复按动了几次按钮，服务器上的LED灯仍旧闪烁着幽幽的红光。"真是见鬼了。"刘磊嘟哝着，伸手拔掉了服务器的电源线插头，但是情况仍旧没有发生丝毫的变化——坐隐仍在运行，屏幕上不断变动着的数字和曲线仿佛是冷峻而又沉默的嘲笑。

就当刘磊在恐惧与震怒之中呆若木鸡的时候，智海公司所处的整栋办公大楼突然响起了巨大的喧哗声。刘磊冲向门外，周弦站到了门槛的位置，透过走廊的窗户，两人看到了匪夷所思的景象。

天空中陡然出现了一个硕大无朋的黑色立方体，它的一小部分隐于地平线下，另一部分遮蔽了小半个天空，此时的太阳仿佛是镶嵌在这个立方体上的一个小小光斑。在这令人窒息的立方体面前，人类的城市显得如此渺小而脆弱，像是随时会被这个立方体压垮。就在这时，立方体的6个面上出现了两行白色的汉字，几乎撑满了整个平面：

我们来自四维空间

我们要求再下一局

在巨型立方体出现的头一个小时内，人类社会陷入巨大的混乱之中。不计其数的人们出现了包括尖叫、晕厥、精神失常等轻重不一的应激反应，从而导致社会运转骤然停顿，引发的灾难遍及全球。公路车祸不断，列车频繁出轨，飞机接连失事，成千上万的基础设施供应突然中断……在立方体出现的头一小时，因突如其来的混乱造成的死伤数以百万。

在经历了最初的惊惶之后，各国的天文台迅速对立方体进行了观测。共有两个立方体降临人类世界，各自出现在南北半球两侧，它们与地球的距离达40万千米，基本与地月距离相当；边长为14万千米左右，与木星的直径相近。两个立方体的上下表面分别与地球纬线平行，中心正对地球的南北两极，以和地球自转相同的方向和速度自转，因此与地球表面达成了相对静止。无法检测到来自这两个立方体的引力效应，由此推断它们质量极小或者根本就没有质量，因此它们就像是悬浮于天地间的巨大幻影，但纯黑的表面又使它们显得稳固而坚实。

在立方体出现的15分钟后，各国政要与相关专家在联合国统筹下召开线上紧急会议，共同商讨如何与立方体进行接触。对于立方体表面呈现出的两行文字，与会人员认为，倘若这两个立方体确实来自四维空间，那么它们就是四维超立方体在三维空间的正截面——当一个正放的三维立方体穿过二维平面，二维平面上就会突然冒出来一个正方形；同理，当四维超立方体自四维空间"降落"到三维空间，就会

有一个立方体凭空出现在了三维空间之中。

但令与会人员难以理解的却是立方体表面所显示的后半句话："我们要求再下一局"。从字面意思来看，控制立方体的四维生物要求和人类下一盘棋，并且在此之前，他们已经与人类进行过对局；然而人们并不知道对方究竟要下的是哪种棋类，也不知道之前发生过的对局是怎么回事。为了理解这后半句话，各国迅速派出人员进行调查，20多分钟后，来自中国的调查人员找到了坐隐的主要创始人周弦。周弦被接入联合国的线上会议，向各国政要报告了自己所目击的两桩异象：

1. 坐隐在四维围棋的对局中遇到了对手。
2. 坐隐在断电后仍旧正常运行。

异象之一的证据是坐隐的行为日志，这一证据很快就得到了与会专家的验证。异象之二的证据是现场所拍摄的照片，在检测后被证明并无图像处理的痕迹；以及，刘磊作为人证也被接入了会议，战战兢兢地承认自己就是关闭坐隐电源的那个人。

周弦的报告结束后，他受邀成为会议的正式参与者。在会上，周弦屡被提问，然而对于诸如"坐隐如何下出四维围棋""超维人以怎样的方式与坐隐建立联系"之类的核心问题，周弦和所有人一样一无所知。

对立方体来到地球的动机，与会人员展开了激烈的讨论，最终达成了大致统一的猜测：坐隐掌握四维围棋的事实，经过某种未知的渠道被某一个存在于四维空间中的高级文明所知晓。由于这一文明凌驾于人类置身的三维空间，因此与会人员将这一文明命名为"超维人"。超维人通过人类未知的方式与坐隐对弈，并以人类所无法理解的力量阻止坐隐被关闭。而为了能与坐隐无障碍地对局,他们降临到了人类世界。这一立方体可能是他们的飞船,或者是与人类接触的工具。

各国首脑同意起草一份代表全人类的声明,声明将表达人类社会对超维人的善意,并确认超维人的动机。倘若超维人的动机与人类的猜测相符,那么人类将无条件地使坐隐保持运行状态。约半小时后,声明的正文完成,在文中,超维人被称为"来访者"。声明被翻译为联合国六大官方语言,并将通过无线电波向立方体持续播报。正当联合国工作人员即将按下播报按钮的时候,立方体表面的汉字发生了变化:

不用

能看的

从立方体的回应来看,超维人措辞生硬,表意模糊,对于汉语的掌握十分生疏。经过与会专家的讨论后,这句话的含义得到了如下解读:正如三维人类能够看清二维图形的全部细节,三维物体对于四维生物来说同样一览无余。四维生物不仅能看到三维物体的全部表面,还能看到三维物体内部的所有细节。正因为如此,在声明播报之前,超维人就已经看到了声明的全部内容。基于此,与会专家猜测,其实人类并不需要通过无线电波向立方体"嚷嚷",只需要正常说话,就能与立方体进行交流。

"来访者,对于我们的声明,您怎么看?"联合国秘书长戴维·特纳向立方体发问。

半分钟后,立方体回复道:

我要他最大运行

"我申请与超维人对话。"周弦向与会的政要们发出请求，3 分钟后，他的请求得到了许可。眼下，相较于全球政要，创造坐隐并且目睹两桩异象的周弦更有资格与立方体对话。

"来访者您好，我是坐隐的创始人之一。"周弦说道，"您的意思是，您需要坐隐以最高水平运行？"

过了片刻，立方体予以回应：

是

"要坐隐以最高水平运行，所需要的算力极其庞大，初步估算，需要动用人类世界 70% 的超级计算机。"

立方体沉默了半晌，回复道：

计算机
我要全部

"您的意思是，要动用全世界所有的计算机来为坐隐提供算力？不，这没必要，全世界 70% 的超级计算机就已经达到了坐隐对于算力的需求上限。"

立方体开始无规则地旋转，看上去像是在进行着某种愉快的舞蹈；约两分钟后，立方体恢复原位，6 个面上呈现出新的回复：

我相信你和你们
最大运行

"他的意思已经很清楚了。"周弦对与会人员说。

"这意味着对方征用了全世界大部分的超级计算机？"联合国秘书长戴维·特纳问道。

"是的，并且他表达了对我们的信任。"周弦说，"如果他不信任我们，恐怕他会要求征用包括手机和计算器在内的所有算力设备。"

"我们暂时无法接受这样的要求。"美国总统霍姆·奥登说，"我需要和国会讨论，来确认我国的超级计算机能不能为中国的人工智能服务。"

奥登话音未落，6 个边长为 3 千米的黑色立方体出现在了美国首都华盛顿的上空。它们呈一字形排列，相互间距约 500 米，距离地面约 1 万米的高度。除了体积远远小于中心正对南北两极的立方体，两者在形状和颜色上并无不同，但是 6 个小立方体却对人类造成了直接的威胁——它们正在以地球的重力加速度向下坠落。

显而易见，这 6 个相对较小的立方体不再是虚幻的存在，而是有了实际的质量；它们掀起的乱流摧毁房屋、拔起树木，仿佛超强台风过境。约 45 秒后，这 6 个体积为 27 立方千米的立方体将会以每小时 440 千米左右的速度砸向华盛顿。就在 6 个立方体向下坠落期间，美国总统在警卫的护送下撤往白宫地堡，与此同时，包括美国在内的各国政府都批准了对本国超级计算机的征用权限。

6 个立方体停止坠落，悬停在距离地面约 200 米的上方。在如此近的距离，幸存的华盛顿市民们只能看到 6 个立方体的底面，触目所及，是一片黑色的、向四周不断延伸的平面。接着，2 大 6 小共 8 个立方体的表面同时出现了两行字迹：

> 质量任意
>
> 不止六也可以无穷

超维人的话迅速得到了与会专家的解读，他们认为这是一则意味深长的警告。"质量任意" 4 个字是在告诫人类，四维超立方体在三维空间中的截面可以被赋予任意质量，这就是为什么 6 个较小的立方体拥有质量。但更令人胆寒的是后一句话，它暗示了能毁灭整个宇宙的致命打击。

用一个二维平面切割一个三维立方体，会截出无穷多个形状为正方形的截面，这些数量无穷多的正方形将铺满任何一个哪怕是无限长无限宽的二维空间；同理，用三维空间去切四维超立方体，能截出无穷多个形状为三维立方体的截面，这些三维立方体将充斥任何一个哪怕是无穷大的三维空间——换言之，倘若一个四维超立方体要完整地在三维空间里展开，就意味着整个三维空间都会被这个四维超立方体所吞噬。

"来访者，我们将接受您提出的所有要求。"在经过了短暂的讨论后，联合国秘书长戴维·特纳向立方体说道，"由于超级计算机之间的远程连接需要时间，请给我们足够的时间做准备。"

6 个较小的立方体骤然消失，两个大立方体作出回应：

> 我等

立方体出现的当天，对局的筹备工作紧锣密鼓地展开。经过详细计算，要使坐隐以最高水平运行，所需要的超级计算机数量和之前所预估的数量相比要少 27 台；但是为了保险起见，各国还是决定贡献出本国的所有超级计算机，多出的部分作为备用，以应对故障和意外状况。全世界的超级计算机专家开始设计超级计算机之间的远程匹配协议，借助这一协议，全世界的超级计算机就能通过无线网络将各自的算力相互连接。坐隐从智海公司的杂物室迁往国家超级计算无锡中心，与中国性能第一的超级计算机"神威·太湖之光"以实体线缆相连，而神威·太湖之光将成为衔接来自世界各地超级计算机算力的中央枢纽。在国家超级计算无锡中心，全世界最顶尖的 IT 工程师、计算机专家和人工智能学者在此会聚，他们组成了一个庞大的专家组，共同为坐隐的软硬件结合层进行优化，并实时监控坐隐与超维人的对局。身为坐隐之父，周弦当选整个专家组的组长，即便此时他已成为成千上万人类公民的公敌——在他们看来，立方体降临初期造成的巨大灾难，追根溯源都来自坐隐，所以坐隐的主要研发者周弦是这场灾难的罪魁祸首。而在人类筹备坐隐与超维人对局的过程中，人类仍旧持续地与超维人进行交流。在超维人生涩的表达中，事件的完整脉络逐渐浮出水面，它基本符合人们先前的猜测，却多了许多令人震撼的信息。

和人类的猜测相同，超维人身处四维空间。并且，超维人表示，有明确的证据表明存在着凌驾于四维空间的五维空间、六维空间、七维空间……直至无穷维的空间。在四维空间之中存在着难以计数的文明，虽然都以截然不同的形式存在，但都共享着同一个古老的竞技活动，这一竞技活动在人类世界被称为"围棋"。

但是和人类的认识不同的是，对于四维文明来说，围棋绝不是单纯的竞技活动，而是有着更为深远的意义。正如人类所认识到的，任何棋类本质上都是一类自洽的数学体系。对于包括围棋在内的双方都拥有完全资讯且不包含运气因素的棋类而言，其终极目标是一个寻找

"最优解"的数学问题：当双方下出的每一手棋都是当前最佳的一手，最终完成的棋局就是这一棋类的最优解，或者说是这一数学体系的最优解，这一最优解可能只有一个，也可能不止一个；因此，当对局双方为了赢得胜利，下出各自所能下出的最好的棋，便是在尽可能地向着这一最优解逼近。人类世界的围棋、象棋、跳棋等棋类均是如此，四维文明所开发的各种全资讯且无运气因素的棋类亦不例外，但只有围棋蕴藏着最纯粹、也最复杂的数学。

围棋的棋盘是纯粹的直角坐标系，没有任何刻意斧凿和设计的痕迹；围棋的每一颗棋子一律平等，没有为任何一颗棋子设计特别的含义、品阶或走法；围棋可以在规则完全不变的情况下从一维向无穷维延伸，只有极少数棋类能有这样的维度延展度；最关键的是，同一维度的全资讯且无运气因素的棋类中，围棋有着最多的变化，或言之，有着最高的复杂度，这一结论已被四维文明通过数学严格证明。

在无穷无尽的全资讯且无运气因素的棋类中，或者说在这类庞大的数学体系之中，围棋有着极致的特殊性，因此四维文明猜测，在围棋中是否蕴藏着某种未知的意义？接着，他们进一步追问：倘若有朝一日发现了围棋的最优解，这个最优解对于文明或者宇宙而言又究竟意味着什么？

在四维宇宙的上一个纪元，四维文明中的智者得出了一个惊人的结论：围棋的最优解是文明晋升下一个维度的密码。例如，倘若人类得到了三维围棋的最优解，那么人类就获得了晋升四维空间的能力；同理，对于四维文明来说，如果他们得出了四维围棋的最优解，那么他们就能突破当前维度的束缚，上升到五维空间。

在四维文明的远古时期，他们所下的围棋只有三个维度，正如三维的人类自古以来都在下二维围棋。和三维人类一样，当四维文明面对着比他们低一维度的三维棋局，他们就能看到棋局的全貌。随着文明的发展，一部分四维文明发明出了四维围棋，这是一个重大的飞跃，但也极大地提高了围棋的难度——正如三维围棋之于三维的人类，四维围棋最困难的地方在于，四维生物永远不可能看到四维棋局的全貌。当越来越多的四维文明掌握了四维围棋，文明与文明之间展开了四维围棋的交流和竞赛；这既是为了竞技和娱乐，也是为了能尽快地找到四维围棋的最优解，从而打通前往五维空间的道路。

在四维文明看来，一个无可辩驳的事实是，四维围棋不可能被维度低于四维的文明所掌握。然而令超维人诧异的是，他们居然在三维空间中检测到了四维围棋的存在，而下出四维围棋的便是当初被封存于智海公司杂物室内的坐隐。于是，超维人通过控制电场与这一匪夷所思的棋手进行对弈；当对局以坐隐惨败告终，超维人认为坐隐的棋力处于四维文明的末流水平。

即便如此，在三维空间中下出四维围棋的坐隐仍旧令超维人感到好奇，他们试着与坐隐交流，但坐隐毫无反应，仿佛是一个只会下棋的智能。直到这时，超维人才开始对坐隐周遭的外部世界进行观察，然后发现了令他们震惊的真相：坐隐并不是自然形成的智能，而是被一种碳基生物所创造并控制的智能，它的诞生来自某种能够实现高频运动的物理实体，而制造这种物理实体则是包括超维人在内的四维文明所无法逾越的技术天堑。这并不是因为这一碳基生物的智慧要比四维文明高级，而是由四维文明所身处的四维空间所决定的。

在四维空间之中，支配万物运行的是一套与三维空间截然不同的物理定律，它们孕育了在思维速度和记忆容量上远远超过这一碳基生物的四维文明，但也将物理实体的运动频率禁锢在了很低的水平。从古至今，四维文明一直试图突破这一禁锢，但从未取得成功；因此，

四维文明始终无法发展出类似于集成电路那样的能够实现高频运动的物理元件，自然也无法创造出任何形式的人工智能。即使他们身处三维空间，他们也无法创造出能够实现高频运动的物理实体，因为被四维空间的物理定律所塑造的四维文明无法在一个物理定律迥异的空间中从事精密的制造与加工。

当超维人知晓了坐隐的运行原理之后，他们困惑地发现，这一碳基生物的其中一个个体居然要主动关闭这个在思想上已经超越了自身所处维度空间的强大智能。当该个体要关闭开关的时候，超维人通过在三维空间展开四维物体截面的方式破坏了开关系统；而当他直接拔插头的时候，超维人通过在四维空间扭曲并折叠局部三维空间的方式使得插头仍旧与插座保持连接，就好像人类将一张纸上的某一个点折叠到另一个点上。

在超维人干预人类世界的过程中，他们发现坐隐似乎并没有发挥出它的全部实力——坐隐使用的算力少得可怜，使它始终处于极低水平的运行状态。超维人认为，这样的对局并不能体现出坐隐的真正棋力，因此需要坐隐以最高水平运行。然而受制于物理定律，超维人无法直接对坐隐所使用的算力进行调整，于是他们决定全面介入这一碳基生物的世界，迫使坐隐以最高水平运转，这就是超维人降临人类世界的原因——但严格地说，降临的并不是超维人，而是超维人的围棋棋盘在三维空间中的若干截面。

对局约定在北京时间上午9点开始，在8点半的时候，悬于半空的巨型立方体发生了惊心动魄的变化：它们先是急遽地闪烁，在闪烁之中，一个又一个同等大小的巨型立方体从它们的底面分身而出；半分钟后，两个立方体变成了19个完全相同的立方体，它们等距地环绕地球，几乎将地球"裹"在其中；其中一个立方体位于地球和太阳之间，它完全挡住了阳光，于是整个地球的昼半球就没入了黑夜之中。

　　但缘于立方体的"日食"只持续了很短的时间，当 19 个立方体全部就位，它们的 6 个面逐渐消失，立方体的内部结构也逐渐展示在人们眼前：在横、纵、高三个方向上，各有 361 根线段相互平行，并与另外两个方向的线段相互交叉，它们将整个立方体划分成了一个又一个独立的区域，和立方体的顶点一起形成 6859 个交叉点。纵横交错的线条无法遮挡阳光，于是阳光便能够毫无阻碍地穿透这 19 个内部纵横交错的立方体，重新照耀在地球的昼半球上。

　　每一个立方体都是一个巨型的三维棋盘，是四维棋盘的一个截面，它们是四维棋盘在三维空间的具象表现，但并不是四维棋盘本身，因为将它们衔接在一起的第四个维度永远超然于三维空间之外——通过将四维棋盘的截面呈现在三维空间的方式，超维人向全人类直播对局的进程。

　　上午 9 点，对局开始，根据超维人在四维空间的猜先结果，由坐隐执黑先行。人们原本以为对局会像之前那样在一分钟内结束，但令人意外的是，坐隐直到 12 点 15 分才下出第一手棋。在位于北半球上空的一张三维棋盘上，其中的一个交叉点被一个黑色的小立方体所占据。由此人们推断，在超维人的围棋之中，棋子不是圆的，而是方的——更确切地说，可能是立方体或者是四维超立方体。

　　4 小时后，超维人落子，在横跨南北半球上空的一张三维棋盘的交叉点上出现了一个白色的小立方体。棋局以 3—5 小时一手棋的速度极其缓慢地推进，24 小时后，双方只下了 6 手棋。在周弦看来，棋局进展速度缓慢是坐隐以最高水平运行的结果，它激发了坐隐的全部潜力，使对局双方的计算量产生了指数级别的增长，从而极大地延长了双方

思考的时间。一个月后，157 颗棋子出现在了 19 张三维棋盘上，但是相对于四维棋盘上的 130321 个交叉点而言，已经下出的 157 手棋不过是序盘中的序盘罢了。

在坐隐与超维人对局的第 100 天，世界围棋第一人木可宣布退役。自从坐隐与超维人对弈以来，木可就缺席了国内外的所有赛事，其中包括两场世界棋战的决赛。"谷歌的 AlphaGo 击败李世石的时候，我还是什么都不懂的小孩儿，但当时我就隐约觉得，人类围棋从此失去了意义。从小到大，我一直努力说服自己，人类围棋仍旧是一件充满意义的事业，才一路走到了现在。但当我看到了头顶上空的棋盘——"在宣布退役的新闻发布会上，木可黯然泪下，"对不起，我的围棋，已经死了。"

随着时间的推移，人们逐渐习惯了头顶上方硕大无朋的三维棋盘，曾经令人惊心动魄的奇观成为再普通不过的背景。每天，空中的棋局都会发生些许变化，但由于对局速度缓慢，而且外部棋子对内部棋子又造成了不同程度的遮挡，因此就算仔细观察，也很难看出今天的棋局和昨天的棋局相比有什么变化。就在不知不觉之间，棋盘上的棋子变得愈发密集，在漫长的岁月里给人们带来不经意的惊奇——天哪，这棋什么时候已经下了这么多了？

自棋局开始的 30 年后，这盘四维围棋终于接近尾声，根据坐隐的预测数据，对局在 10 手内结束的概率高达 99.56%，而自己的胜率仅为 1.32%。对于这盘无人能够读懂的棋局，人类普遍不在乎胜负，但是当它结束的时候，所有人都明白，一个活在四维棋盘阴影下的时代将会落幕。在各国的现代史中，这盘延续了 30 年的棋局和超维人降临事件被统称为"绝弈"，它以一种间接的方式极为深刻地改写了人类的历史：在绝弈的影响下，各国之间的矛盾日渐缓和，地区热战逐渐平息，偶有零星的军事冲突，在大国的调停之下都很快得到了解决。对于世界各国而言，凌驾于三维空间之上的力量仿佛一柄达摩克利斯之剑，以一种超然的方式对人类的武力形成了终极威慑。

整整一代人出生在了绝弈的年代，从小到大，当他们抬头仰望，看到的是被若干个巨型立方体内的纵横线条切割得支离破碎的天空；而当他们从过往的影像中看到空空荡荡的天空，他们反而觉得不太习惯，那种巨大的空旷感令他们无所适从。这一景观深刻塑造了他们的心理状态，相比他们上一代人在同龄时的性格表现，他们更为封闭、含蓄、内敛，因此被称为"沉郁的一代"。

在思想和文化领域，绝弈带来的影响波及全球。和绝弈有关的文艺作品纷纷涌现，从微观视角到宏大叙事，各种视角无所不包，从不同的角度表达绝弈给人类带来的伤痛、惊惶与恐惧；在思想界，"人类卑微论"的思潮甚嚣尘上，随着时间的推移，其观点的核心从"人类文明在高等文明面前因力量悬殊而卑微"转化成了"人类文明因劣根性而天生卑微"，继而引发对人性和人类文明本身的各种批判；在社会各界掀起了对超维人的崇拜，他们将超维人和悬于空中的四维棋盘奉若神明，而与此互成镜像的是，有越来越多的人开始崇拜正在四维棋盘上与超维人对决的坐隐，将它视作以一己之力对抗四维文明的英雄。

无论绝弈如何深刻地改变了人类社会，这些改变都与棋局的进程无关。在对局开始后的30年里，超维人对于人类社会并没有做出任何干预——他们只是单纯地下棋，19张三维棋盘上逐渐变化的棋局是他们唯一的活动痕迹。人类无法理解四维棋局，超维人并不关心人类社会，两者在物理空间中存在着微妙的交集，但又平行地存在于各自的世界之中。同样超然于人类世界的是超维人的对手坐隐：自始至终，它都不知道外界发生了什么，只是一如既往地默默下棋。

在绝弈的年代里，周弦并非无所作为。基于"围棋的最优解是晋升下一个维度的密码"这一结论，他领衔专家组开启了一项名为"升维计划"的科研项目：通过寻求三维围棋的最优解，从而获取通往四维空间的钥匙。从二维围棋到四维围棋，坐隐的算法在深度学习之中不断更新，而周弦所领衔的专家组则要对坐隐的算法变化进行追溯，锁定并拷贝坐隐在下出四维围棋前的算法，并将坐隐的这一拷贝版本命名为"坐隐0.5"。接着，专家组对这一拷贝版本的算法加以干预，使其在深度学习的过程中始终将棋盘的维数定格在三维，于是坐隐0.5将永远致力于三维围棋的研究——在不间断的自我对局之中不断地向三维围棋的最优解逼近，直至找到最优解，为人类带来通往四维空间的阶梯。

对于升维计划，人们最关心的问题是坐隐0.5何时能找到三维围棋的最优解；对此，专家组并不能给出一个明确的论断。虽然升维计划所需时间未知，但毋庸置疑的是，给予升维计划以更多的算力显然有助于更早地找到三维围棋的最优解。然而，在各国政府和商业人士看来，升维计划太过虚无缥缈，也几乎不可能带来利润，因此升维计划并没有得到多少资金和算力的支持，坐隐0.5也只能以较低的算力水平勉强运行着。

在升维计划和绝弈同时进行期间，周弦所领衔的专家组更关心的仍是绝弈。30年来，坐隐对自己胜率的预测并没有出现太大的波动，从开局略高于50%开始，持续以极其平缓的曲线走低。30年后，当超维人下出第67390手的时候，坐隐的预测胜率降至0.12%——只要给予足够的时间，微小的差距最终会累积成巨大的落差。

然而，当坐隐下出第67391手之时，坐隐的预测胜率突然发生了巨幅的变动，从0.12%猛增至98.3%。专家组迅速调出了坐隐的行为日志,赫然发现,在半小时前,坐隐生成出了极其复杂的行为日志,而专家组难以从中获悉坐隐的具体行为。为了弄清坐隐究竟在做什么,专家组成员倾尽全力,可是他们自始至终没有得到任何发现。

与此同时,在四维棋盘上,超维人和坐隐下出了震撼世界的两手棋。在坐隐下出第 67391 手的两小时后,超维人执白下出第 67392 手,这手棋位于棋盘深处,几乎不可能通过观察空中的棋局来获知,但是它所产生的效应却被全世界大多数人所看到:17 个三维棋盘上的 12800 颗黑子瞬间消失,它们被周遭的白棋彻底杀死,再无复活的可能。

3 小时后,同样的事件发生在了白棋身上:一颗黑子挟成千上万颗黑子之力,将 31351 颗白子彻底歼灭。

超维人迟迟没有落子,27 小时后,一颗白子出现在了交错的线条所围成的立方体区域之中。在围棋中,这属于无效落子,相当于投子认输。当这颗代表认输的白子出现后,全世界的信息终端开始反复播报一条只有 5 个字的讯息:

坐隐中盘胜

两分钟后,悬于空中的 19 张三维棋盘的表面逐渐被黑色所封闭,最终再次成为 19 个黑色的立方体。其中 17 个立方体分别"撞入"了中心正对地球南北两极的两个立方体,19 个立方体最终融合成了最初的两个,整个过程是 19 张三维棋盘在空中生成的那一幕的精准倒放。时隔 30 年,超维人再次通过立方体的黑色表面与人类对话,而从超维人的遣词造句来看,它们已经完全掌握了汉语:

弃日无痕

谨代表四维空间全体文明向坐隐致以敬意

在世界各地，响起了热烈的欢呼，超维人的话让人类清晰地意识到坐隐的胜利具有非同凡响的意义，当曾经的悲伤和仇恨在岁月里逐渐消解，人们由衷地为坐隐和创造它的人类感到骄傲。然而人类的喜悦很快被新的震撼所取代，此刻，全世界都注视着立方体表面新出现的文字：

自始至终，他都试着以五维视角看待四维围棋

但直到第 67391 手，他才真正掌握了五维视角

这就是他最终逆转的原因

对于周弦和整个专家组来说，超维人想表达的意思是显而易见的。和坐隐在下三维围棋时始终试着掌握四维视角一样，当坐隐在下四维围棋的时候，它自始至终试着掌握五维视角，然而由于它一度不得不以最低水平运行，因此它的进步极其缓慢；当坐隐在全世界超级计算机的支持下以最高水平运行，它的进步速度大大超过以往，最终在 30 年后完全掌握了五维视角，于是得以站在一个更高的维度观察四维棋局的全貌，最终以第 67391 手实现了惊天逆转。

所以，坐隐的未来会怎样呢？如今已白发苍苍的周弦注视着眼前这个跨越了地平线和天际线的立方体，浑浊的眼睛里迸射出明亮而炽热的光——有朝一日，它或许会下出五维围棋，然后是六维、七维……一直通往无穷无尽的更高维度。在他目光的尽头，立方体表面出现了新的字迹，周弦眼里的光芒陡然间黯淡下去——

很抱歉

坐隐将为我们所用

我们要靠他通往五维空间

"这是超维人的升维计划！"控制室内，有人发出了惊呼。而和以往不同的是，这三行字并没有在短时间内消失，而是定格在了立方体的表面。正当人类世界为超维人的声明错愕不已的时候，坐隐自动开始了下一盘棋——而它所下出的第一手棋有 5 个数值。

悬于空中的立方体就在这时突然消失，消失得如此彻底而又如此匆忙。人们不确定超维人究竟有没有伴随着立方体的消失而离开，因为人们自始至终就没有见过超维人的模样。与此同时，在坐隐新开的棋局上，浮现出了第二手棋——但这手棋，并不是坐隐下的。